燃烧的
浍河岸边

王颖 著

人民出版社

第一任中共宿县县委书记徐风笑

宿县早期中共党组织创建人
朱务平（画像）

徐州地区中共党组织的创建人
吴亚鲁

宿县第一个社会主义青年团小组主
要创建人李启耕

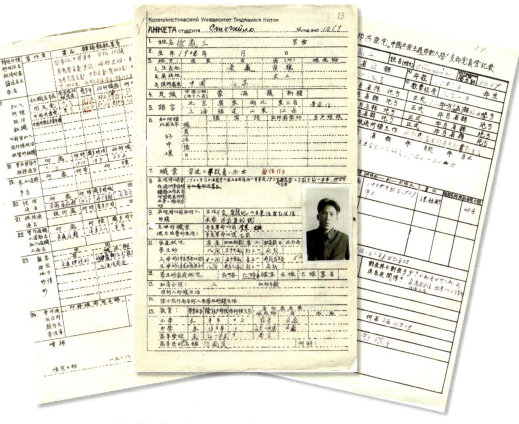

徐风笑在苏联中国共产主义劳动大学填写的支部党员登记表

徐风笑在苏联中国共产主义劳动大学填写的党员登记表

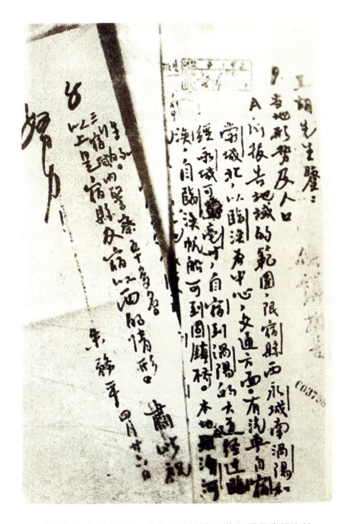

1926 年 4 月 26 日，朱务平向上海区执行委员会提交的
宿县及宿西政治社会情况报告

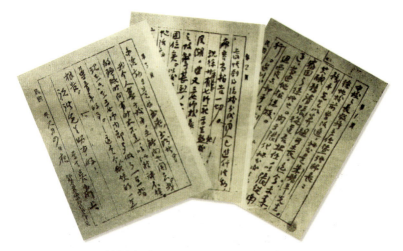

1925 年 6 月 4 日，吴亚鲁写给团中央的信

中共徐楼支部所在地

1925 年中共临涣支部所在地临涣小学旧址

临涣农民运动训练班、平民夜校旧址

群化团旧址——临涣城隍庙

中共宿西县委旧址

宿县临涣区农民协会成立大会会址——临涣文昌宫

浍河与常沟交汇处

全国重点文物保护单位临涣古城遗址

本书作者王颖（左）采访徐风笑之子、国务院原副秘书长徐志坚

目录
CONTENS

序：历史回眸

　　这是一部党史题材的纪实文学作品，是一支拨动着人们心弦的歌。《燃烧的浍河岸边》记载了不能忘却的历史，真实记录了民主革命时期中国共产党的优秀党员徐风笑和邵恩贤、朱务平等为了求得民族独立和人民解放、实现国家的繁荣富强和人民的共同富裕而英勇奋斗的经历，描绘了淮北人民艰苦卓绝的斗争，赞扬了中国共产党人的伟岸英姿。《燃烧的浍河岸边》是广大干部群众，特别是党员和青少年学习的好教材。读了这部作品，人们可从中接受教育，激起爱国热情，发扬革命传统，更进一步坚定为共产主义事业奋斗的理想信念。

　　《燃烧的浍河岸边》的主要人物徐风笑出生在中华民族处于内忧外患的 1899 年。20 世纪 20 年代初，徐风笑积极参加进步的社会活动。1922 年初，他和朱务平、刘之武等在安徽宿县临涣组建了一个以进步青年为主体的革命组织——群化团，并提出"大家合起来！求得真知识！改造恶环境！推翻旧制度！实现真人生！"的口号。1924 年 8 月

20 日，《民国日报》发表了《介绍一个新成立的团体——宿县群化团》的文章，引起中共中央和中国社会主义青年团中央的注意，并派人到宿县临涣区负责调查了解群化团的情况。不久，徐风笑就被介绍加入中国共产党。1925 年夏，徐风笑担任中共临涣党小组组长。夏末，又担任中共临涣支部书记。1926 年 3 月，徐风笑任中共临涣特别支部委员。1926 年 7 月，中共临涣特别支部又改为直属江浙区委直接领导的独立支部，徐风笑先后任中共临涣独立支部委员和代理书记。1927 年 7 月，徐风笑受中共安徽省临委书记柯庆施的委派，从湖北省武汉来到临涣，组建了中共宿县临时委员会。8 月，徐风笑回到宿城才正式组建中共宿县临时委员会，徐风笑任县委书记，临时县委负责指导宿县、泗县、涡阳、蚌埠、凤阳、怀远、永城等地党的工作。从此，这块地方的革命才算真正有了主心骨。1929 年初，中共中央决定选派一批同志到苏联莫斯科中国共产主义劳动大学学习，徐风笑在被选派之列。1939 年，正当抗日战争处于极为艰难的阶段，在中共豫皖苏边区委员会的领导下，6 月，华中地区第一个县级抗日民主政府——永城县抗日民主政府正式成立，徐风笑任县长兼永城县自卫军司令，这对新四军四师建立豫皖苏根据地起到了很大的支持作用。1939 年 11 月，中共中央中原局书记刘少奇来到豫皖苏边区，视察了永城县抗日民主政府的工作，徐风笑向他作了汇报，刘少奇听了表示很满意。后来在中原局召开的一次会议上，刘少奇专门表扬了永城县在各条战线上所取得的突出成就，号召其他各地要向永城学习。1939年底，在彭雪枫领导的新四军游击支队的支持下，永城县抗日民主政府已控制永城县的大部分地区，人口54万。1939年12月26日，徐风笑在给彭雪枫的一封信中说："我永（永城）在此一年以来，县政府得到初步建立，敌奸敛迹，土匪肃清，人民群众获坦安生活，实为司令员领导有方所致。"在以后的日子里，徐风笑为抗日战争的胜利作出了重要贡献。

本书另一重要人物邵恩贤，1904年出生于宿县县城。少年时期的邵恩贤就开始接受五四进步思想的影响。1920年，邵恩贤考入安徽省第一女子师范学校，在省会安庆读书时，她经常同在上海读书的弟弟邵葵保持着联系，姐弟俩相互鼓励并相互传阅进步书刊，在思想上产生了共鸣。1921年6月，安庆发生了军阀马联甲枪杀学生姜高琦等人的"六二"惨案。随后，邵恩贤和爱国青年学生一起隆重集会，抬着姜高琦的血衣游行示威，高呼口号，愤怒声讨军阀马联甲枪杀学生的罪行。1926年3月，邵恩贤参与组织宿县妇女协会。同年秋，她加入了中国共产党。1927年9月，根据中共宿县临委的指示，她和中共党员周秀文一起一边筹建宿县临涣第一女子小学，一边掩护地下党的活动，开展宣传组织工作。邵恩贤还先后担任宿县妇女协会委员、宿县临涣区妇女联合会委员长。1927年冬，在中共宿县县委、临涣区委的领导下，她还带领群众开展对临涣大地主袁三的斗争。在白色恐怖笼罩下，邵恩贤不顾个人安危坚持从事党的地下工作。在抗日战争时期，她和徐风笑一起组织抗日游击队，从事民运和妇女工作。解放战争时期，邵恩贤为共和国的诞生又做了大量的工作，被评为一等功臣。

徐风笑和邵恩贤是一对革命夫妻。为了共同的目标，1928年5月这两位共产党人终于相爱结婚了。在人生的路上，为了革命，徐风笑和邵恩贤这对恩爱的夫妻总共分别了10年。这10年是多么不平凡啊！邵恩贤苦苦等了徐风笑6年，而徐风笑又等了邵恩贤4年！这6年是指徐风笑从苏联莫斯科学习回上海的这段时间，而这4年是指邵恩贤在永城县不幸被捕被关押在西安集中营里又回到解放区的这些日子。这两位共产党人的爱情真忠贞不渝、新美如画。

徐风笑的革命生涯坎坷不平，邵恩贤的人生颇具传奇色彩。他俩和他们的战友都是国家生死存亡时中华民族的优秀儿女。

前事不忘，后事之师。在和平与发展成为时代主题的今天，王颖同志写了《燃烧的浍河岸边》这部作品。今天，我们盼望这部作品将影响着人们，成为一面旗帜和强大精神力量，鼓舞人们不忘初心，为建设美好家园、实现中华民族伟大复兴奋勇前进！

是为序。

徐志坚

国务院原副秘书长、国务院参事室原主任

2018 年 9 月

引　子

　　他又来了，到首都北京来了，到苏、鲁、豫、皖四省来了。这天，他从安徽省省会合肥出发，乘汽车沿合徐高速经宿州又来到了因煤而兴的能源城——淮北市。换乘上去小湖子的汽车，到濉溪县韩村浍河大桥，他下车了。阳光，洒满了皖北大地；春风，吹拂着他那滚烫的面颊。清澈透明的浍河水，清楚地映下他的倒影。这是一个 1.75 米的身影，他是安徽省某报社一位年轻的记者。

　　他徘徊在浍河岸边，久久地凝望着浍河两岸的风景。浍河两岸坐落着淮北矿业集团和皖北煤电集团所属的几座大型煤矿与大型联合企业。瞧，浍河的南岸有孙疃煤矿、童亭煤矿、五沟煤矿、临涣煤矿、袁店煤矿、临涣选煤厂以及亚洲最大的临涣煤、焦、岩化基地；而浍河的北岸呢，有杨柳煤矿、百善煤矿、海孜煤矿……在海孜煤矿西约 7 公里的浍河北岸有一座古老的集镇，名叫临涣。不知为什么，他是那样偏爱古老的临涣……

　　临涣，春秋战国时期为一城邑，名叫铚。秦始皇统一六国后设铚城县。公元前 209 年，陈胜、吴广大泽乡起义，率兵西进，首攻铚城，铚城人董绁率众揭竿响应。清朝咸丰年间，太平军将领张乐行、纪学忠率捻军万人袭取临涣，杀清军披甲武凌云、多隆武，捻军声威大振。1924 年，宿西地区第一个中国社会主义青年团临涣支部和第一个农民协会在这里成立。1925 年，这里又成立了党支部，有着"小莫斯科""小广东"的美称。1948 年 11 月 6 日，淮海战役总前委的邓小平、刘伯承、陈毅等首长来到临涣文昌宫，在这里多次召开重要军事会议，指挥着伟大的淮海战役顺利进行。1949 年 2 月，这里又是中共宿西县委、县人民政府的所在地。在这座古老、光辉的临涣东北角约四公里的地方，有一个远近闻名的村庄，那就是徐楼。中国共产党创建和大革命时期，淮北、宿县党的创始人之一，曾担任中共宿县县委第一任县委书记的徐风笑，就出生在这里。

今天，他身背采访包，就是为了写徐风笑的故事，专程到徐楼来采访的。

他的面前、脚下，流淌着一条天然的河流。这条河古名涣水，又名浍水，如今名叫浍河，是淮河的支流。浍河发源于河南省狼汤渠，流经河南、安徽两省的夏邑、永城、濉溪、宿县（现埇桥区）、固镇 5 县，到九湾与澥河汇流，经香涧湖、漴河、潼河流入淮河、洪泽湖。眼前，他望着五光十色的浍河水，调皮地翻着波浪，拐过一个曼弯，嘻嘻哈哈地向东奔去。此刻，他的心醉了，他不由得朗诵起明朝诗人崔维岳的《浍水风清》：

浍川东下水悠悠，万里风恬一色秋。

明月倒河天宇湛，寒潭影壁练光浮。

江空但击中流楫，夜静长乘泛斗舟。

最是漫漫清露晓，数声嗉唉似汀洲。

他一直沿着浍河的北岸朝正西方向走去，不知不觉走到一个叫薛湾的地方。前面是一个很宽的水面，是另一条河同浍河的交汇处。这条河宽约 50 米，名叫常沟，是浍河的支流。这常沟的水从哪里流来，他不知道，没去考究。只见沟水清澈透明，自北往南哗哗流淌着。他转过一个湾，沿弯弯曲曲的常沟堤向北走去。这条堤不高，也不太宽，堤旁有青青的芦苇，苇丛上边飘荡着乳白色的水雾，随风吹过，杂草的气味、鱼腥味，还有甜甜的苇节的气味，沁人的鼻子。癞蛤蟆在水草丛里"咕哇……咕哇……"不住地叫着，苇丛里还有各色各样的鸟儿在鸣啭。在沟边上，长着垂柳，枝条垂在水面上，划出细致的波纹，树上有黄鹂公子在欢唱。阳光照射到水面上，照得水波银亮。一群群野鸭子在涟波上自由自在地游着，人一走过，嘹亮地叫着，划破了田野的寂静，飞向蔚蓝的天空。堤上还长着一行行杨树，随风吹来，树叶发出哗啦哗啦的响声。他心情舒畅地向前走着，不禁朝着空旷的田野和水川大喊一声："这儿太美了！"

走不多远，一条东西大路横跨常沟，这是淮北矿业集团海孜煤矿通往临涣的一条柏油路。这路的常沟桥，名叫漕桥。早在清朝，宿县到临涣的公路也从这里经过，由于当时这桥是用涡阳县石弓山的青石条垒成的，起名漕桥。直到 20 世纪 80 年代，濉溪县被国家列为黄淮海治理区，该县引用外资，把百年的石头桥拆掉，在原来的位置上建造一座现代化的钢筋混凝土大桥，仍叫原名。为了尽快地到达目的地——徐楼，他兴奋地走过漕桥，沿常沟西沿朝北走，路过常庄、大孙家，就到徐楼了。

徐楼离浍河6里，地势较高，紧靠常沟沿。常沟的水本从西北方向流来，可到了徐楼，在庄东头拐了个大牛梭子弯后，陡然朝正南方向奔去。在徐楼庄对面的沟东是沈桥，再朝东约4里就是骑路王家，骑路王家北面的大庄就是叶刘湖了。

按当地老人们的话说，人们都说徐楼坐在"风水"地里，庄上出了20多个县团级以上的干部，其中还有三个省部级大官。今天，他到徐楼来，好像不关心谁当什么官，当多大的官。他所要了解的是中国共产党早期党员徐风笑、邵恩贤、朱务平等为追求真理，为民族解放事业，怎样带领群众对敌展开轰轰烈烈的英勇斗争，在浍河两岸，创造了怎样的动人事迹。

徐楼人都很朴实、热情，听说他是省报记者，来这里采访、体验生活的，都围上来同他拉呱儿，争着请他到家里做客。最后，他来到了西藏军区原副政委徐爱民的弟弟徐志传的家里。徐志传原是中共濉溪县临涣区委党史办主任，这位80多岁的老人动情地向他介绍了中共南京地委领导下的临涣特别支部和宿西地区第一个农村党支部——徐楼支部成立的经过，向他讲述胡楼、徐楼、叶刘湖暴动的光辉历史，还向他讲述了一个个永难忘怀的感人故事……

一个月后，他回到省城合肥。这天，他提起笔来想把有关徐风笑、邵恩贤等的事迹整理出来，可他确实感到自己的写作水平太低，显得力不从心，于是就搁笔了。也不知道为什么，这些天来，他吃饭饭不香，睡觉觉不甜，时时刻刻感到好像有一条无形的鞭子在抽打着他，觉得不把徐风笑等人的事迹写出来，就感到内疚，感到像失去了什么，心里总不是滋味。

这天，他终于鼓起了勇气，抛开一切杂念，拿起笔，开始写了起来。

第一章
回　家

1936 年 4 月的一天，一个平常的日子。

曙色苍茫。

到处都寂静无声，只听得浓雾笼罩、睡意蒙眬的树上有不少露水珠子"啪……啪……啪……"落下来的声音。

黑沉沉的大地沉浸在寂静与幽暗里，东方的天空开始朦朦胧胧地有点发白，这时，淮北平原上，都白茫茫地蒙着雾霭，一时还看不清的村庄里，时而有几声狗叫，打鸣的公鸡还在叫着，此起彼伏，互相呼应。

天上的星星都渐渐闭上疲倦欲睡的眼睛，隐退消失了。

天越来越亮了，大地也欢笑了。

小草偷偷地吐出了青芽，绿柳在柔和的春风里像淮北农村少女的秀发，桃花接着杏花，含笑迎人。麦苗兴致勃勃地生长着，遍野是绿油油的一片，和风吹来，发出扑鼻的清香。清澈的浍河水，悠悠地流着。浍河的上空、河两岸的树木间，花马喳子、小小虫、小燕子、白头翁、老马杠、老斑鸠、画眉、百灵等鸟雀，欢快地飞着、叫着，鸟鸣和着浍河的流水声，在春风里轻轻地回荡着。

在宿县通往临涣的一条古老的公路上，一男一女，一前一后，自东北朝西南方向走来。走在后面的男的，一米八二的大个子，大眼睛，浓眉毛，高鼻梁，长脸颊略瘦，显得有些疲倦。他肩上背一个包袱，怀里抱一个7岁的小女孩。4月，淮北的早晨，虽然天气不冷，还是有一点点凉意。他用褂子紧裹了裹睡着了的小女孩，又摸一摸腰间的手枪，回转头注目凝神地向宿县方向望，一连望了好几次，看没有什么人跟上来，才松了一口气说："这下可好喽！看样子没有什么人跟踪我们了。"他又低下头亲一亲怀里的孩子。走在前面的是一个年轻妇女，怀里抱着个婴儿，一会儿左瞅瞅，一会儿右望望，看样子心情很是焦灼。她，圆脸面，右眼内下角有一个小疤痕，白白净净的，鼻梁高起，眼窝深进去，显得眼睛更加圆大了。她已经几天几夜没有睡好觉了，眼圈干瘪得成了褐青色，觉得有点痛；她极力镇静自己，不露出惊慌的神色，看四周没有什么动静，又低头疼疼怀里的婴儿，才放慢了脚步。天已经大亮了，她呼吸着清新的空气，又不由得回头看看，听后边的人说话，她也搭了腔："真的没有人跟踪咱？这倒好，咱也快到家了。"

抱小女孩的男子紧跟几步说："放心吧！没有人跟上来，要是有人跟上来，也不怕，我这腰里有枪，瞅个冷不防，对准他就是一枪。"这时，怀抱婴儿的年轻妇女脚步放得更慢了，想抱着婴儿坐在公路边歇歇，静一会儿。虽然是春天，天不冷，她已经半天一夜，没吃饭也没喝水。为了安全，她怕孩子哭出声，把奶头放在婴儿的嘴里，走一夜庄稼小路，直到天快晓明时，才敢走公路。她望着公路边上大田里带露水的麦苗，心上实在焦渴。后边的男子看她闷倦的样子，说："现在咱已经到火阁子了，前边就是骑路王家，再朝西走三四里路拐个弯就到咱家徐楼了。反正快到家了，要不，咱坐路边歇一会儿再走？"年轻妇女摆了一下头说："不……"男子说："在这漫地里，咱都抱个孩子走路，即使有人看见也不要紧，也许认为咱这是起早去走亲戚。"

一轮火红的太阳升起来了，向周围喷发出光焰，照射在这条古老的公路上。年轻妇女听了这话，吸了一口长气，说："亏得你急中生智，将计就计；不然的话，我们恐怕就要落在特务的手里了。"

男子严肃地说："当时在那种情况下，还能有别的更好的选择吗？按照党组织的要求，做党的地下工作如被敌人逮捕，应在不损害党组织和其他同志的情况下千方百计地设法摆脱敌人的跟踪和纠缠！"

年轻妇女深深长出一口气说："我们终于逃出虎口了，不知道赵西凡他们怎么着呢？"

男子说："赵西凡是 1924 年的老党员，机智勇敢，会想方设法摆脱敌人、脱离险境的！要不是这位老战友，我不知现在会是一个什么样子呢！"

这个抱小女孩的男子就是徐风笑，1925 年入党，苏联莫斯科中国共产主义劳动大学毕业后，在上海做地下工作，他怀里抱的小女孩是他的女儿徐舒。怀抱婴儿的年轻妇女是邵恩贤，1926 年参加共产党，婴儿是她儿子，小名叫英特尔，大名徐志坚。徐风笑和邵恩贤二人既是夫妻，又是志同道合的革命同志。从这对年轻夫妇的对话里，可以听出他们沉重的心情。

1935年5月，在上海扬州路小菜市场附近的一间破旧小屋里住着一家三口人，也就是中共地下党员徐风笑、邵恩贤夫妇和他们6岁的女儿徐舒。在这间小屋隔壁的一间更小的破仓库里，住的是中共地下党员赵西凡。一天，徐风笑和赵西凡突然收到宿县老乡赵立人从国民党上海公安总局寄来的一封信。信的大意是，听说老乡也在上海，深感惊喜，我现在公安局干事，抽时间前去看望。读完这封信，三位共产党员都十分惊讶。赵立人是安徽省宿县知名的早期共产党员，曾和徐风笑一起在家乡组织过农民运动。他比徐风笑早两年去莫斯科学习，等1929年徐风笑到莫斯科时，他已经毕业到苏联海参崴教书，两人曾见过面，还通过几封信，不久便联系中断。邵恩贤，赵立人也曾认识，可他只知道她曾担任过宿县妇女协会委员，自1927年至今，两人未曾见过面。至于赵西凡，赵立人只知道他是宿县1924年入党的老党员，两人并不认识。

面对赵立人的来信，赵西凡猜测说："赵立人从公安局寄信，是不是为了避免检查而有意在信封上这样写的?"

徐风笑说："可信中明明写着他是在公安局干事，此人可能是叛变了，有可能他是拿我们做资本，去投靠国民党!"

邵恩贤这时插话说："如果是这样，咱得想办法赶快躲避一下，以防被捕。"

赵西凡分析说："咱现在没钱不说，可咱往哪里逃呢? 再说，赵立人为何不直接带人来抓，反而先来信告诉咱们呢? 这说明必定有人在暗中监视咱们!"

最后徐风笑总结说："反正我们现在与白区中央局和江苏省

委失去联系，也没有任何活动，不能急着跑，不然被抓回来，更麻烦，把问题弄得更复杂，造成不必要的损失。如果事情不是这样，赵立人没有叛变的话，咱们更没有必要逃跑。还是看看情况再说吧。"

第二天上午，徐风笑、赵西凡、邵恩贤在徐风笑夫妇住的那间破旧小屋里又开了一个会议，针对赵立人的来信研究对策，就当他们在逃与不逃的问题上犹豫不定的时候，没想到赵立人独自登门了。只见他身穿长袍，头戴礼帽，腰里挎着短枪，很是神气。一进门就显得很热情，他上前同徐风笑握手，又同赵西凡握手，并主动与邵恩贤打招呼。并关心地说："我是刚从乡下本家侄子赵义申那里知道你们在上海的，听说风笑和西凡同他一起在建筑工地上抬石头出苦力干粗活，可没想到你们生活是这样的困难，落到这步田地。如果我早知道你们在这里受难为，早就过来看你们了。能在大上海见到咱宿县家乡人和老战友确实不容易，真是老乡见老乡，两眼泪汪汪啊！哎，风笑，你们这是什么时候来上海的？"

徐风笑不知道他的真实来意，试探性地答道："现在局势动荡，日本人又打进了中国，现在说话不方便，要小心，隔墙有耳嘛！"然后他又转脸示意妻子，说："恩贤，你带孩子到外面看着，我同老乡拉拉呱儿。"

邵恩贤立刻明白了丈夫的意思，忙说："立人、西凡，你们三个在这说话，我出去给你们望风，看别有什么人来。"说着，她抱着孩子就出门了。

邵恩贤刚出门，就看到几个头戴礼帽、身穿便衣、斜挎着盒子枪的人站在门口，她装作没看见，低头抱着女儿朝前直走。这时，一个手拿盒子枪的黑脸大汉粗暴地瞪瞪眼说："小娘们，哪里去？"

"我出去买包烟，家里来了客人。"邵恩贤若无其事地应付道。

"哼，想逃跑吧？赶快滚回屋里去，不然老子枪毙了你！"黑脸大汉说着把手中的枪晃了晃，逼近邵恩贤娘儿俩。

这时，小徐舒吓得"哇"的一声哭了。邵恩贤一看不妙，忙哄着孩子说："别怕，娘抱你到屋里找爸爸去。"

邵恩贤刚回到屋里，赵立人的脸"刷"的一下就红到脖子，他很尴尬地拍着徐风笑的肩膀说："咱们分手六七年了，能见面，真是有缘。我现在在上海公安局干事儿，条件比较好，都一块到我那里坐坐，咱们也好好地仔细拉拉！"

此时，徐风笑断定赵立人已叛变投敌，如若不去，必遭毒手，随即沉着地对赵立人说："恩贤现在身体不好，身怀有孕，就不去了，在家哄孩子吧！"

赵立人忙附和着说："都去都去，一块儿好好玩玩！"

徐风笑看情形，没有商量的余地，就顺着说："都去也好，这样显得热闹。"

就这样，在几个手持短枪的便衣特务的尾随下，徐风笑、赵西凡、邵恩贤抱着小徐舒就跟着赵立人前去上海公安总局他的办公室。真没想到，这三名共产党员就这样不知不觉地被捕了。

赵立人，1902 年出生，安徽省宿县西五铺人，又名赵跃珊、赵耀山、赵立仁、赵乐山，外号"黑大汉"。1925 年在北京民国大学政治经济系本科读书时加入中国共产主义青年团，1926 年在宿县入党，不久被派往上海工作。1927 年 1 月，又被派往苏联莫斯科中国共产主义劳动大学学习。1928 年冬初毕业后，他被派往苏联海参崴国立远东大学附属劳动学院中国部当教员。1933年春夏之交，他回国后在上海工联会任党团委员，在工联会的党团书记孔二（赵霖）调任中共江苏省委书记后，赵立人继任上海工联会的党团书记并兼任中共江苏省委委员。1934年3月上旬，中共白区中央局组织部长黄文容和江苏省委书记孔二、组织部长苏华（李抱一）、宣传部长李默农先后被捕。孔二随即叛变，党组织遭到严重破坏。3月16日，中共江苏省临时委员会成立，从苏联回国工作还不到一年的赵立人就被中央任命为省委书记。6月26日，在叛徒孔二的带领下，赵立人及其妻子李文碧（叶蓁）被捕，敌人从他家中搜出各地党的组织状况表。随后，中央政治局委员、中共白区中央局书记李竹声，全总党团委书记袁家镛（袁孟超）以及江苏省委巡视员吴炳生等20多人被捕。6月27日，上海租界法庭审讯被捕的共产党人，李竹声、袁家镛、赵立人均否认是共产党人，吴炳生当庭叛变，指认赵立人就是中共江苏省临委书记，林之明是江苏省临委的宣传部长。审讯结束后，上海租界法庭即将被捕的共产党人全部引渡给国民党上海市公安总局。不久，赵立人慑于严重的白色恐怖，经孔二和另一叛徒周光亚（赵立人在莫斯科中大时的同班同学）的劝说，立即就背叛了自己的信仰。赵立人叛变后，又劝说同案的另两个人也成了叛徒，并在敌人的法庭上出庭指认出另外两名共产党员。因有此"功劳"，赵立人被留在了上海公安总局特务股说服组，在组长周光亚手下做劝降工作。1935年4月，赵立人因劝降能力很强，升任组长。

在上海公安总局赵立人的办公室里，徐风笑和赵立人真就"拉起呱儿来"。邵恩贤把女儿揽在怀里，坐在一旁静静地听着。

赵西凡同赵立人并不认识，所以也不多说。赵立人说："现在红军已败退云贵，溃不成军，向忠发和卢福坦已投靠了国民党，党中央也脱离了群众。就拿上海的党组织来说，也已经被破坏得七零八落，很多过去的共产党员都不干了，都做了'自首'手续，就连你认识的莫斯科中大的王明宗派小集团的成员李竹声和盛忠亮也先后'自首'党国了。风笑，你这几年怎么样？"

赵立人的话令徐风笑十分震惊。他从赵立人的话里可知，对方并不知道他回国后的情况，心想，无论形势发生怎样的变化，为了党的秘密，凡是赵立人知道的就说，不知道的一点也不能透露。于是，徐风笑为了使叛徒相信自己的话，故作害怕地说："形势所迫，我早就不干了，因为我怕杀人，也怕被别人杀。"说罢他很快又恢复了平静。

赵立人站起身来忙问："今后准备怎么办？"徐风笑为防止赵立人拉他为敌人做事，使对方认为自己是一个悲观失望的人，叹气地说："唉！我什么党派也不参加了，对政治这一套我已经不感兴趣，整天提心吊胆的，还是做个普通老百姓自在一些。"

赵立人听徐风笑这么一说，深表同感地说："不参加政治最好！在这个世界上，一个人的命运难以预料啊！就拿我来说，大学毕业就参加了共产党，后来辗转到莫斯科留学，留在苏联教了4年多书，回国后又当了省委书记，被捕后无奈投靠了国民党，现在人眼皮底下过日子，有时做些违心的事，真没有办法，眼下你老乡我混得人不是人，鬼不是鬼的，人在世上活着有啥意思？唉！"

徐风笑听了赵立人的话，并不知其用意，但根据过去对他的了解，能觉得他话里面有几分是个人的真情实感。凭直觉，徐风笑能感到赵立人对老乡之情和往日的同事之谊还是有所顾及的，于是装作推心置腹的样子说："咱老乡不说，我也是到莫斯科留学的，咱虽不是同学，总是在一个大学里的校友吧！说句心里话，我现在只想回老家，到家干别的不行，教教书总算可以的吧！"徐风笑只有一个想法，必须使赵立人相信自己说的话也都是实话。你一言，我一语，两个人拉起呱儿来，看那场面倒真像久别的朋友坐在一起深入交谈。

两个人说着说着，不知不觉已到中午。赵立人感觉今天的劝说没有白费，高兴地说："今天我以老乡的身份请你们吃顿团圆饭，能不能赏光？"见徐风笑、邵恩贤、赵西凡三人都没有推辞，赵立人笑了。

饭后，四个人又家长里短地说了一会儿话。过了一会儿，赵立人一反常态，突然说："我看你们还是在我这里做一个手续，就是填一张表，这样做你们今后就是公开的人了，用不着东躲西藏的了，就是回到家乡，也用不着担心害怕了。"

听到这话，徐风笑倏然一惊。一直没多说话的赵西凡这时接过话茬："你看，我们在上海这几年都跟要饭的样，出苦力干活，这里的家乡人谁不知道啊！不信你可问问你侄子赵义申，我和你都是一个赵，不瞒你说，如果我们要是与党的组织有联系，我们也不会变成现在这个穷酸样，有时连饭也吃不上，饿着肚子干活呀！"

赵立人急忙解释："你们别误会，我不是那个意思！今后，我也不管你们干什么，咱们都是乡里乡亲的，我只希望你们平平安安的，不必害怕，我是不会害你们的。现在你们三个都做个手续，以后万一谁被抓，就来找我，我就报告国民党中统上海区替你们证明。如果你们没有事，这个表只在我这里，对外我也不声张，谁也不会知道!"说着，赵立人就拿出几张纸来。

邵恩贤转脸看了看丈夫，又回过头瞅瞅赵立人。

赵立人把一张纸递给徐风笑，他睁大眼睛一看，纸头上印着"自首书"三个大字，下面是一个表格，栏目有姓名、年龄、籍贯、过去参加过什么党派、对三民主义怎么看、对共产主义怎么看、现在干什么、今后干什么等等。徐风笑一边看一边想到党的要求，做党的地下工作如果被捕，可在不出卖组织和同志的情况下，想方设法摆脱敌人，可眼下怎么办? 于是他灵机一动，将计就计，爽快地说:"我们填!"

"好，这太好喽! 真不愧是干过县委书记的，果真聪明，识时务者为俊杰嘛!"赵立人见状乐不可支。过了一会儿，赵立人借口有事，说:"你们在这里填，我出去一下，马上就回来。"

赵立人带上门出去以后，徐风笑压低声音对赵西凡说:"按刚才咱们说的意思填，就可以了。"徐风笑判断赵立人并不知道邵恩贤也是共产党员，就对妻子说:"你就填上没有参加过任何党派。"

徐风笑很快就填好了。在过去参加过什么党派一栏，徐风笑想，大革命时期党组织决定以个人身份加入国民党，后又根据组织决定退出，这段历史赵立人是知道的，于是就填上:参加过共产党也参加过国民党。在现在干什么一栏，他填的是:因为怕杀人也怕被人杀脱离共产党多年，以干苦力为生。在今后干什么一栏，他填的是:今后什么政治集团也不参加，经商、做工挣钱养家糊口。在对三民主义和共产主义怎么看这两栏，徐风笑想，既然今后什么政治集团也不参加，于是在这两栏干脆什么也不填，是空白。

赵西凡看了看徐风笑填的内容，就模仿着抄上去了。

邵恩贤看了徐风笑、赵西凡两人填的内容，就照着葫芦画瓢也很快填好了。但在过去参加过什么党派一栏，邵恩贤填的是：参加组织过妇女协会，普及妇女教育，宣传过妇女放脚、男女平等、婚姻自由，未参加过任何党派。

没过多久，赵立人又带一个年轻妖艳的女人进来了，赵立人笑眯眯地介绍说："这是你们的小嫂子，叫叶蓁，过去也是共产党员。"徐风笑一本正经地说："我比你大，怎么能叫小嫂子，应该叫弟妹才对。""你看立人，老不正经，整天没大没小的，真——坏。"叶蓁撒娇地说。

"哎呀，立人你真有艳福呀，娶了个这么漂亮的老婆！"邵恩贤挖苦着。

"哈哈哈哈……"赵西凡也被逗笑了。

"叶蓁，咱光顾说笑了，忘了给你介绍，这是当年的宿县中心县委书记徐风笑，这是邵恩贤，风笑的爱人，他是宿县老乡，老党员赵西凡。"赵立人皮笑肉不笑地说。

"咿呀，你就是徐风笑呀，大名鼎鼎，早就听说过了，文武双全，真是百闻不如一见，果然一表人才。"叶蓁两眼直望着徐风笑说。她说罢转脸又对邵恩贤说："哟，你也挺年轻漂亮的，风笑真是有福分。"叶蓁说着就要去抱邵恩贤怀里的孩子："这是你们的千金吧，来，阿姨抱抱。"

"妈妈，我怕……"小徐舒望着叶蓁哇啦下子哭了，转脸抱着邵恩贤的脖子。

"别怕，有妈妈在，哭啥子？"邵恩贤搂着女儿哄着。

"你看这孩子，还挺怕人哩！"叶蓁自找台阶地圆着说。

这时，徐风笑把填好的表撂给赵立人说："你看一看吧！"

赵立人说："这个就不用看了，有这么个手续就行，今后你们就安全了。今天我们大家见面不容易，咱们还是一起到虹口公园去玩一玩吧。"说着，他接过这三张表就放在了抽屉里。徐风笑想，这是趁机脱身的好机会，就顺着赵立人的话茬说："走，咱们到公园玩去。"

在去公园的路上，赵立人总是把帽檐压得低低的，样子很不自然，腰里挎着枪，十分警觉，走着走着，无形中就让叶蓁陪着徐风笑、赵西凡、邵恩贤走在前面，而他却走在最后。

他们几个人随便在公园里转了一圈，徐风笑说："时候不早了，我们也该回家了。"

"好吧，咱们都两面吧！"赵立人说着，从口袋里掏出 10 块钱给徐风笑，并说："这给小孩买点吃的，以后有什么困难，我一定尽力帮忙。"

徐风笑想，假若不接赵立人的钱，恐怕引起怀疑，难以脱身，随口说："那我就谢谢了。"

徐风笑、赵西凡、邵恩贤三人回到住地以后，坐在一起，又说了一会儿话。赵西凡心神不安地说："我们填了那个自首表，真是对不起党啊！"

徐风笑说："我们填那个表，既没有诋毁共产党的言辞，也没有吹捧国民党的话，更没有出卖同志、损害组织，只是说自己是因为胆小而不干了，这样做是为了蒙骗应付摆脱敌人，保存自己的力量，将来为党更好地工作。"

赵西凡听徐风笑讲话很坦然，心里豁然开朗起来，高兴地说:"哎呀,原来是风笑兄巧计摆脱叛徒的纠缠,真不愧是到国外留过学的县委书记啊!"

"要不是风笑,咱们还能在这里说话?不然的话,不知道敌人会对咱们下怎样的毒手呢!"邵恩贤接着说。

这时候,三个人,你看看我,我看看你,都会心地笑了。

几天以后,徐风笑想,如果以后全不理睬赵立人,肯定会引起他的怀疑,怀疑他们在蒙骗他,怀疑他们瞧不起他,怀疑他们会恨他,万一计谋被他识破,必定带来不堪设想的后果。为麻痹他,解除他的怀疑,徐风笑和赵西凡两人一起又主动到赵立人家去看了他一次。

7月的上海,骄阳似火。这天,赵立人独自来到了徐风笑、赵西凡的住处。赵立人对徐风笑说:"我要调离上海去南京了,明天我想把家眷先送回苏州亲戚家,行李多,想请你和西凡帮助送一送。"

徐风笑不假思索地说:"行!"

第二天,在通往苏州的河边,徐风笑和赵西凡帮着赵立人把行李搬上了船,他们与赵立人在河边握手道别。看着摇摇晃晃驶向远方的那条船,徐风笑心想,从今以后就摆脱了赵立人的纠缠。顷刻间,他心里一下子感到轻松了许多。

过了一段时间,徐风笑、赵西凡、邵恩贤三人坐在一起开了个小会。邵恩贤说:"现在叛徒赵立人也走了,为了安全,咱们是否再换个住地?"

赵西凡说:"现在咱们以打工卖苦力来维持生计,又没有什么活动,怕什么!再说咱们也没找到党组织,到哪里去呢?"

徐风笑自信地告诉同伴:"现在咱们的任务是隐蔽下来,在保护好自己的前提下等待时机。赵立人虽然走了，说不定暗地里还有特务监视咱们。你们想，赵立人临走时，为什么要到这里来叫我们送他？是否还存在着其他的目的？现在走，反而不安全。即使走，我们也要在这里住一段时间，寻找机会秘密撤离。"

赵西凡、邵恩贤对徐风笑的意见都表示赞同。

1935年11月25日，一个新生命在上海市虹口区的一家教会医院呱呱坠地了。望着新的生命、新的希望，邵恩贤笑了，而爸爸徐风笑更是欣喜若狂。

徐风笑、邵恩贤中年得子，这成了徐风笑夫妇他们那个小圈子里的一件大喜事。一星期后，徐风笑的几个朋友都前来贺喜。他们都是读过书的人，都是失去组织联系的共产党员。赵西凡说："咱给这个小孩起个名字吧？"

"好，太好啦！"从河北省来的小李说。

"我希望他将来长大后，有志气，意志坚决，成为一名优秀的共产党员，我看就叫'志坚'吧！"徐风笑说。

"好，有意义，大名就叫徐志坚。那咱再给他起个小名，看谁有才学，起得好。"赵西凡提议说。

这时，小屋子里热闹极了。一会儿你起个这名，一会儿他说个那名，大家七嘴八舌起了一大串名，从河南新乡来的沙雁说："为了寄托咱们的理想和信念，我看就叫英特尔吧？"

话音刚落，满屋子里的人都兴奋地唱了起来：

起来，饥寒交迫的奴隶！
起来，全世界受苦的人！
满腔的热血已经沸腾，

要为真理而斗争！

旧世界打个落花流水，

奴隶们起来，起来！

不要说我们一无所有，

我们要做天下的主人！

这是最后的斗争，

团结起来到明天，

英特纳雄耐尔就一定要实现！

这是最后的斗争，

团结起来到明天，

英特纳雄耐尔就一定要实现！

1935 年 12 月底，徐凤笑、赵西凡、邵恩贤在那间破旧小屋里开了最后一次会议。徐凤笑说："几年了，为了寻找上级党组织，我们该做的努力全部都做了，看来寻找组织暂时没有什么希望了。现在我已经是一个四口之家的人了，加上西凡，五个人在一起住在两间小房子里，目标太大；再说，这里目标已暴露，时刻担心暗地里有特务监视，干什么都不方便。眼看春节就要到了，我们要利用这个好时机秘密离开这里，分散隐蔽，积蓄力量，以待时机。"

"凤笑，咱的英特尔还不到两个月，这么小，天又恁冷，咱到哪里去呀？"邵恩贤问道。

赵西凡说："要不这样，我一个人走也方便，先离开这里，你们在这里再住一段时间，等过年春暖花开了，你们再秘密离开这里。话又说回来了，咱们都突然离开这里，说不定会引起敌人的怀疑，对我们的安全造成威胁。"

徐风笑感激地说："西凡说得有道理，看来只有这么办了。"

当天晚上，赵西凡就秘密地离开了这里。

1936年3月下旬，徐风笑收到一封从安徽宿县临涣区徐楼寄来的一封信，兴奋不已。他用发抖的手拆开信封，掏出了信纸迅疾展开读道：

风笑，吾儿：

见字如面。

自从你1928年9月离开宿县，你和家庭完全隔绝了，直到前年才收到你的来信。年前又收到你的一封信，说我又添了一个孙子，我和你母亲高兴得几夜都没有合眼。咱们七八年都没有见面了，有时候说，不想你，那是气话，按照咱家乡的话说，儿走千里母担忧，儿女是父母的心头肉，怎么能不想！前几天，你母亲老是叨叨，说她的眼老是跳。常言说："左眼跳，财；右眼跳，哀！"她说，她的右眼跳得厉害，说你们出门在外，肯定有什么事，嘟噜着要我写信，叫你们赶快回来。我劝她说："眼跳有事，那是迷信。"可她说着说着就哭了。

儿呀，我知道你和儿媳子所做的事业，也知道你们的困难和生活的艰辛，人常说，在家千日好，出门一时难。前天，我把咱家的老舐牛牵到临涣集卖了，留着牝牛犁地，过两天再卖二亩地，把钱寄给你，留作回家的盘缠。盼儿、儿媳和两个孙早天回家。

父 字

读着这封信，徐风笑的嘴唇微微抽动。此时，生活陷入绝境的他仿佛身上增添了无穷的力量，感动的泪水如雨般扑簌簌落在信纸上。他抬起头，泪眼嘶声对妻子说："恩贤，咱们回家吧，到家照样干！"

"是该回家了，咱在上海还有什么意思呢？前几天，还有几个挎枪的便衣在咱门前晃来晃去，不知想干啥？还是趁早离开这里，可现在连到家的路费都不够，咱怎么走呢？"邵恩贤深情地望着丈夫说。

过了一会儿，徐风笑说："现在你四妹，不是从国民党山东省党部调到苏州来了嘛。要不，你抱着英特尔先到她那里，顺便向她借点钱，先回宿县城里英特尔的姥娘家。等几天父亲寄来钱，我再领着徐舒坐火车到宿县找你，咱带着孩子一起回徐楼老家。"

"就你鬼点子多，啥事你都想得出来。"邵恩贤笑眯眯地说。

"梁山是逼的，不是上的。这样做，一是为了安全，二来嘛——谁叫你有这么一个有钱的妹妹哩！"徐风笑说着也不由得笑了。

第二天，邵恩贤化装抱着英特尔巧妙地乘船离开上海来到了苏州。

10天后，徐风笑带着女儿小徐舒悄然离开了上海，秘密来到宿县潜伏下来。这天，等徐风笑到宿城邵恩贤娘家的时候，一家人还没有吃晚饭。徐风笑喝了一碗茶，说了会儿话，就说："大娘，俺还是趁黑走吧。"

"到哪去？"岳母慈祥地问。

"到乡下徐楼老家去。"徐风笑说。

"恩贤从苏州回来，为恁爷俩老是担心，吃不下饭，睡不好觉，才刚见面，就不能住几天？来到就要走，像话吗？"岳母有点生气地说。

"娘，风笑是干过咱宿县县委书记的，认识他的人多，在这里住不安全，为防夜长梦多，俺们还是连夜走吧。"邵恩贤对母亲说。

"你就是个受罪的命，老是向着他，就是走，也得吃过晚黑饭再走，大人不说，还有孩子。"邵恩贤的母亲说着，扯起褂襟子擦眼泪。

"娘，我跟着风笑，就是要饭也高兴，喝口凉水也是甜的，你就别说了。"邵恩贤说着也流下了热泪。

这时，徐风笑说："大娘，俺们走了，到乡下过几天，安定安定，再来看望你老人家，你老多保重。"

邵恩贤的母亲从床上抱起英特尔，亲了亲他的小脸蛋，眼泪吧嗒地把孩子递给女儿说："连我小小的外孙'樱桃'也都跟着受罪，我这苦命的孩子来。"

"俺姥娘，我不走。"小徐舒哭着跑到她的身边。

"我的乖乖来！"邵恩贤的母亲抱起小徐舒说。

面对此景此情，徐风笑心里一酸，夺起小徐舒抱在怀里，头也不回地走出大门。

"到家80多里路来，路上可要小心呀，提防着别有坏人！"邵恩贤的母亲不放心地又嘱咐了一句。

"知道了，娘，俺走了。"邵恩贤抱起英特尔恋恋不舍地说。

当徐风笑和邵恩贤来到宿城大隅口的时候，小徐舒说："爸爸，我饿了。"

"别说话，坏人听见，会把你抢了去。"邵恩贤吓唬她说。

"人是一盘磨，睡倒就不饿，在爸爸怀里睡吧，睡着了就不饿了，听话，我的乖女儿。"徐风笑小声哄着小徐舒说。

小徐舒真听话，不一会儿，真的在徐风笑的怀里睡着了。徐风笑、邵恩贤每人抱个孩子，像散步一样边走边看，没有引起人的注意，不大会儿就混出了西城门。当他们越过护城河，来到西关的时候，邵恩贤小声对徐风笑说："这么远的路，咱可租一辆马车送咱?"

"车送招风，不一定安全，再说咱腰里也没有那个浪费钱，咱还是抄小道走好，路又熟。"徐风笑正说着话，转脸朝后看，突然发现身后不远处有几个形迹可疑的黑影，他警觉地掏出手枪，示意邵恩贤赶快走。

两个人急忙拐弯朝南边的一个巷子走。不大会儿，两人出了巷子又朝正西走去。恐怖紧紧抓着他们，紧张得几乎透不过气来。当他们疾步来到西二铺时，看没有什么人跟踪，才稍微放慢了脚步。这时，邵恩贤突然想到在上海分别时徐风笑对她说的："我们要回到家乡去，回到浍河两岸去，宣传抗日，领导革命的群众拿起枪杆子，武装起来，挽救祖国的危亡……"又想到："离开大上海，我们又到乡村，到乡村里去播种，到乡村里去扎根……"她的心胸就豁亮起来，浑身就增添了力量，脚步又放快了。

到了西四铺，徐风笑悄悄对邵恩贤说："再朝西走10里就是五铺了，叛徒赵立人的家就在那里，为防不测，我看咱还是在这里走庄稼小路较安全些。"邵恩贤心里一惊，没有说话，只是走，好像明白了他的意思。

到了下半夜，月亮下去了，夜色显得更加昏沉黑暗，时而才能看到星星。他们为了早一点回到家,一直走了个通宵,直到天亮,才走到火阁子。

现在,徐风笑和邵恩贤怀里每人抱一个小孩,在宿县通往临涣的老公路上边走边拉呱儿。他们说话的声音把怀里的小孩也聒醒了。小徐舒在徐风笑的怀里睡了一夜也没醒。现在醒了,她看了看四周趴在徐风笑的肩上问:"爸爸,咱这是在哪儿呀?"

"这是在回家的路上呀。"徐风笑告诉她。

"爸爸,我饿。"小徐舒闹着说。

"咱现在到骑路王家庄东头了,等会儿到庄里路边上,爸爸给你买热烧饼吃。"徐风笑对女儿说。

骑路王家分南北两个庄,南边庄叫南王家,北边庄叫大王家,也叫大庄,因这南北两个王家庄中间有一条宿县到临涣的古老公路东西横穿而过,庄正好骑在这条公路上。据《王氏家谱》记载,这两个庄的人都是一个老祖,来时只有兄弟三人,是明朝从山西省洪洞县喜鹊窝迁徙而来的,所以这个庄叫骑路王家。平时,骑路王家庄中间公路两旁有卖馒头、油条、麻花、烧饼的,有卖菜、卖肉的,卖日用品的,有饭店、旅店,南来北往的,挑担贩货的,都路过这里,很是热闹。现在,因是清早起来,公路两旁,除了卖吃的外,很少有什么生意。徐风笑掏掏自己的口袋,只有10块钱了,他舍不得花钱,只买了一个烧饼,就匆匆地朝西走了。

徐风笑把烧饼递给女儿:"吃吧,乖孩子。"

"爸爸,怎么只买了一个烧饼,你和妈妈、弟弟吃啥?"小徐舒很懂事地问。

"爸爸、妈妈都不饿,你小弟弟吃奶。"徐风笑哄着女儿说。

"你骗谁，你们走了一夜路，还抱着俺，怎么会不饿？你们不吃，我也不吃。"小徐舒噘起小嘴说。

"好，好，爸爸也吃。"徐风笑说着咬了一小口。

"妈妈，你也咬一口。"小徐舒说。

"妈妈真的不饿。"邵恩贤笑着对女儿说。

"妈妈，你吃一口也算吃了。"小徐舒说着又把烧饼朝前一举。

"好！好！好！女儿已成大人了。"邵恩贤伸头也咬了一小口。

此刻，面对天真可爱的女儿，好像有一股暖流流遍了徐风笑、邵恩贤夫妇的全身，两个人眼里都噙着泪，几乎在同时咽下那一小口烧饼。

徐风笑、邵恩贤沿公路直朝西走，过了高楼，就看到常沟堤上的杨树，笔直的树干在早晨的阳光下闪着亮光，不由得脸上漾出笑容。徐风笑高兴地对邵恩贤说："前边过了漕桥朝北拐沿常沟走，一会儿就到家了。"

邵恩贤看着碧绿平坦的原野笑着说："到家就好了！"

两人走着，说着，很快就到了家门口。不知怎的，一到了家，心情马上感到轻松，恐怖的情绪也松快下来了。徐风笑一推大门，喊了一声："俺娘！俺大！我们回来了！"

两位老人正在屋里闲坐，听着稔熟的声音，都慌地走出来，两位老人一看，高兴地说："你们可回来了！"

徐风笑他们的到来，给这个家庭带来了无限的欢乐。徐风笑的父亲走出堂屋大门抢先一步就去接邵恩贤怀里的孩子，忙问："这毛孩叫啥名字？"这时，徐风笑边放女儿徐舒边答道："叫英特尔。""叫樱桃？"徐风笑的父亲诌着说。随后又自言自语地说："樱桃，这个名字起得好哇，樱花在春天里开得最早，也好看，樱桃又鲜又红，说不定这孩子成熟早，将来是国家的栋梁呢！"接着，他一边朝堂屋里走，一边拍着英特尔："我的小樱桃，一夜没睡好觉吧？嗷……嗷……毛羔睡，毛羔乖，毛羔不睡眼睁开。卖馍的，咋不来？一叫毛羔饿起来！"这时，英特尔在他怀里反而哭了起来。"哈哈哈哈！"爷爷的举动引得小徐舒天真地笑了起来。"这是你爷爷。"徐风笑对女儿说。"爷爷！"小徐舒高声喊了一声。"哎！"爷爷高兴地答应着。可他并没有转过脸来看看自己的小孙女，而是低头看着在他怀里哭闹的小孙子。"这是你奶奶。"邵恩贤指着她对自己的女儿说。"奶奶！"小徐舒又高声喊了一声。"哎！"徐风笑的母亲笑着答应了一声。说着，就弯腰去抱小徐舒。当她看见孙女的模样又黄又瘦，老人不由得心疼地说："我的乖孩子来，真知道啥。还没吃饭吧？奶奶去给你做。"小徐舒很懂事地说："妈妈抱着小弟弟，爸爸抱着我，走了一夜的路，都没吃饭，我还吃了一个烧饼呢！"当她听到小孙女这么一说，老人转过脸来扯起褂襟子擦擦眼泪，颤着腿弯朝锅屋走去。"妈妈，我要和奶奶在一起。"小徐舒转脸对邵恩贤说了一句，竟朝锅屋跑去。

就在这时，大门突然被推开了，一位中年男人走进院子有气无力地说："徐先生在家吗？"听到院子里有人喊，徐风笑的父亲忙把英特尔递给儿媳邵恩贤，就匆匆朝堂屋门外走去，并问："谁呀？""我，后边王庄的。"来人答话。"哪里不得劲？"徐风笑的父亲关切地问。来人说："不知咋弄的，吃罢清早起来饭，肚子直痛。""走，到病房里去，我给你扎两针，包好。"徐风笑的父亲轻松地说。来人听他这么一说，心里感到轻松了许多，于是又伸头朝堂屋里看了一眼，说："徐医生，你家来哪里的客？""哪是什么客，是我儿子、儿媳妇、孙子们从外地回来了。"徐风笑的父亲笑着说。

徐风笑的父亲名叫徐从谦，是四代祖传中医，不仅擅长治疗胃溃疡、梅毒、伤寒病，而且对妇科病、儿科病也都拿手。他的针灸术是一绝，特别是治疗患有霍乱症的病人，只要抬来的时候是活的，肯定能治好，他先用针灸给病人定住，然后再给病人喝汤药。他不仅医术精湛，医德也高尚，无论谁找他看病，一心只想着病人，唯独没有他自己。穷人治病他很少收钱，有的穷人治病他就用针灸，一针扎下去，不吃药，病就奇迹般地好了。因此，方圆百十里的人都找他看病，就连城里有钱当官的也骑马坐轿来找他。过得好一点的人家请他看病赶着大车来接，过得差一点的就把病人抬到他家里来。他家里有两间单独的西屋，一间是药房，另一间是病房，另外有两张床专门给病人治病用，所以不论是穷人还是富人对他都十分尊重。

徐从谦共有三个孩子，大女儿早年守寡，等她的大女儿出嫁后就离开了人间，撇下了三个还没成家的可怜孩子。徐风笑是独子，排行老二。小女儿徐青兰嫁给邻村一个写一手好字并会推豆腐、下细粉的聪明人刘万一。徐从谦还有一个弟弟名叫徐从吉。徐从吉 1928 年经他的大儿子徐清汉介绍，加入了中国共产党，当年被推选为临涣区农民协会负责人，徐清汉于 1926 年夏在临涣小学教书时经朱务平、徐风笑介绍加入中国共产党。同年，徐风笑、徐清汉又在徐楼先后介绍了徐从荣、徐清江、徐从山等人加入中国共产党。1926 年 12 月，成立中共临涣（宿县）独立支部领导下的徐楼支部，徐清汉为支部书记。徐从吉还有三个儿子，二儿子徐清理、三儿子徐风三、四儿子徐清鲜。徐从谦的家境并不穷，家有土地近百亩，另外还有一个织布坊和染坊，日子过得还算殷实从容。由于徐从谦是位中医先生，并开有药铺，他对种地和染坊之类都不感兴趣，抱着无所谓的态度，所以后来随着家里增人添口，分家时，只要了20多亩地留作口粮家用，其余土地和家当全都分给了弟弟徐从吉。

现在，徐从谦家里来了找他治病的人，他的精神马上又来了。顾不得去抱自己从未见过面的孙子，专心致志给病人扎针。等徐风笑、邵恩贤他们吃过饭，徐从谦给病人也治好了病。他走到堂屋才跟儿子、儿媳妇说几句话。徐风笑的母亲刷罢锅洗好碗就匆忙来到堂屋冲着老伴说："别拉了，叫孩子去西院睡觉去吧！""爸爸，我不睡觉，我要和奶奶在一起玩。"小徐舒转脸对徐风笑说。"好，你不困，跟奶奶玩。"邵恩贤插话说。说罢，邵恩贤抱着英特尔同徐风笑一起在徐从谦的引领下到西院织布坊里睡觉去了。

才回到家，小徐舒对农村的一切都感到新鲜。由于没什么可玩的，她独自在院里转了一会儿，就来到了奶奶的身边，嚷着奶奶讲故事给她听。奶奶见她这么小就懂事，一时不知讲啥好。笑了笑，走过来拉着小孙女的手在靠堂屋门东旁的一个小板凳上坐下玩了起来，她双手拉着小孙女的手一边动一边唱起来：

> 拉拉，拉到干娘家，
>
> 吃个白饼，
>
> 卷个菜瓜，
>
> 吃嗒吃嗒家去吧。
>
> 临走给个老南瓜，

背不动，朝家送，
累得毛羔撅个腚。

小徐舒乐得哈哈直笑。奶奶见小孙女如此高兴，拉着小孙女的手又唱了起来：

小红孩，跐一跐，
问恁娘家有多远，
七里路，八里多，
南边有个樱子棵，
樱子棵，影一影，
南边有个莲花井，
莲花井，连一连，
南边有个果子园，
果子园里拉大车，
车上坐的谁？
坐的麻大姐，
脚又小，脸又白，
两个妈妈横打垂。
什么车？
铁边车。
什么牛？
弯骼老舐牛。
什么鞭？
大鞭合小鞭。

一打一罢烟。

呸！呸！呸！

俺不要，

俺要东边的小花轿。

小徐舒两眼笑得开了花，说：“奶奶，您唱得真有意思，再唱一首吧！”“好，奶奶再给你唱一首。”

小巴狗，跟娘走，

娘放屁，烂臭气，

关上门，唱大戏。

小徐舒一听，噗地笑出来，她撒开奶奶的手，高兴地欢蹦乱跳，拍着小手说：“奶奶唱得真好笑！”奶奶说：“你要是听呀，三天三夜也唱不完。”就在这时，大门外传来了孩子们的喧闹声：

对对，对花瓶，

恁的花瓶十二层。

金瓶嚓，银瓶嚓，

一对小姐跪倒吧！

小徐舒一听外边有小孩在嬉闹，就更加高兴，说：“奶奶，我要到院外去跟人家玩。”说着，就朝大门外跑。这时，奶奶也慌地站起来，两只脚颤颤巍巍，一步一步紧跟着小孙女迈出大门，伸出两只手，拍着掌说：“乖孩子，别给人家磨牙啊！”小徐舒答应着："知道了，奶奶！"

小徐舒来到庄里大街上靠南边一点一棵大槐树下站着，她看到七八个小孩手拉手围成一个圈，听他们嘴里齐声唱着：

> 小丫头，挎笆斗，
> 挎到南地摘豌豆。
> 豌豆没开花，
> 捏着鼻子哭到家。
> 家里没有人，
> 捏着鼻子哭到林，
> 林上有个剥羊的，
> 一叫老羊剥得光荡的。

几个小孩玩得正欢，好像没有看到小徐舒在那里站着，他们又接着唱了起来：

> 小豆芽，弯弯钩，
> 俺到姥家过一秋。
> 姥娘看俺心欢喜，
> 妗子看俺翻眼瞅。
> 妗子妗子你别瞅，
> 豌豆开花俺就走。

徐舒靠在大槐树上笑着拍起小手说："你们唱得真好！"这时，几个小孩停了下来，其中一个小女孩问她："你是谁家来的客？"

小徐舒用手一指家门，那小孩说："噢，你是到徐医生家来的，你叫徐医生啥？在哪庄？叫啥子？"小徐舒说："徐医生是俺老爷，我叫徐舒，从宿县来，俺住姥娘家。"那小孩说："说起来，你也是这庄人，这回来你还走吗？"小徐舒说："以后就不走了，我和你们一起玩。"那小女孩走到小徐舒跟前拉着她的小手说："来，咱们一起玩。"说着他们就手拉手重新围了一个圆圈，小徐舒也跟着学着边跳边唱：

小大姐，小二姐，

你拉风箱俺打铁，

挣了钱，给咱大。

咱大戴上红缨帽，

咱娘穿上咯噔鞋。

咯噔咯噔到门口，

门口发大水，

湿了懒姐的花裤腿。

接着，徐舒又跟着唱了一首《小针扎》：

小针扎，蜡梅花，

亲家婆，你坐下，

俺到南地逮鸡杀。

那鸡说："俺的脖子矬，你咋不杀那只鹅？"

那鹅说："俺的脖子长，你咋不杀那只羊？"

那羊说："俺四条白腿往前走，你咋不杀那条狗？"

　　那狗说："俺白天咬人黑来哑，你咋不杀那匹马？"

　　那马说："备上鞍任你骑，你咋不杀那头驴？"

　　那驴说："俺推套磨，拉套麸，你咋不杀那头猪？"

　　那猪说："你怪俺不怪，俺是阳间的一刀菜。"

　　徐舒同庄里的几个孩子一边唱一边玩，一会儿就跟他们混熟了。

第二章
红军连长夜谈暴动

太阳从天上消失了，隐没在辽阔的淮北平原和模糊的地平线后面。暮色从遥远的村庄暗暗袭来，浍河大堤的树上本来还有几只花马喳子叫着，此刻也沉默了，树枝渐渐淹没在细密的阴暗里，一缕晚烟冉冉地向上升腾，缭绕在徐楼这个普通村庄的上空。渐渐地，整个徐楼庄如同蒙起一层轻纱。

天完全黑下来以后，从常沟大堤树林里走来一个人，他从庄东头来到徐从谦医生的大门前，把门推开，走进院子里。

"风笑大哥回来了吗？"

"回来了。谁呀？"徐风笑放下碗筷，从有灯亮的堂屋里走出来，他向院子里的来人望着。在黑影里，他看到一个穿得破破烂烂的大高个子年轻人。

"我！后边王庄的李景福！"来人走过来，一把抓住徐风笑的手说，"你真是风笑大哥，可敢认我了？"

李景福，1906年生，宿县临涣区徐楼村王庄人。为寻生路，

1925 年，李景福参加了奉军，在张宗昌部下当了一名备补兵。队伍在徐州驻防期间，由于官吏贪污腐化，部队生活苦，加上训练紧张，士兵经常"开小差"。1928 年，军阀混战，蒋介石打败了张宗昌，李景福趁机跑回家。当时，家里十分贫困，少吃无穿，李景福思想上很是苦闷。一次，他找到徐清汉、徐从山、徐从荣等好友，想叫他们给指一条活路，徐楼党支部书记徐清汉问了他一些出外当兵的情况后，就劝他不要再东奔西跑了，穷人到哪里都找不到活路，要想翻身，就得团结起来跟恶霸地主、土豪劣绅斗，并告诉他本地已建立了农民协会（简称"农会"）。他听了这些话，心里热乎乎的。

从此以后，李景福就一心想参加农会。这年 8 月，经徐从山介绍，他参加了农会。当时徐楼农会会长是徐从荣，临涣区农会会长是徐从吉。李景福参加农会后，胆子逐渐壮起来，有时不仅到附近村庄动员农民参加农会，而且还给农会送信，搞联络工作。1928 年秋，党员徐清彦找李景福谈话。不久，经徐清汉、徐从山介绍，在徐楼庙东常沟坡上举行入党仪式，李景福加入中国共产党，并编入徐清汉所在党小组。

徐风笑把头伸到对方的面前仔细打量着，又把李景福拉到灯亮处再一看："噢，想起来了！"他扬着浓浓的眉毛，双手抱住了对方的肩膀，把李景福拉到屋里。

"我下午听俺庄来看病的人说你和大嫂都从外地回来了。我有点不信，我急着吃过晚黑饭，就顺常沟边到你家来了。风笑大哥，听说你七八年才回来这一趟，你不知道俺们是多么想你和大嫂呀！"

显然，李景福对徐风笑回来，有说不出来的惊喜。这时，徐风笑忙从口袋里掏出香烟，点燃两支，把一支递到李景福的嘴上，他看看家里人还在吃饭，便拉着李景福的手说：

"走，到西院织布坊里去！咱俩好好拉拉呱儿！"

两人出了大门，摸黑向右走了十几步，在一个马鞍过底门口停下。徐风笑开了门，并随手关好，用木棍顶上。他们走进三间土墩茅草屋里。

徐风笑用火柴点上煤油灯，说："这里僻静些，咱们就在这里拉呱儿吧！"

李景福说："这几间屋我比你熟，自从咱徐楼 1926 年成立党支部，这里就是党员的活动室，我自 1928 年入党后，就是这里的常客。"

"噢。"徐风笑一边说一边看着屋里，当门两间是通屋，里边放两台木制织布机，靠北墙有两个纺车子，南墙胡乱放着几个砂缸，正当门一张老式桌子，靠东墙有两条四条腿长凳子，屋里很脏，线头子满地都是，看来很长时间没人在这里织布了。他看到这些摆设，想到上午同邵恩贤两人抱着英特尔到这屋里睡觉时，并没有注意到这些。当时，他们实在是太累了，一睡就是一天，直到天黑他娘来喊他俩吃晚饭才起床。想到这，徐风笑改口说："咱到东间单屋里拉呱儿去，可行？""好！"李景福边说边去端油灯。东间屋有一个山墙，并留一个小门，屋内南边靠窗棂子下面有一张小桌，屋里有两条粗凳子，两个小板凳，屋内有两张床，一张靠西山墙，一张靠东山墙，两个床都靠北墙，床南头都摆一行比床稍矮点的土坯。李景福把油灯放在靠东山墙床头的土坯上，他坐在西边床上，让徐风笑坐在东边床上。徐风笑笑着说："你来到俺家还这么客气。"

李景福说:"东床是咱宿县县委组织部长史广敬这几年到这里活动时睡的,当年咱江苏省委军委书记李硕勋也睡过这个床。党员有时在这里开会,晚了我就不走,睡在这西床上,这是我的老位。"

"白天我也是在这里睡的。"徐风笑兴奋地说着。

李景福笑着问徐风笑:"你啥时候从外地回来的,这几年怎么样?"

"我是从上海经宿县岳母那里连夜回来的,今天早上才到。"徐风笑把声音放低些说:"1928年9月,我从宿县中心县委书记的位置上调到上海任中共法南区区委委员。1929年3月,受党中央的派遣去苏联莫斯科学习。1931年春回国后,做党的地下工作。1932年'一·二八事变'后,参加组织沪上抗日义勇军。后来在中央军委会吴公勉的领导下,参与金华暴动和温州暴动,结果都失败了。以后就与组织失去了联系,大部分时间为生存奔波,搬石头、抬木料出苦力,做小工,多次得病和挨饿差一点死了。后来在寻找党组织无望的情况下,只有回家了。"

李景福难过地说:"没想到,大哥在外吃了那么多的苦,我还以为你混好了呢!唉,这几年咱家里也是一言难尽啊!这下可好了,你和大嫂回来啦,我们也有个偎头了。从今以后,你就领着俺们一切重新开始,好好干一场吧!"

说到这里,徐风笑并没有搭话,他沉默了一会儿,从口袋里掏出烟,每人一支吸了起来。这时,他走到窗棂子跟前,望着外边,天已阴起来,徐风笑转过头来说:

"好吧,那就一切从头再来。现在你就给我说说这几年来的活动情况怎样?"

"怎么个说法呢？又从哪里说起呢？"李景福有点犯愁地说，"我这点水平，叫干点啥还凑合，要是叫我用嘴说，真有点为难。"

"随便拉吧！想哪说哪。要么就从 1928 年 9 月我调走以后说起，说说你们都进行了哪些活动。"徐风笑笑着说。

"好！"李景福干咳了一声接着说："自大哥 1928 年 9 月调到上海以后，咱们家乡白色恐怖相当厉害，党和农会组织都转入地下活动。一天，徐从荣对我说：'咱临涣的两任区委书记刘敬秋、李正明都叛党了，现在活动要注意点。'以后，我们的活动转入隐蔽。当时我们活动的地点，是在徐从荣的菜园里，活动的目的是稳定群众情绪，教育党员不要怕吃苦。有时我们还在陈口孜后边的三吴阁学校、祁集的祁庙孜学校开会，研究如何团结周围群众，壮大力量，从事斗争。"

"经过两年多的奋斗，咱临涣这一带的党组织不断发展壮大，除咱徐楼党支部外，还有临涣、童韩、七闸口、祁集、匪运 5 个支部；共产主义青年团、工人联合会、农民协会、妇女协会人员在增加，革命的力量也在壮大。1930 年 6 月 13 日，中共江苏省委为贯彻执行中央决议，向各地党组织发出 23 号通告。要求沪宁、津浦、陇海沿线的党组织，在中心城市必须坚决组织产业工人大罢工，在农村要组织地方暴动，占领城市，建立苏维埃政府。随后，中共徐海蚌特委依照江苏省委的指示，在徐州组织津浦铁路、陇海铁路两路的同盟罢工，在各县组织农民暴动，发动游击战争。6 月中下旬，中共江苏省委军委书记李硕勋和省军委委员咱宿县人——赵良文及委员徐怀云来到徐州，经过与中共徐海蚌特委研究，按照中央和省委的指示，决定组建中国工农红军第十五军，特委书记陈资平任军长，萧县、铜山和咱宿县的农民武装分别改编为红军第一、二、三师，泗县和宿迁等县的农民武装分别改编为红军独立师。省委军委书记李硕勋和徐海蚌特委委员冷其英负责组建红三师和指导咱宿县、临涣、百善、岳集、五铺、濉溪、古饶、夹沟、东三铺、水池铺、石弓山等地的武装暴动。同期，中共徐海蚌特委、中共宿县县委、中共萧县县委，改为土地革命行动委员会，成为党、团、工会合一的军事化组织，以图适应武装暴动的需要。咱宿县的县委书记赵龙云改任行委书记。7月初，宿县行委派丁禹畴陪同李硕勋来到百善区委所在地胡楼，与当地党的负责人陈钦盘、陈文甫、赵建五等人联系，并召开党员会议，将中共百善区委改建为百善区行动委员会，陈钦盘任书记，会上并制定了反军阀战争、没收地主土地、建立红军和成立苏维埃政府的行动纲领。还提出'打倒黄老海'和'取消烟捐'等口号。后来，又在前赵营孜小圩子西北角赵建五家开会，研究举行暴动的有关问题。会上，一部分人同意立即暴动，与国民党反动派和地主豪绅进行生死斗争，而赵建五等人认为，现在敌强我弱，暴动条件尚不成熟，应积极把广大青年农民组织起来，尽快壮大革命力量，想尽一切办法搜集枪支，扩大武装。最终这个意见组织上没有采纳。会后，省军委书记李硕勋随即同中共江苏省委巡视员阮啸仙、徐海蚌总行委负责人冷其英和宿县行委书记赵龙云联系，研究决定宿县各地的武装暴动统一在7月10日举行，并向全县党组织秘密传达这个决定。李硕勋和丁禹畴紧张做完以上工作之后，又马上来到临涣，与临涣区党的负责人孙铁民、徐清汉、张怀善、陈志岩等人联系，在临涣土城西城墙墙坡上召开党员会议。当时，临涣支部的单士英、七闸口支部的刘允五、祁集支部的祁士彬，都参加了会议，咱徐楼支部是派我参加的。会上，决定将中共临涣区委改组为临涣区行动委员会，陈志岩任行委书记，孙铁民、徐清汉、张怀善、陈朝珠、吴醉松、张继光、陈允芳为委员。会上，李硕勋还就组织农民武装和举行武装暴动问题做了动员报告。他说：'国共两党分裂了，国民党反动派现正在疯狂残害咱共产党人，我们要建立自己的武装，来保卫革命的力量和已取得的胜利果实，没有枪杆子，我们就要挨打，革命也不能取胜，咱穷人也就不能当家作主，建立的苏维埃政权也就不能保住。'李硕勋还结合本地形势说：'在皖北临涣这一带，1922年这里就有了群化团，1925年朱务平、徐风笑、刘之武等在这里就建立了党支部。在党的领导下，临涣、百善、徐楼一带农民运动搞得轰轰烈烈，先后组建了农民协会和农民自卫军，并开展了对土豪劣绅、北洋军阀的斗争。1926年夏天，临涣及周围地区的几百名农协会员，强割了封建大地主袁三的麦子。秋后，徐楼周边各村大领会联合起来要求地主增发毛巾、草帽和工钱，并提出不答应这些条件坚决不上工。由于声势闹得很大，迫于压力，地主不得不答应。这一切都说明，群众是有觉悟的，现在举行暴动一定能够成功。'他还激励大家起来暴动要勇敢些，不要怕吃苦。他说：'过去我们的队伍在六安大别山区打游击时，被敌人围困在山上，仅靠喝米汤坚持斗争了三天，最后取得了胜利。'人们听了他的报告，很受鼓舞，激动的心情久久不能平静。像是有喜事临门，又好像有什么不可预测的事情到了眼前，各自怀着既兴奋又沉重的心情，考虑着怎样投入全部的精力，争取暴动的胜利。但是暴动起来是什么样子，谁也想象不到。临散会前，会议还决定在暴动前由孙铁民带领吴延瑞等负责印发传单、张贴标语，做好群众的思想发动工作。全面布置大致妥当，就散会了。各支部代表冒着酷暑，急急忙忙走回去。李硕勋、丁禹畴，在孙铁民、徐清汉和我的陪同下，又来到咱徐楼，当晚就住在这里，并在这里连夜召开徐楼支部会议。第二天，又在咱徐楼庄东头常沟沿上召开暴动动员会，徐从山、张怀善、徐从荣、徐清海等党员和一些意志坚定的农会会员 50 多人参加，陈良嫂子也高兴地来了。会上，徐清汉传达了昨天的会议精神，鼓励大家团结起来，建立红军，成立苏维埃政府。我也兴奋地站起来，号召大家积极行动起来，参加暴动。李硕勋看到大家斗志高昂，也站起来兴奋地说：'乡亲们，起来吧，参加红军，打土豪分田地！'话音刚落，孙铁民举起拳头大喊：'干！干！拉起红军起来暴动！打倒恶霸地主！'他的声音浑厚有力，听起来使人感觉到说话的人是那样高大，那样雄壮。这时，人们不由得举起拳头，高声喊着：'中国共产党万岁！''红军万岁！'喊声高昂又响亮。会议开始的时候，人们还小心谨慎，低着嗓子说话。后来一个个就如同小老虎一样地活跃起来，好像暴动的日子已经到来，就什么也不怕了，扯个嗓子喊个痛快。常沟岸边，树叶在热风中'哗哗啦啦'响着，常沟的水在悠悠地向南流淌着，当时谁也不会想到在常沟边上开着这样的会议。"

说到这里，徐凤笑打断了李景福的话，站起来说："咱徐楼人就是讲正义重感情啊！"此时，屋内床头上点着的油灯，灯焰烧得正旺，照得徐凤笑、李景福两人的脸上橙红橙红，照得这间屋子墙上也亮堂堂的。徐凤笑递给李景福一支烟，李景福叼在嘴上，头伸过来在灯上点着，吸了两口，接着说："散会以后，李硕勋和丁禹畴，在孙铁民、张怀善、徐从荣和我的陪同下，就来到徐清汉家，研究怎样组织红军，筹集枪支弹药问题。当说到要做一面红军军旗时，在场的陈良嫂子就从屋里拿出她结婚时娘家陪嫁的红包袱皮子立即要做。徐清汉就掏出笔在纸上画出红旗的图形，并画好镰刀斧头的式样对媳妇陈良说：'看，就照这样做。'陈良用黄布剪着镰刀斧头，剪得整整齐齐，缝在红旗上。她小心谨慎，一针一线地缝着。每个针脚上，都缝着她对革命的热情、对党的深情，缝着她对暴动的希望，缝着她对丈夫的爱恋。她挺了一下身子，出了口长气，说：'盼着吧！红军扛着这面红旗闹暴动，就是咱老百姓的天下。有了这面旗，将来大家不受气不受压，都会过上好日子。'我听到这，心就翻腾起来，伸手把胸膛一拍说：'说得好哇！嫂子！你这一句话，算是把我心里的话掏出来了。为了这面红旗，要暴动！'听我这么一说，徐清汉两手叉在腰里，在地上走来走去。看样子，他觉得真正当家作主了。就在这时，大门响了。我前去开门，一看是徐从山带着百善行委书记陈钦盘和胡楼支部的陈钦元来了。陈钦盘向李硕勋报告说：'李军委，今天上午，百善团防局派七八个团防队员催缴烟款，当到达胡楼村时，我和组织暴动的其他同志商量，认为时机已到，当即组织群众将团防队员全部用绳子捆起来，并收缴了他们携带的全部枪支。陈钦元还当着他们的面，把带有镰刀斧头的红旗竖了起来，并说，我们是共产党，代表穷人的，不准你们向穷人征捐要款，我们马上还要攻打团防局。你们也是受苦人出身，记住穷人不能欺压穷人。愿意干的就跟我们一起干，不愿干的就回家好好种地。不要在团防局里欺压百姓了。当时他们都点头称是。后来大意了，由于对他们看管不严，有两个队员挣开绳子跑了。出了这样的事，我想应该立即向你报告。经打听你在徐楼，我就马上同陈钦元一起跑了十几里路赶到这里来了。'听陈钦盘说的这个情况，在场的人都感到问题的严重性。这时，徐清汉插话说：'今天才7月6日，离全县总暴动的7月10日还差4天，怎么办？应该拿出一个万全之计才对。'为避免走漏消息，李硕勋决定提前武装暴动。他和在场的徐清汉、丁禹畴、孙铁民、陈钦盘、张怀善、徐从荣商量后决定：李军委随同陈钦盘、陈钦元一起立即回胡楼把百善各地的农民武装集中到胡楼；徐清汉、张怀善、孙铁民、徐从荣把临涣各地的农民武装迅速集合到徐楼。同时决定，百善的红军明天上午攻打百善团防局后，队伍在徐楼会合，然后红军队伍开往宿县同全县的红军队伍会合，一举攻克宿县城。同时，李军委还安排丁禹畴把提前举行武装暴动的决定通知宿县行委，要求宿县各地的武装暴动提前到7月7日举行。"

说到这里，李景福皱着眉头，对徐风笑说："风笑大哥，你说，这跑了的两个团丁要是回到团防局报告，啥事不就暴露了吗？当时，我这心里真是不安啊！"

床头上的油灯冒出深蓝色的火焰，袅袅地颤抖。颤抖的光亮，鼓荡着他俩的情绪。光亮的墙壁上，映着两个黑色的人影，一动也不动。徐风笑发觉他的脸色有点难看，知道他心里当时有顾虑，便安慰他说："陈钦元可能年轻，感情一时冲动才这样做的。"

李景福点点头，大声地说："真是嘴上没毛，办事不牢啊！"

徐风笑说："既然事情出来了，不能怕，当时得想办法应付才是。"

"说到怕吗？"李景福爽快地说，"他们真有胆！7月7日清早起来，胡楼、前赵营孜、后赵营孜、阎庙孜、后李家、土营孜、马乡、满乡、史庄等地的农民武装300多人手持枪支、大刀、长矛、铁叉集中到胡楼村前赵营孜东门外。当时，有声望的党员、地主出身的赵建五、赵宗礼等兄弟四人领着他们家的长工，带着平时看家的十几支长短枪也来到了这里。李硕勋宣布将百善区农民武装改组为中国工农红军第十五军第三师第一团，陈钦盘任团长兼政委，王秉仁任一营营长。他们打着红一团的大旗，佩戴红色臂章，以清算烟款为名，在李硕勋和陈钦盘的率领下，向百善进军，准备采用突然袭击和里应外合的战术，一举打下国民党百善区团防局。队伍途经陈老家时，又逮了四个下乡催烟款的团防队员。红军尖兵连陈钦元、赵元俊、裴贯明等人首先到达百善集西南园，发现敌团防局已有准备，看来偷袭不成。当整个红军队伍到达后，团防局的一个排长从圩子里出来假装谈判说：'不要误会，咱们都是乡亲，有事可商量，不要动武，不缴粮不纳款，要枪要子弹，我回去给局长说说。'红军当场表示要面见局长说理，可狡猾的敌人看到红军扛着红旗，手持武器，声势浩大，吓得边说边走，到圩子里把门关上了。红军队伍随即一阵冲杀，枪声、呐喊声响成一片。这时，五铺的赵礼秀、赵贯一也率领农民武装前来会合增援，一时红军队伍士气高涨。在李硕勋的指挥下，红军队伍组织多次强攻，终因敌人据寨防守严密，激战半天也没能攻下。根据当时的形势，天近午时，李硕勋指挥部队主动撤退。当红军队伍撤退到百善集西南拐黄林时，又活捉了前国民党百善区团总谢省三。经审讯，他是单身骑马去临涣团防局求援的，遂将他逮起来，同时决定，一部分红军和伤员就地转移，仅留近百名年轻力壮的红军战士向徐楼方向撤退。当红军队伍途经海孜村时，又与地主武装发生枪战，这时谢省三乘机逃跑，尖兵连红军战士赵元俊发现后，遂持枪追赶，并把他捉回。在海孜，战斗一直持续到太阳斜西，才把土豪家丁打退。随后红军队伍又朝咱徐楼这里撤退。

"傍晚，李硕勋带领红军队伍路过俺王庄庄头，看到屋墙上贴有'打土豪分田地！''红军万岁！''共产党万岁！''打倒恶霸地主！'的标语时，扛着红旗、手拿大刀长矛、身背步枪列着整齐的红军队伍，每个战士脸上都洋溢着兴奋的笑容，像是在过大年，他们雄赳赳、气昂昂地来到咱徐楼后边的一个打麦场上。在这里，徐清汉、孙铁民、徐从吉、张怀善、徐从荣、徐从山、陈宜汉、吴长锐、吴增才等近百名农民武装，已坐着等候多时了，等百善的红军队伍一到，我们就立马站起来，鼓掌欢迎，徐清汉高兴地前去同李硕勋握手，一些战士干脆冲上去同他们拥抱。就在这时，中共临涣支部的陈朝珠也带领农民武装来到这里会合。徐清汉叫我去他家扛早已准备好的暴动红旗，我跑着到他家一看，红旗已被陈良嫂子绑在院内的一棵大树上迎风飘扬。陈良嫂子站在红旗下对我说：'红旗在俺家里插着已经快半天了，百善的红军都来了？'我说：'都来了。'她高兴地说：'扛去吧，暴动的日子就要到了！'我没有话说，胸口里就像架着一团火，是那样的兴奋，立即从树上解下绑着红旗的泥叉，双手举起，大步朝打麦场里走去，陈良嫂子跟在后边，走着笑着。前来会合参加暴动的红军队伍看我摇着红旗走来，一齐鼓掌，像春雷暴响，震撼着浍河岸边的树林。孙铁民伸起粗胳膊大拳头，张开大嘴，喊着：'中国共产党万岁！''红军万岁！'

"红军一齐跳起脚喊起来，喊得真是天摇地动、回音缭绕，喊得鸟雀高飞，喊得云片落地，天也更加晴朗了。徐清汉听着响亮的喊声，看着红军欢腾跳跃，不停地搓着手看着自己的媳妇陈良微微地笑着，陈良嫂子也情真意切地瞅着我手中飘扬的红旗欢笑着。太阳落山了，烟囱上冒出晚烟，咱徐楼村家家户户的妇女们都开始忙开了，有的去自家菜园里摘北瓜割韭菜，有的去摘茄子和豆角子，有的去摘南瓜和洋柿子，还有的把家里的小鸡也杀了，她们做好了饭，户户都请两位红军战士去他们家里吃晚饭。原来请红军吃饭是陈良嫂子事先同咱徐楼村的妇女们商量好才这样做的。

"晚饭后，红军战士都主动回到原来的打麦场上集合。点名时，唯独陈宜汉、赵元俊等人没有回来。原来，晚饭时，陈宜汉听说赵士举家窝有枪支，不愿拿出来支援红军暴动，于是，他就带两名红军战士去赵家，要赵士举把枪拿出来，不拿就点火烧赵家的房子，后来在赵元俊的劝说下，就没有烧房子。等他们回到场里，赵士举又主动把枪交给徐清汉，受到在场红军战士的热烈鼓掌。这天晚上，徐楼小学的学生宣传队还为红军战士演了关于打土豪分田地方面的戏，同时小演员们还朗诵了徐清汉写的歌谣：

> 可怜许多逃荒的，
> 穿的不遮体，
> 吃的不充饥，
> 还有那小孩子哭哭又啼啼。
> 今天到这里，

明天到那里，

随你到哪里，

都是一样的，

没有一个富豪人家可怜逃荒的。

"红军战士听了这首《可怜逃荒的》，都很受鼓舞。演出结束后，红军队伍在场里原地休息，明天暴动的日子就要到了，一个个怀着兴奋的心情，盼望着它的到来。此时尽管是夏天，蚊子叮咬，可百善的红军打了一天的仗，也都累了，临涣的红军白天发动群众、张贴标语、筹集枪支弹药，忙了一天，也乏了，他们想着想着很快都睡着了。就在红军入睡后，李硕勋在咱坐的这间屋里主持召开了由徐清汉、孙铁民、赵建五、陈钦盘、陈文甫、张怀善、陈朝珠、吴醉松、徐从荣、徐从吉、史广敬参加的临涣区、百善区行委及徐楼、胡楼支部负责人会议，研究下一步行动方案。会议认为徐楼离临涣太近，红军在这里住一夜，很容易走漏消息，有被敌袭击的危险。于是会议决定，第二天天亮之前，暴动武装向叶刘湖转移，同时通知临涣、百善两区尚未集中的农民武装到叶刘湖会合，然后再以优势兵力夺取百善、临涣，占领广大农村，建立苏维埃政权。"

"原来的计划不是红军在咱徐楼会合后，开往宿县吗？"徐风笑插话说。

"唉，这不是百善团防局没有攻下，情况有变化嘛，真是计划跟不上变化呀！"

"这样做会不会影响整个宿县的暴动？你说说，第二天这红军向叶刘湖转移，情况又怎样？"徐风笑想听个详细。

"是这样，"李景福慢慢地说下去，"7月8日，蓝蓝的天角上还有几颗大明星，李硕勋将全部农民武装在红军晚上休息的场里集合起来，然后由徐从荣扛着红旗走在队伍的最前面向咱徐楼前庙转移，在咱徐楼庙，徐从荣把一面血红的大旗，插在庙上，看上去红旗迎着风，呼啦啦地飘着。红旗照耀着天空，上写'工农红军第十五军三师第二团'。红军已经在庙前松树林里排好队伍，每人身上带着长枪短棍和大刀，有鸟枪火炮，还有打兔子的筒子枪，个个肩上戴着红袖章。这时，李硕勋宣布临涣区农民武装为红十五军三师第二团，徐清汉任团长兼政委，一营营长徐从荣，二营营长张怀善，我为尖兵连连长。

"这天早晨，红霞满天，我们红一、二团扛着红旗，排着整齐的队伍在李军委的率领下，沿常沟堤朝南走，队伍过了漕桥，顺着临涣到宿县的公路朝东走，到骑路王家庄东头，红军队伍又掉头朝北直走六里路，便到了叶刘湖。叶刘湖是一个东西长四里多，南北宽二里多，有近千人的大庄，庄四周有围沟，庄里有十几米高的炮楼两座。叶刘湖周边村庄稀少，朝东离大刘家有七里，朝南离骑路王家六里，朝北离小叶家有六里多，朝西及西北方向是一个大湖，离最近的海孜也有十多里。庄西头500多米处还有一条涡沟，西北通往常沟，东南流向浍河，战略位置，十分重要。当李硕勋带领200多人的队伍与咱临涣行委书记陈志岩、党员张华坤组织的农民武装会合后，首先把红旗插在炮楼上，并立即在庄周围撒上岗。上午九点多钟，红军队伍刚住下，敌人就来了。国民党百善区团防局长寿振岭率领百善、临涣两区的团防队员从北、西、南三面将叶刘湖包围，李硕勋、徐清汉、陈钦盘立即命令红军战士占据炮楼和庄上所有交通要道上的有利位置，向来犯的敌人射击。红军战士，大部分都是初次打仗，个个心上都扑通乱跳，又高兴又害怕。炮楼上、房子的高处，枪声不断，离远听来，有清脆的枪声，粗暴的土炮声，夹杂着红军战士的呐喊声，震动着田野。红旗插在高高的炮楼上，迎风飘扬，这就是咱受苦农民在古老的农村里同国民党反动派展开的一场血与火的战斗。由于暴动的红军占据有利地形，再加上红军战士越打越勇，敌军始终没能攻进庄来。红军猛烈地开火，打得敌人躲到庄外的小秫秫棵里偷偷向我开枪。就这样，战斗一直僵持着。傍晚，敌军增援部队越来越多，攻势越来越猛，刚组建的红军作战虽然很勇敢，但缺乏军事训练，没有作战经验，且弹药得不到补充。于是，李硕勋召开了由徐清汉、赵建五、陈钦盘、孙铁民参加的紧急会议。会上，李硕勋分析说：'敌人有备而来，如果红军继续孤军作战，时间长了，有被敌人消灭的危险'。会议当即决定夜间突围出去分散隐蔽。红军坚持战斗到黄昏，李硕勋命令红军战士实施从庄东头敌人进攻薄弱的方向突围，由我和赵元俊带领尖兵连担任后卫掩护撤退。在激烈的枪声中，红军队伍边战边撤，各自应战，结果，队伍被敌人打散。当我们尖兵连最后离开叶刘湖时，敌人的总攻开始了。可就在这时，被百善红军活捉的国民党前百善区团总谢省三趁乱脱逃，幸好被赵元俊发现，赵又回过头来追赶谢省三，当追到叶刘湖庄东北拐的一块坟地时，他举起手枪连打几枪把谢打倒在地。当赵元俊赶上我们，回过头来一看，叶刘湖火光冲天，我们知道敌人放火烧了房子，我们愤怒地举起枪，对着通红的火光连放几枪，才东去追赶红军队伍。"

徐风笑完全被李景福谈的发生在家乡的胡楼、徐楼、叶刘湖暴动所吸引，一听到暴动的队伍被敌人打散，他关切地问："这些暴动的红军后来又怎样，可有啥危险？"

"李硕勋和暴动的红军战士真为革命作难，我这心里也觉得难过。"李景福心里闷得实在不行，悄悄地对徐风笑说："当时，我们带着枪经大刘家、陈大湖涯朝东南宿县方向奔去。一路上很少见人，当我们紧追到五铺西南拐的干鱼头时，才见到有李硕勋、孙铁民、史广敬、赵建五、张玉璞等几人，后来我们辗转到宿县西十里铺，天就快亮了，于是我们就藏到一个小秫秫地里隐蔽起来，大家又累又饿，只有靠咂秫秸充饥度过了一天。7月9日晚上，我们就到宿县找到了宿县行委秘书王东藩，由他带领我们到石家圩孜他家里隐蔽起来。在隐蔽期间，李硕勋一面派人打探东三铺、水池铺暴动的消息和中共江苏省委巡视员阮啸仙、徐海蚌总行委负责人冷其英、宿县行委书记赵龙云等人的下落，一面又继续策划举行古饶、夹沟暴动。当他得知东三铺、水池铺暴动失败和赵龙云被捕后被国民党反动派杀害的消息，心情十分沉重。7月中旬，为了确保古饶、夹沟暴动能够成功，李硕勋在赵建五的陪同下，在陆庙主持召开古饶行委负责人和濉溪部分党团员参加的会议，研究古饶、夹沟武装暴动问题。同时，李硕勋又派史广敬、孙铁民、王东藩、吴醉松和我分别到胡楼、徐楼、宿城，联络胡楼、徐楼、叶刘湖暴动及东三铺、水池铺暴动被打散人员，参加古饶、夹沟武装暴动。

"古饶、夹沟暴动失败以后，孙铁民潜到宿城，隐蔽在宿县省立第四职业中学的桑园里，不幸被临涣集一个外号叫'摇头红'姓孙的叛徒出卖而被捕。在宿县监狱审讯室里，敌人问他：

'你是共产党员吗？是谁介绍你参加共产党的？你是否参与策划叶刘湖、古饶暴乱？'孙铁民干脆地说：'我是共产党员，谁也没介绍我参加共产党，是我自愿参加的。要杀就杀，不必多问。那不是暴乱是暴动，我们拿起枪杆子，就是要打倒你们这些国民党反动派！革命不怕死，怕死不革命！'敌人又问：'还有哪些人参加暴乱？'孙铁民说：'你们不要太得意，那暴动的人多了，多得数不清，也不知道叫啥名。'敌人哈哈狂笑一阵，说：'你好坚决！打！'皮鞭像雨点子般落在他的身上，不大会儿，蓝条褂上沾满了血迹。敌人看用硬的不行，就用金钱、地位、美女等无耻手段，威逼利诱，想从他口中得到党的秘密，可他只是冷冷一笑，始终没说党的一个字秘密。气急败坏的敌人，又动用大刑，把他的一条腿撬断，可他毫无幸生的念头，他咬了下牙根，瞪起眼睛，喊出来：'打倒蒋介石！红军万岁！'敌人无计可施，便于7月中旬一个阴沉沉的清早起来，把孙铁民绑在一个牛拉大车上，在宿城大街游街示众。当时，我在人群中，看到他五花大绑站在大车上，他的前后都是刺刀，浑身上下，衣服都被鲜血染红，可他却昂首挺胸，看看深远的天上，大喊一声：'打倒国民党反动派！中国共产党万岁！……'但是周围尽是带枪的兵，也实在是无可奈何。大车在朝东关刑场前行，突然他在人群中好像看到了我，于是又大声说：'红军是杀不完的，砍了我一个，还有后来人！'当时我强忍着悲愤，目送着坚强的战友，真想冲上去同敌人拼命，可我看到他那逼人的目光，用理智压住了一时感情的冲动。后来，在东关刑场，随着一声枪响，孙铁民倒下了。可他才29岁呀！"

李景福说到这里，他的眼睛里泛着泪水，望着徐风笑。徐风笑的脸色像铁样的严肃沉重,他的心被敌人的残暴所激怒,同时觉得能有孙铁民这样的战友而感到自豪。他深情地说:"自五卅惨案后,孙铁民就积极参加学生革命运动。1925 年,在临涣由我和朱务平介绍,孙铁民加入了中国共产党。1926 年,他受党派遣去武汉学习,1927 年回临涣任宿县县委委员、临涣区委书记,在他的组织下,临涣的农协会、光蛋会、大领会、工商学各界组织相继建立起来,农协会发展到四五千人,斗争了大地主袁三和土豪劣绅,并取得了胜利。他虽然牺牲了,可他为革命不怕死的精神,将永远激励着咱们,向前,向前,向前!"徐风笑说完这些,两人谁也没有吱声。

整个屋子沉静下来,只听到外面风刮树叶的声音。李景福沉默了一会儿,又说下去:"孙铁民牺牲以后,国民党宿县当局更加疯狂地搜捕和镇压暴动红军和共产党人,很多党团员遭通缉,有的被捕,有的被杀害,黑色的雨云笼罩着整个宿县大地。红军战士、共产党员陈钦胜、璞育才被捕,古饶行委负责人赵含红、赵培元、陈龙桂和烈山煤矿特支书记赵皖江等被通缉。鉴于当时的白色恐怖,李硕勋召开由赵建五、丁禹畴、王东藩、徐清汉、陈钦盘、史广敬等人参加的会议,决定分散到外地隐蔽,保存力量,待机再起。7 月下旬,赵建五陪同李硕勋到了徐州。赵建五把随身携带的短枪交给了徐海蚌总行委,他即被派到国民党军队里搞兵运。而陈望坡、吴长瑞、吴延瑞、吴增才、陈钦元、赵礼秀、赵元俊、史广敬、赵义申等几十个党员都先后前去上海通过咱宿县老乡赵干和王久福寻找党的组织。他们在中共江苏省委工作的赵干和在中央军委工作的王久福的介绍下,与中共中央秘书长柯庆施和中共江苏省委书记李维汉接上组织关系。随后,吴醉松、张怀善和王香圃等人被派到中央军委主办的游击战争训练班学习。

"在咱徐楼，灾难就像锈钝了的锉刀，在迟钝地锯锉着人们的生命。庄里的青年几乎都参加了红军，暴动失败了，他们隐蔽在外，有家不能归。庄里的老年人和中年妇女们关紧了大门，低头守在家里。女孩子、年轻的媳妇们，藏在小秫秫地里，不敢回家，不敢见人。年纪小的破小子怕受牵连被抓，牵着牛驴去走亲戚。当时真是一片凄凉、惊慌和恐怖。磨难的日子，再苦也得受。暴动失败后，徐从荣因隐蔽不周被捕后入宿县监狱。在狱中，敌人对他软硬兼施，百般酷刑，他却守口如瓶，怒目相对，党的秘密，只字不提，只说自己是一个贫穷的农民。敌人无计可施，把他定为政治犯处以无期徒刑。徐从荣的被捕，使咱徐楼更加恐怖，恐怖得叫人喘不过气来。

"自古饶、夹沟暴动失败以后，一开始我和孙铁民住在宿县行委秘书王东藩家一间小屋里。孙铁民被捕牺牲后，经团徐海蚌特委组织部长赵干介绍，我到宿城一个推面卖的冯永清家隐蔽，自徐从荣被捕后，形势更加紧张。宿县党组织考虑到我如再在宿县继续待下去恐怕要出问题，后经王东藩介绍，我就到濉溪口子找到了中共濉溪中心区委书记李时庄，他安排我在他家杂货店里卖油、卖面，熟悉情况。过几个月，李时庄派我到永城县找中共宿县中心县委委员高化玉和党员邵恩元接头。到永城后，我被派到胡庄秘密联络站搞联络工作。后来我又被派到薛湖与党员刘屏江、陈礼祥接头，他们安排我到曹玉廷的小饭店里以卖胡辣汤为掩护，做党的秘密工作。当时薛湖学校的老师郑桂月、陈文钊以教书做掩护，做党的地下工作，我经常与他们联系，在一起开会。有时刘屏江还叫我扮作卖花生的到薛湖火神庙，给在那里以开烟店为掩护人称郭胡子的徐州特委领导郭子化送信联络。

"1932年4月，我本家的哥哥到永城县薛湖找到我，说俺老爷、奶奶都有病，要我回家一趟。回到家，俺老爷、奶奶见到我就哭，说你一个人在外一年多不家来，俺整天担惊受怕的，想你都想有病了。俺大对我说，一些参加过暴动的人陆陆续续地回到了家，只要到陈海仙那里说一声就没有事了。当时，我一个人去陈海仙那里，俺大还不放心，就叫俺哥领着我去。1930年6月，胡楼、徐楼、叶刘湖暴动时，陈海仙任国民党临涣区区长，他对当时国民党政权的镇压政策，一直持消极态度，对暴动红军及其家属千方百计进行开脱。暴动失败后，国民党宿县政府在全县捕杀共产党人，要求驻在东岳庙的国民党连长和临涣团防局长周丙爱带领军队和团防队去'清剿'徐楼。陈海仙得知这一情况后，一面派人偷偷地给咱徐楼人通风报信，早做准备，一面又主动劝那个连长说：'这几个毛胡子不劳大军了，区团防局就可以把他们收拾了。'陈海仙说服连长后，又找到周丙爱说：'暴动的红军都吓跑了，他们的家属有何罪呢？咱们是地方人干地方事，要看得长远，可不能胡弄啊！'周丙爱听他说得有理，只好听他的。随后，周丙爱随同陈海仙带领临涣区团防队到临涣城东和徐楼绕了一圈，空放几枪把群众吓跑，回来向那个连长应了差，咱徐楼也就免遭了一场大灾。这年秋天，陈海仙在临涣集文昌宫创办宿县第七区区立乡村师范学校，任义务校长。由于他倾向革命，他所聘请的老师陈粹吾、王建东、张灿五等都是共产党员。陈海仙是一个开明的人，对咱共产党是有感情的，他利用当区长这个职务，让参加暴动的青年到他那里登记个名字，既是为了他们能够公开地回到家安心生活，也是为了自己这个国民党区长在必要时对上头有个交代，目的是保护这些曾参加过暴动的乡亲。等我由俺哥带着去见陈海仙的时候，他正在家里吸烟。陈海仙对我说：'你来了就没啥了，在家安心吧。'他又问我：'我的学生都在哪里？如果你知道就叫他们都回来吧，只要我这个区长干着，就没有人敢找他们的麻烦。'我说：'好。'过一会儿，我就同俺哥一起回家了。到家的第二天，我就来到了徐从吉大叔家，他问我这一年多在外的情况，我都如实地告诉了他。我问他的情况，他说：'暴动失败后，在徐州过了三个多月后，就到几家亲戚家隐蔽。1931年刚过年，家来捎信说，只要到陈海仙那里登记一下，就没事了。开始我有点担心，到家过几天，才到陈海仙家去的。他说："都是前后庄，乡里乡亲的，不就那么一点事么，有啥大不了的，你一大家子人家，全靠你呢，在家安心种地就是了。"他说完，我就回家了。这都过去一年多了，真的平安无事。'听他这么一说，我也就安心了。俺爷俩又说一会儿话后，我就问徐清汉现在在哪里，他很难过地对我说：'1931年10月清汉来信说，暴动失败以后，他就跟随李硕勋来到南方参加了红军。来信还说，李硕勋是一个智勇双全的好党员好领导，他被选为中共中央军事委员会委员后，又参与领导组建了红十七军的工作。1931年5月，担任两广省委军委书记、红七军政治委员，8月被国民党逮捕，后在海口被杀害。清汉说，红军是杀不完的，我们要继承李硕勋干革命不怕死的精神，咱们的革命一定会成功。'当时我听到李硕勋书记牺牲的消息，难过得流了泪。过了一会儿，我又问徐从吉大叔，徐清汉现在的情况咋样，可他摇头叹气不再回答。后来被我问急了，他难过地说：'上个月突然有人给我捎来一封清汉从国民党监狱中写的信，要我寄一笔钱去，钱如要到得早，也许还能活着，如到得晚，就永远见不到他了。听捎信的人说，清汉是被红军派进国民党军队里搞兵运的。一次，他在同他人一起组织士兵哗变时被俘，敌人并不知道他的真实身份，只知道他是一个普通的叛兵，只要家里拿钱来作保，就有可能释放，不然一律枪毙。'清汉来信说的那笔钱可不是一个小数目，我和你大婶算了算，不把家里的房子和地卖完是凑不够的，如果卖了，家里还有清理、风三、清鲜几个孩子，这一家老小今后的日子还怎么过？当时，我又想，过去国民党把俺哥徐从谦抓到宿县，要他说出他儿子徐风笑的下落，他说他儿子是党员，几年不在家，真不知到哪去了。敌人看问不出结果，就索性把他打入宿县大牢，后来有人捎信说，只要拿钱就可把俺哥赎回，俺嫂子心急，家里的钱不够，又把卖地的钱配上，才把钱送去，结果也没把俺哥从监狱里赎回来，白白叫他们敲去一笔钱。后来还是俺哥用自己的医术给宿县县长的女儿治好了病，由县长说情，才把他放回来。现在清汉在监狱，来人捎信寄钱去赎，这可又是一个圈套呢？即使把钱寄了去也不一定能换回清汉的命呀！我和你大婶思前想后，犹豫不定，一拖再拖也没把钱寄去。前些日子，传来了清汉被枪毙的消息。本想把这事瞒着儿媳陈良，可这纸里包着火，咋能瞒得住呢？她知道后气得给俺老公婆俩哭着大闹一场，说：'为啥不把寄钱救清汉的事给俺说，家里花干卖净，就是我到娘家借也要去救啊！恁咋这么狠心啊，能救不去救，清汉不是恁身上掉的肉吗？清汉不是恁儿吗？是恁叫我失去救清汉的机会，清汉是恁俩害死的呀！'她连哭带骂跑到自己的屋里搂着我小孙女的头号啕大哭起来，一时一家人谁也没有话说，一家人都哭成了泪人。说到这里，徐从吉大叔眼泪吧嗒地往下掉，我也跟着难过地掉泪。我就默默地来到陈良大嫂的屋里，只见她面容憔悴，眼睛呆呆地直看着她怀里抱的孩子，与往日那个热情活泼俊俏的陈良大嫂相比，真是判若两人。她看我来了，眼睛一亮，抱起孩子斜头朝我身后瞅了瞅，她看是我一个人来的，她抱着孩子坐下来，就低着头问：'啥时来的?'我说：'来两天了。'她又问：'这一年多都在哪里?'我说：'我一个人开始在濉溪后来到永城。'沉默了一会儿，我看她很难过的样子，好像又在想清汉哥，眼泪流了出来。当时，我想安慰她两句，也不知说啥好，甚至连清汉哥的名字也不愿提，恐怕刺痛她的心。我干坐了一会儿，起身就走了。陈良大嫂完全沉浸在悲痛中，她睡在被窝里，只是流泪，不想吃饭，也不想喝水。大婶整天坐在她的床头边上，说：'我的好孩子，起来吧，起来吃饭吧，不吃饭，你要有个好歹，俺也没法活了，人死不能复生，清汉不在世了，你还有两个闺女，以后的日子还要过呀!'她说：'我没有清汉，咋着过，活着还有啥意思? 还有啥指望!'就在这个时候，史广敬来到了徐从吉大叔家。前些日子，他听说临涣区参加暴动的人员都陆续回来了，于是他就以来做帮工为由到了徐楼。当他听说当年暴动的红军团长徐清汉为革命牺牲了，他就找到咱徐楼的党员徐清海、徐志友和我一起特地找到陈良大嫂安慰一番。史广敬说：'弟妹，这次暴动失败了，孙铁民和咱宿县的县委书记赵龙云都被国民党杀害了，还有好多人都被捕了，听说李硕勋书记也牺牲了，现在清汉牺牲了，他们都是为革命流血。弟妹，你也是为革命做过事的人，你想，咱不能让他们的血白流，咱们应该继承他们为革命不怕死的精神，不低头，不悲观，振作起来，团结一致，扛起革命的红旗，为他们报仇。只有这样，咱才能活得像个人样。'陈良大嫂听了这话，心里感到豁亮了。1932 年 5 月，史广敬和徐从吉大叔恢复了咱徐楼支部，陈良大嫂腰杆也挺起来了，当了咱徐楼党支部的交通员。从此以后，凡是革命人员经过徐楼，都会到她那里看望，不论白天黑夜，她都热情招待，从不厌烦，临走还给盘缠，带干粮，真是体贴入微。咱徐楼支部常在夜里开会，有时也让她参加。因此，招来一些人的非议，可陈良大嫂心怀坦然，毫不介意，一心想的是按照党的指示，做好革命工作。1935 年春，她加入了中国共产党。从此，咱徐楼支部又多了一名新党员。"

徐风笑一口气听完发生在家乡的这些事，心里就像大海的波涛，久久不能平静。当他抬起头来，才感到天已经很晚了，这时，他听到外边呼呼的风声，风里夹着雨点，打得树叶啪啪响，远处传来隆隆的春雷声。他刚才完全沉浸到李景福所说的人和事里去了，李景福提到的那些党员，很多同志过去都同他一起战斗过，听了他们的事迹，一阵子高兴，一阵子悲伤。最后他对李景福说："俺叔徐从吉可在家?"

李景福说："昨天，他陪同史广敬去七闸口、胡楼、马乡、满乡几个支部调查了解情况去了，事后他们还要去宿县，到宿县监狱里看望徐从荣，说给他送些春天换洗的衣服。这一去不知哪天回来。从吉大叔临走前又开了一个支部会，党员的活动临时由我负责，他家里的事全由陈良大嫂操办……"

李景福的话还没有说完，只听到外面"砰砰砰"的敲门声，李景福急忙站起来，轻轻走到院内小声问:

"谁?"

"我。"

李景福一听是陈良的声音,急忙前去开门。

不大会儿,屋里进来两个人,在灯光下,徐风笑仔细看看,一个是自己的妻子邵恩贤,怀里抱着英特尔;另一个漂漂亮亮稍高些的女人怀里抱着小徐舒,徐风笑急忙站起来,还没等他开口,邵恩贤就对丈夫介绍说:"风笑,这是咱清汉弟弟的好媳妇陈良。"话音刚落,陈良放下怀里抱的小徐舒,一头扑倒在徐风笑的脚下,她两只手紧紧抓住徐风笑的大腿,大哭道:"我的亲人啊……"

第三章
革命伴侣

　　李景福同徐风笑谈胡楼、徐楼、叶刘湖暴动的事后，一连几天春雨都在淅淅沥沥地下着。这些天来，徐风笑和邵恩贤如释重负，吃过饭什么也不想，抱起英特尔就去织布坊里休息。这天上午，徐风笑站在窗棂前，望着窗外那丝丝春雨，不禁朗诵起韩愈的《早春》：

　　　　天街小雨润如酥，草色遥看近却无。
　　　　最是一年春好处，绝胜烟柳满皇都。

　　这时，邵恩贤抱着英特尔来到他身旁，看着窗外，也朗诵起杜甫的《春夜喜雨》：

　　　　好雨知时节，当春乃发生。
　　　　随风潜入夜，润物细无声。

邵恩贤还没朗诵完，徐风笑就接着一齐大声朗诵起来：

野径云俱黑，江船火独明。

晓看红湿处，花重锦官城。

俩人朗诵完，你看看我，我看看你，都会心地笑了。

这天晚上，一声声春雷震撼大地，紧接着雨就唰唰地下起来了……天刚晓明，小小虫就叽叽喳喳在叫，毛鸪鸪也在"咕嘟咕，咕嘟咕"地一声声叫着。清早起来的街道上，有"梆……梆梆""梆……梆梆"卖香油的敲梆子声，有"换豆腐……换豆腐"的叫卖声。

天晴了。吃罢早饭，邵恩贤对徐风笑说："风笑，你在家抱英特尔，我到咱婶子家去。"徐风笑笑着说："好，你去吧！"

邵恩贤立刻走出大门，她不是直接去她叔徐从吉家，而是沿街朝庄东头走去。路两旁的菜园里种着各种蔬菜，油绿新鲜。她来到庄东头常沟边的杨树林里站了一会儿，太阳从云彩缝里露出了笑脸，照着常沟的水闪着亮光；几只雪白的鹅跟着一群麻鸭子在水里咯咯嘎嘎地游来游去；老柳树的叶子又浓又密，把细长的枝条垂在水面上，风一吹动，枝条划得水面上皱起一圈圈波纹。突然，从沟边又吹过一阵风。风，梳理着她的头发，吹拂着她那张秀丽的脸庞。她平时也常想到家乡，今天面对过去熟悉的村庄、树林，直觉得身上服帖。此刻，邵恩贤独自在常沟边的树林里来回走着。可是一想起过去的事情，她心里就有点激动，按也按不住心头波动的情绪。

邵恩贤，1904 年 5 月 13 日出生于安徽省宿县县城一个没落的商人家庭。她的老爷是清朝后期一个很富有的商人，一生有三个儿子。三儿子就是邵恩贤的父亲，名叫邵卫清，知识渊博，以教书为业，但体弱多病，妻子是一个家庭妇女，勤俭持家。邵卫清有三个女儿：大女儿，在大家族中女排行老二，人称二姐；二女儿邵恩贤，女排行老三，人称三姐；小女儿，女排行老五，人称五妹。由于邵卫清没有男孩，于是就把他二哥的小儿子邵恩元要来当儿。

邵恩贤的老爷去世以后，这个大家庭由她大大爷掌家。在当地有着"父母在靠父母，父母不在靠长兄""长兄如父"的旧传统，所以老大当家在当地好像是理所当然的事情。可是邵恩贤的大大爷是个吃喝嫖赌、不务正业又十分自私的人，他又不善经营，没过几年，把上辈积攒的钱财挥霍一空。原来一个很富有的大家庭，很快就衰败了。最后，他又想起父母给他兄弟三人留下的大量金银财宝，埋藏的地点只有他一个人知道。一天，他突然想到要把这些财宝挖出来自己独吞，可他是个懒汉，自己不想挖，又不想让两个弟弟参与来挖，于是就叫来妻子的娘家弟弟帮他挖。

挖财宝这种事情只能晚黑偷着干，可邵恩贤的大大爷又忘了埋财宝的具体地点，挖了几晚上也没有找到。后来又接着挖，开始他还监视着，后来他干脆就去睡觉，只让他内弟自己挖，最后终于找到了金银财宝。哪知大部分都被他内弟偷运了出去，只给他留下很少的一部分。

墙泥百遍都透风。邵恩贤大大爷偷挖财宝的事终于被他两个弟弟知道了。在姓邵的这个大家族中，三兄弟的经济矛盾产生了，最后致使三兄弟的关系彻底破裂，他们分家了。邵恩贤的父亲邵卫清本来就有肺病，又因他大哥把好端端的一个富有家庭给

毁了而生闷气。分家不久，他病情加重，口吐鲜血而死，撇下了
年轻的妻子和邵恩贤姊妹四个。

在姓邵的这个大家族中，与邵恩贤同辈的就有八个，除邵
葵、邵国恩、邵恩元兄弟三人读书外，还有人称大姐的邵恩言、
人称三姐的邵恩贤、人称四妹子的邵恩慧姊妹仨是读书人。在这
六个读书人中，邵恩贤和她的两个弟弟邵葵、邵恩元早期就参
加了共产党；而邵恩贤的二弟邵国恩跟随他二大爷经营了个文具
店；人称大姐的邵恩言呢，为摆脱不称心的包办婚姻去南京上了
一所教会学校，信奉了基督教。她曾抱着永不嫁人的信条，最后
在别人的劝说下，直到三十多岁才结婚生子；而人称四妹子的邵
恩慧呢，高高的个头，虽然脸有点黑并有些麻子，但长得还算瓷
实。邵恩贤的大大爷不负责任地非要把她嫁给一个吸大烟的烟鬼
子阔少，四妹子邵恩慧一气之下，离家出走参加了国民党，并立
志终身不嫁；二姐和五妹虽然也都识些字，但二姐不喜欢读书，
过早地嫁了人；而五妹呢，也不想读书，可她长得漂亮，被一个
地主的儿子看中，也早早地结了婚。

1915 年邵恩贤在宿县县立第一女子小学上学。1918 年又到
宿县启秀女校读书。1920 年，16 岁的邵恩贤以优异的成绩考入
安徽省第一女子师范学校。在校期间，她经常同在上海美术专科
学校读书的弟弟邵葵保持着联系，姐弟俩相互鼓励并传阅进步书
刊，在思想上产生了共鸣。1921 年 6 月，安庆发生了军阀马联
甲枪杀学生姜高琦等人的"六二"惨案。邵恩贤和爱国青年学生
一起集会，抬着姜高琦的血衣游行示威，高呼口号，愤怒声讨军
阀马联甲枪杀学生的罪行。1923 年寒假，邵恩贤回到家乡宿县，
为募捐建校，她和启秀女校的周全秀、徐筱云等人一起以同学会

的名义义务演出，这事在社会上产生了强烈反响。1924 年夏天，宿城爆发了反对天主教和基督教的斗争，邵恩贤和周华南、王立凤等人在孔禾青、朱务平、董畏民的带领下，到宿城周围农村进行宣传，劝说不少教徒自动退出了教会。

邵恩贤从师范学校毕业以后，满怀豪情地从省城安庆回到了宿城。1925 年 2 月，她和朋友一起在宿城创办了一所义务小学，并担任教师。1925 年，五卅惨案的消息传到宿城后，6 月 4 日在宿县学生联合会的组织下，在宿城召开了 4000 多人的声援大会。会上，孔禾青、刘道新、邵恩贤发表演讲。上午 10 点多，举行游行示威，邵恩贤带领学生走上街头，高呼"打倒帝国主义""废除不平等条约"的口号，并宣传抵制和查禁日货。

1926 年 3 月 8 日，杨梓宜、邵葵在宿城义务小学主持召开会议，组建宿县妇女协会，朱务平、徐风笑在会上讲了话，杨梦生被选为委员长，邵恩贤和饶玉侠、张承茂等被选为委员。宿县妇女协会成立后，邵恩贤主动组织会员走上街头，宣传妇女不裹脚、男女平等，宣传妇女要上学学文化、反对包办婚姻等旧风俗。

1926 年秋，邵恩贤经杨子宜、徐仙舟（又名周秀淑）介绍，加入了中国共产党。22 岁的她，感到非常光荣和自豪，毅然将自己名字中的"恩贤"二字改为"崇真"，意为崇尚真理、崇尚科学，为共产主义事业奋斗终身。她的名字虽然改为邵崇真，可在生活中，人们仍习惯地喊她邵恩贤。

1927 年 3 月 21 日，当北伐军推进到上海近郊时，英勇的上海工人在陈独秀、罗亦农、周恩来、赵世炎、江寿华等组成的特别委员会领导下，发动上海总罢工，随即转为武装起义。上海工人武装起义胜利后，屯兵上海南郊的北伐军开进市区。3月24日，北伐军占领南京，随后又乘胜渡江北上。5月，邵恩贤同周秀文、郭占梅、王宜贞（又名王立凤）、张承茂、刘秀珍等，在宿城大河南街王宜贞的哥哥家里开会，研究欢迎北伐军的问题。6月5日，北伐军王天培部进抵宿城，邵恩贤参与组织了工人、学生、市民欢迎北伐军的活动。在欢迎大会上，中共宿县地方执行委员会书记朱务平致欢迎词，北伐军王天培军长致答谢词。国民党宿县县党部代表李一庄和第十军党代表周仲良、政治部主任高冠吾也在会上讲了话。

1927年9月，邵恩贤经徐仙舟介绍，来到宿县西南80多华里的临涣镇搞教育工作。根据中共宿县临委的指示，她和中共党员周秀文一起立即着手筹建临涣第一所女子小学。在中共临涣区委的支持和群众的帮助下，很快解决了十几间校舍。周秀文任临涣女子小学第一任校长。后来，周秀文考上北京大学，邵恩贤接任校长，她在省立第一女子师范学校读书时的同学王启担任了临涣女子小学的第一任女教师。开学第一天，只有陈秀章（又名李超男）等7个学生报名。以后，学生逐渐增多，第一学期结束时，就有七八十人了。由于她们办学认真，临涣女子小学的声誉在社会上迅速提高，影响很大，就连家在永城县城的杨天珍也到临涣女子小学求学。

临涣女子小学开学不久，在中共临涣区委的领导下，邵恩贤经常向学生灌输革命思想，同时她还以临涣女子小学中年龄较大、思想比较进步的学生为骨干，利用节假日到群众中宣传妇女解放的道理，并着手筹建妇女组织。1928年1月，在临涣集牛市举行了第一届临涣区妇女协会成立大会，邵恩贤当选为委员长。妇女协会成立以后，她积极在全区内发展会员，扩大妇女组织。在中共临涣区委的领导下，邵恩贤还依托临涣区妇女协会组织开展反帝反封建、反对军阀统治的斗争。同时，在中共宿县县委、临涣区委的领导下，她还带领群众开展了对临涣大地主袁三的斗争。

袁三，大名袁大钦，宿县临涣集人。他大哥袁大化住涡阳县殷庙，清末任江西、新疆巡抚，张勋复辟时任内阁议政大臣；他二哥袁二住宿县孙町集。三兄弟都是家财万贯，每人都有土地几千亩，从临涣到南坪长达百余里的浍河两岸就有袁氏寄庄十几处。

袁三拥有田地4000多亩，使用奴婢25人，养家丁30多人，还养个瞎骡子留着专踢穷人。他院内建有炮楼，并拥有枪支弹药。袁三仗着有钱有势，称霸一方。

1921年，邻居马光蛋（小名）因挨饿捋了他地里的5棵小秫秫穗子。袁三知道后，就指使家丁把马光蛋吊在门口的桑树上，用马鞭子抽打，直打得遍体鳞伤，后又关了一夜。第二天，马光蛋身上的衣裳被血衣粘住，衣裳也脱不掉，他甘认罚钱5吊才被放回家。马光蛋因没有钱给，外逃家门，没有下落。

袁三的婢女春荣，长得俊俏，他二儿子袁幼侯要强占为妾，春荣宁死不肯。袁三便将春荣用绳子吊起来打，春荣被打得死去活来。袁三的佃户陈品荣夫妻俩看着春荣可怜，便偷偷地把她放走。春荣逃出火坑后，袁三便把陈品荣绑起吊打，又用瞎骡子踢，致使陈品荣好几天卧床不起。随后袁三又把陈品荣种他的菜园地抽回，把陈品荣夫妻俩撵走。袁三的邻居王德才的嫂子走他地里过，袁三知道后，硬说她偷庄稼，吊打之后，罚小麦5石。

王氏无力偿还，便领着孩子外逃，最后死在外地。佃户刘德成因欠租没还，袁三便叫家丁把他绑到马棚下面毒打一顿，又用瞎骡子踢个半死。最后刘德成被逼得倾家荡产还没还清，他只好携家带眷逃荒要饭到外地。当时，在临涣群众中流传着几句顺口溜：

> 过了袁三的门，身子矮三分。
> 棍棒身上打，瞎骡子踢断筋。

袁三还巧取豪夺，仗势欺人。他强行收买农民的土地，并把路、沟、坡、坟全去掉。当时每亩地的银米是9厘7合，而袁三只过户银米5厘2合，剩下的银米仍要卖主负担，农民敢怒不敢言。一天，袁三的几条狗群咬刘庄的一条狗，眼看就要咬死。刘庄的刘兆文看了火冒三丈，马上拿着爪钩子把袁三的狗砸死一条。袁三知道后，就派家丁去抓刘兆文，并扬言要刘兆文为他的狗出殡，打幡摔老盆，埋坟立碑。不然就把他绑来严刑拷打，叫瞎骡子踢，事后还要赔钱。如没钱给，就砍断刘兆文的脚后跟大筋。这些要命的条件，刘兆文难以答应，于是他就偷偷逃走，在外以要饭为生。

中共宿县县委和临涣区委针对恶霸地主袁三的所作所为，决定发动群众与袁三进行清算他强行收买农民土地的斗争。一天，邵恩贤和中共临涣区委的孙铁民、谢箫九走在最前面带领2000多名愤怒的农民来到临涣东城墙西边袁三的圩子门前示威。邵恩贤大喊："袁三你出来！袁三你出来！"袁三听家丁说是一个年轻漂亮女孩在他门前提着他的小名喊，就气冲冲地带着十几个家丁大摇大摆地来到大门内，家丁打开圩门，他站在那里两手叉在腰间拉着长腔傲慢地说："是哪个黄毛丫头，竟敢在我家门口大呼小叫的？"这时，邵恩贤向前走了几步厉声说："是我！""你是谁？我看你是吃了豹子胆了，敢这样跟我说话！"袁三说着走出大门，家丁们也尾随着很神气地走出来。袁三站在门前一看，心里一惊：呦，这么多人！黑压压的人群把他的圩子几乎围了起来，他一看人多势众，就换个腔调对邵恩贤说："你可有啥事？"邵恩贤向前一步说："今天，俺们来是找你算账的！"袁三狡猾地说："这都年底了，好多穷鬼欠我多年的租子都没还清，我正想去找他们算账来！"邵恩贤气愤地用手指着袁三说："你那些破账都是剥削穷人的黑心账，俺们来找你算的是你强行收买穷人的土地账！"邵恩贤的话音一落，很多农民来到她的身旁给她助威，一个脚穿开花鞋、身穿破小袄的农民站在人群中大声说："袁三，你买俺们的地，不量路，不量沟，不过银米，不请四邻，你这是在喝俺们的血啊！"

袁三一看势头不对，后退了几步问邵恩贤："丫头，你看我这买地的事该咋办？"这时，邵恩贤又向前走了几步对袁三说："我代表乡亲们提几个合理要求：一是要重新丈量土地，做到路到中心河到底，路、沟、坡、坟全都算上，重新量地的花销由你负担；二是9厘7合的银米要全过户，历年来乡亲们纳的银米连同利息你要一起付还；三是地要按实际价格算，过去少付的地价连同利息你要一起付给。"袁三应付说："这……这，这我得回家商量商量。"他说着说着，带着家丁退到院子里，随即把圩门关上了。

"我们要跟袁三算账！"

"打倒恶霸地主！"

"共产党万岁!"

一时间,口号声、呐喊声在临涣这座千年古城上空回荡着。

第二天,邵恩贤、孙铁民、谢箫九带领 2000 多名农民又来到袁三的圩子门前示威,要求算账,可袁三不仅紧闭大门,而且命家丁鸣枪恫吓。中共临涣区委领导的农民自卫队还枪示警。就这样,反袁斗争连续多天都处于武装对峙状态。尽管如此,临涣团防局始终没敢派团防队来镇压。后来,在中共宿县县委书记徐风笑的推动下,国民党宿县县政府派马委员到临涣来调解,终于迫使袁三答应了邵恩贤代表群众提出的三项要求。这次与大地主袁三的清算斗争,前后经历了近 3 个月的时间,终于取得了彻底胜利。

1928 年 3 月,在中共宿县县委主持召开的一次会上,邵恩贤结识了中共宿县县委书记徐风笑。

月亮高高地悬挂在深蓝色的夜空上,向皖北大地散射着银色的光华。临涣女子小学门前几棵高大的杨树也向教室屋顶上、校园里投下了朦胧的阴影。在一间教室里,邵恩贤和谢箫九、刘之武、孙铁民、徐清汉、赵雪民等人在静静地等待着中共宿县县委书记徐风笑来开会。不一会儿,有人轻轻敲了两下门,咳嗽了一声,屋里人把门打开了。这时,进来三个人,只见走在最前面的那位年轻人,身穿蓝布长衫,高高的个子,英俊刚毅的面庞放着光亮,他就是徐风笑。跟在他身后的两位是县委常委朱务平、李一庄。一到屋,徐风笑就笑着说:"让大家久等了。"他说着就跟在座的每一位同志握手。当徐风笑来到屋内唯一的女同志面前时,眼睛为之一亮,被眼前这位白白净净、气质高雅而富有青春活力留着短发的女孩所吸引,迟疑了一下。邵恩贤主动伸出手来同他握手。中共临涣区委书记谢箫九过来向徐风笑介绍说："徐书记，这就是反袁女英雄临涣女子小学校长邵恩贤。"徐风笑对沉着端庄、大方爽快的邵恩贤赞扬说："邵校长真勇敢，你是咱宿县的花木兰。"

在这次会议上，徐风笑传达了上级党组织对农民运动决定及宿县为皖北农运中心地的指示。徐风笑还总结了宿县西部、西北部的临涣、百善、濉溪一带的农民运动前一时期的发展情况，并表扬了临涣区委在这次反袁斗争中所作的贡献。会上，徐风笑还传达了中共中央把安徽省境内津浦铁路沿线及皖东北的凤阳、蚌埠、宿县、泗县等县的党组织划归中共江苏省委领导的决定。在散会前，徐风笑还对当前国内形势进行了分析，他还结合宿县的具体情况，对下一步工作进行了布置。徐风笑在讲话中透出的自信和坚定让邵恩贤由衷佩服，她觉得能跟着这样的人干革命有使不完的劲，就是赴汤蹈火也在所不辞。散会了，邵恩贤舍不得离开会场，她又向徐风笑提了几个问题。这位年轻的县委书记都耐心细致地给予有条有理的回答，她感到徐风笑的话语就像一股暖流流遍她的全身。不知为什么，这一夜邵恩贤失眠了。

这次会议后，邵恩贤由于工作的关系，又见了徐风笑几次。每次相见，两个人都有说不完的话儿，他们由相识到相知，可谁也不愿谈个人的事。不过，宿县县委委员邵葵看出了姐姐邵恩贤的心思。一天，邵葵找邵恩贤拉呱儿，当谈到个人的婚姻问题时，邵葵问她："三姐，你觉得风笑书记怎么样？"邵恩贤笑嘻嘻地说："你看我这长相，哪能配得上人家当书记的美男子。"邵葵说："三姐，你要是有意，我去找徐书记说合说合，咋样？""别拿你三姐开玩笑了。"邵恩贤话虽这么说，可心里却美滋滋的。

但了解姐姐心思的邵葵还是听出了姐姐的话音。过几天，中共宿县县委召开了一次扩大会议。会议结束后，邵葵单独找徐风笑谈话，他问徐风笑："徐书记，我姐姐邵恩贤怎么样？"徐风笑认真地说："哪个邵恩贤？是不是临涣女子小学的校长？"邵葵笑着说："就是她呀，那是我三姐。"徐风笑惊讶地说："她是一个好同志，工作积极向上，是个正直的人。"邵葵说："我问的不是三姐的这个，我问你三姐长得怎么样？"徐风笑立刻明白了他的意思，于是红着脸说："你三姐脸雪白，既温柔又大方，是一朵鲜花。"邵葵一本正经地对徐风笑说："我当红娘，把三姐介绍给你，咋样？"徐风笑一拍大腿高兴地说："你这是成人之美，当然好喽！走，我今天请你这个大红媒喝酒去！"邵葵说："那我可就笑纳了。"两个人说笑着朝一个小饭店走去。

邵恩贤和徐风笑相爱了。1928年5月，这对革命情侣在宿县临涣区徐楼村结婚了。这一年，邵恩贤24岁，徐风笑29岁。

结婚后，邵恩贤赢得了公公和婆婆的好感与尊重。一天，她婆婆擦桌子时，不小心把她公公的一本医书碰掉到地上。公公见新来的儿媳妇在场，趁机想叫儿媳见识一下徐家的家规，于是伸手拿起扫帚把子不问青红皂白就去打她婆婆。可是，追求男女平等和自由的邵恩贤见状，上前抓住公公手里的扫帚把子说："俺大，有话好说，你为啥要打俺娘？"这时，能说会道的中医先生愣住了，看着儿媳，一句话也说不出来。只好松手把扫帚把子让给儿媳，气冲冲地倒背着手出了屋。从此以后，她公公对她不得不另眼相看，她婆婆看着儿子娶的这房媳妇，整天喜笑颜开。她婆婆见到庄里的人就夸："俺邵孩子真是通情达理，不愧是城里人，还是有文化的人好哇！"

　　1928年9月，徐风笑被中共江苏省委调到上海工作，身怀有孕的她对丈夫恋恋不舍。本来两人在宿县就不能经常见面，这一走就更远了。可她想到为革命死都不怕，这一时的分离又算什么。这天，她满怀豪情地又去为她那心上的人儿送别……

　　1928年9月，国民党宿县临涣区团防局局长谢文谟破坏农运，企图谋取国民党宿县清党委员会主任的职位，并扬言要把宿县的共产党斩尽杀绝 。中共宿县县委为了杀一杀国民党反动派的气焰，决定将谢文谟除掉。一天，谢文谟从临涣区童亭集回家，在路上被中共临涣区匪运支部组织的人员击毙。不久国民党宿县当局大肆搜捕共产党员，原中共临涣区委书记谢箫九、中共临涣区童韩支部书记王兴基相继被捕，中共临涣区许多中共党员被迫外出隐蔽。1928年底，在临涣县立第二高等小学任教的中共党员赵良文、邵葵、丁茂修、李仲候、吴福增、张继光、吴醉松以及从徐州来的姓吴和姓周的两个共产党员全部离开了二高。这时，在临涣女子小学任校长的邵恩贤秘密回到了徐楼村。

　　报春的燕子来回地逡巡着，空中传来它们呢喃的欢叫声。

　　1929年5月的一天，一个新的生命来到了人间，邵恩贤做母亲了。她慈祥地望着可爱的女儿心想，今后日子过得就有盼头了。婆婆在屋里生了一堆火，屋里很暖和。婆婆对她说："邵孩子，你是文化人，给这毛孩起个名字吧！"邵恩贤看着闪闪的火头对婆婆说："我看这孩子就随她大的姓，叫徐舒吧，只要看到她，我就会想起风笑。"奶奶伸手抱起小徐舒，喃喃说："我苦命的孩子来，我儿子要看到你会多高兴！"说着，她不由得落了泪。邵恩贤说："风笑现不知在哪里，前一段时间他从上海托人捎信说党组织派他去苏联学习，马上就走。可这几个月都过去了，也没有个音信，在外可会出啥事啊，这叫人多担心呀！"她婆婆一边放下小徐舒，一边劝着："邵孩子，娘知道你心里苦，不用担心，咱徐家祖祖辈辈没干过坏事，苍天有眼，老天爷不会难为咱，我儿不会有事的，在外一定会平平安安的。"婆婆的话虽然不多，但对于刚生过孩子的邵恩贤来说，是一个多么大的安慰啊！此刻，邵恩贤好像变得坚强了许多。

就在小徐舒出生的第四天，淅淅沥沥的雨从清早起来就下个不停。说话间，天迅速黑下来。此刻，屋里烧着火盆，身体虚弱的邵恩贤正在给小徐舒喂奶。突然，大门响了。邵恩贤的婆婆前去开了大门，紧接着她带来一个被雨淋得浑身湿透的年轻人。邵恩贤一看是她娘家兄弟——年仅19岁的共产党员邵恩元。邵恩元一进屋，看姐姐靠在床上头上勒个手巾，一切都明白了。邵恩贤惊讶地问："恩元，你咋这个时候来了？"站在那里冷得发抖的邵恩元慌慌张张地说："姐，国民党对咱共产党下毒手了，俺哥邵葵被当作共产党嫌疑犯抓走了，县委的其他同志也都被迫离开了宿县。我是从县城经五铺干鱼头抄小路到这里来的……"

当邵恩元离开屋的时候，邵恩贤都没有发觉，她好像做梦一样，呆呆地坐在床上。此刻，她感到整个宿县都布满了阴云，好像天要塌下来一样。突然，她抱紧了孩子，又想起了徐风笑，像是从心里涌出一股什么力量在召唤她。邵恩贤不知坐了多久，也不知从啥时起小徐舒在她怀里哇哇地哭起来……

1929年6月，局势稍缓，党组织又发展起来。7月，邵恩贤带着小徐舒回到了县城娘家，又见到了自己的同志。邵恩贤的好朋友共产党员张承茂，给小徐舒送来了她亲手做的一身衣服。她对邵恩贤说："小徐舒满月时，由于局势紧，也没人去接满月。

这回你走娘家，就别走了。现在党组织又恢复了，咱们又可在一起秘密活动了。"邵恩贤说："咱姊妹几个月没见，多想得慌呀，这回相见，能说说话，心里亮堂多了。"张承茂伸过双手就去抱小徐舒，高兴地说："你看，小毛孩吃得多富态，咱共产党也后继有人了。"两个人你一言我一语，越说越高兴。

1929年9月，邵恩贤到宿城女校教书，这个学校姓孙的教务主任是她的同学。几个星期后的一天，邵恩贤在她的办公桌上看到一封摊开的信，她拿起一看，上面写着：

孙主任：

　　你聘请的教员中，有人是共产党员的嫌疑，出了问题我概不负责。

校长

邵恩贤看了这封信，不用说，什么都明白了。第二天，她就不再去这所学校教书了。为更好地隐蔽下来，后来邵恩贤就到一户有钱人家去当家教。

1930年7月，宿县胡楼、徐楼、叶刘湖暴动，古饶暴动和东三铺、水池铺暴动先后失败后，中共宿县党团组织遭到严重破坏，国民党宿县当局疯狂地搜捕和镇压中共党团员和暴动人员，中共宿县县委书记赵龙云被杀害，很多中共党团员遭通缉，有的被捕，有的被杀，还有部分党团员被迫外出隐蔽。一时间，宿县黑云压城。

鉴于严峻的斗争形势，1930年9月，在同学的介绍下，邵恩贤独自一人带着一岁多的小徐舒来到了颍上县县立女子完小以教书为名隐蔽了下来。这里没有人认识她，不用担心有人告密被捕，可她远离了不舍的亲人，远离了自己的同志和朋友，也远离了她那可爱的家乡，陪伴她的只有咿呀学语的女儿……

1931年1月，学校放寒假了，思念母亲的邵恩贤决定带着小徐舒坐船回家过年。当时正值三九严寒，颍河结冰，人从河边冰上走过去如同走在陆地上一样。颍河啊，颍河，多么安静呀！邵恩贤望着困在冰河里的客船，心里凉极了。她无可奈何，只有领着小徐舒在颍河边上一家小旅店里暂时住下。一周过去了，仍不见颍河开冻，邵恩贤心如火灼。可就在这时，一群国民党士兵像土匪一样冲进了这家旅店，所有住店的人都得走，动作稍慢一点就会挨打受骂。当时兵荒马乱的，谁也不敢惹这些兵匪，就连城里回老家过年的有钱人也得乖乖地腾出房间来。邵恩贤紧紧抱住趴在她怀里的小徐舒，只有跟着大家来到停在颍河里的船上去住。她不敢睡下，睡了恐怕全身冻僵了。她解开怀，把小徐舒揣在怀里，用一个小包被裹着，她用身子挡住冷风，望着舱外沉睡的冰河，她的心寒极了。此刻，她又想起了徐风笑，心想：风笑，你在哪里？你可知道俺娘俩在外作难……两天后，开河了。尽长尽宽的整幅河面，跑着各样的冰块，颍河中间露出深绿色的悠悠河水，朝着淮河入口奔去。在太阳的照耀下，冰块反射的阳光，晃人眼睛。在颍河的水中央，一艘汽船在前面打冲锋，后边跟着很多小船，而邵恩贤坐的这艘客船，跟在小船的后面，也开始慢慢前行了。

此刻，邵恩贤怀抱小徐舒长出了一口气，她揣摩着，船入淮河，经凤台、淮南、蚌埠，到五河，就掉头沿浍河上行，过固镇就到宿县了，快了，快了，快到家了，到家就能见到俺娘和几个月没见的好朋友了……

1931 年 2 月，邵恩贤悄悄地来到宿县西关小学教书。国民党宿县教育局教育科科长吴崇礼到西关小学查学见到了邵恩贤，她从容地同吴崇礼寒暄了几句，并简单说了工作上的事，就去给学生上课去了。后来，吴崇礼对教育局的人说，西关小学的女教师邵恩贤是咱省女校的高才生，教学成绩突出，应该请记者写一篇报道在报纸上表扬一下。邵恩贤得知这一消息后，心想，这哪里是表扬我，不分明是向国民党反动当局报告我从外地回来了吗？但她又想，毕竟过去她同吴都认识，也没有做过对不起他的事，他不会把我出卖吧？如果马上离开宿县，敌人有备，就可能有被捕的危险，要不暂时还是在学校教书，看看情况再说。

1931 年 7 月底，一位身穿长衫的地下党员找到邵恩贤说，为庆祝南昌起义 4 周年，组织上决定让你散发传单。当天夜里，她抱起小徐舒，把那位地下党员交给她的传单放在女儿的包被里，坐一辆人力黄包车，来到宿城最繁华的街道上，一边走一边偷偷地撒传单。后来她干脆独自一人抱着小徐舒来到宿城的大街小巷，把包被里的传单丢在商店的门口和窗台上，塞进住家户的门缝里。她心想，如遇人盘问，就说抱小孩到娘家去。很快，一包传单就撒完了。事后，她又巧妙地抱着孩子顺利回到家里。

第二天，邵恩贤同往常一样又到西关小学给学生上课去了。可是就在这天下午，她在办公室里备课，听到有老师议论，昨晚城里大街小巷都撒有传单，现在共产党在咱宿县又开始活动了……正说着，吴崇礼在校长的陪同下来到教师办公室。他打个招呼，转身就走了。邵恩贤感到情况有点不妙。当天晚上，邵恩贤回到家把书报上有共产主义字样的、印有红旗的，还有昨晚没带去撒的少量传单，都拿到厨房里烧了。事后她又看了"应急"的出路，在巷口子里放上个小梯子，才回到屋里。她拉开蚊帐，一看女儿睡得正香，随身想贴着孩子的身旁睡一觉，歇歇困乏了的身子。仄耳细听时，城郊已经有鸡在打鸣，刚把头放在枕头上，远远有汽车开过来，悄悄地停在门口。有人开动车门踏上石磴拍打门环。邵恩贤探起头静听一会儿，当她意识到"出事了"的时候，马上从床上跳起，披上衣裳，轻轻开门走出来。邵恩贤的娘从黑影里走过来，拍了一下她的肩膀，叫她赶快逃走。邵恩贤迅速走进巷口子，又回转身从墙拐探出头去看。邵恩贤的娘走到门后头，问："是谁在敲门呀？"

是外地人口音，拍着门说："甭管谁敲门，开门吧！"

邵恩贤的娘说："如今世道混乱，深更半夜，恁是弄啥子的？"

另一个人粗鲁地说："甭他娘的啰唆，快开门！"说着，抬脚就去踢门。

邵恩贤一听，洋腔怪调，嘴里不干不净，她也顾不得进屋去抱睡着的女儿，跷腿爬上梯子跳到邻居家中，背后还听见她娘跟那些人交涉。那些人要邵恩贤的娘交出邵恩贤，叫她到行营去问话。邵恩贤的娘说：昨儿个晌午顶就走了，不知到哪儿去了。那些人骂她胡说，今儿个傍晚还见她在西关小学呢。邵恩贤心想，叛徒吴崇礼傍晚曾去过学校，一定是他出卖了她。开始，她还不忍心把这场灾难丢给她娘，听那些人吵得不妙，才开了邻居家的门慌忙走出来。深夜的胡同里，冷冷清清，觉得身上直打寒战。走到小隅口十字街，她还弄不清到哪儿去好。黑沉沉的天穹闪着繁星，她趁着星光向宿城城墙走去。她又想到城墙是砖城，城头陡峭，高不可攀，又折转身向她的好朋友张承茂家走去。她走到张承茂家门口，推了推门，大门紧闭，轻轻敲了两下。这时，张承茂一个人坐在床边，白天她听到风声，说撒传单的事是邵恩贤干的，她正为邵恩贤的安全捏一把汗。听到有人敲门，蹑手蹑脚地走出来，把门开了个小缝，问："谁?"

邵恩贤轻声地说："是我。"

张承茂一听是邵恩贤的声音，闪了一扇门，说："快进家来。"

进了屋，邵恩贤就把昨晚带孩子撒传单，后又见到叛徒，今晚特务来抓人的事说了。张承茂惊奇地说："你真是女中豪杰。"

邵恩贤着急地说："别说没用的话了，这都是为了党的工作，承茂妹，眼下你看怎么办?"

张承茂果断地说："走! 恩贤姐，事不宜迟，赶快离开宿县，走! 快走!"

邵恩贤说："这到哪里去呢?"

"对，到哪里去呢?"张承茂自言自语地说。过了片刻，张承茂喜出望外地说："听说四妹子不是在山东济南吗? 要不你坐今夜3点多的火车经徐州到她那里去。"

邵恩贤搓着两手说："实在没地方可去，只有到她那里躲躲了。"

张承茂说："现在，特务正要抓你，咋好脱身呢?"

邵恩贤灵机一动说："我女扮男装，设法离开宿县，你看咋样?"

张承茂高兴地说："这倒是个好主意，恩贤姐，你在这化装，我去你家看看情况，回来再说怎么走。"说罢，她拿了衣服什么的递给邵恩贤，随后出了大门，顺着墙根的黑影一溜烟地朝邵恩贤娘家走去。

张承茂走到邵恩贤娘家门口，仔细一听，院内静悄悄的，于是就前去喊门："大娘！大娘！快起来！"在黑夜里，邵恩贤的娘一听是张承茂在喊，慌得从屋里走出来，开了门说："好孩子，快进来！"

张承茂进屋说："大娘，恩贤姐在俺家呢，没有事。"

邵恩贤的娘一听这话，忙说："这些王八羔子把家里翻个底朝天，才走没多大会儿。听你一说，我这心里一块石头总算落地了。"

张承茂问："大娘，邵恩元可在家？"

邵恩贤的娘说："在家，可有啥事？"

张承茂说："恩贤姐在宿县是不能待了，她想化装后连夜坐火车到济南四妹子那里去。等会儿你叫邵恩元抱着小徐舒去火车站交给她。大娘，不多说，我走了。"

在津浦铁路宿县火车站，邵恩贤身穿男式长袍，头戴礼帽，眼戴墨镜，手拿文明棍，完全是一个商人的打扮，她骗过敌人的眼线，上了火车。邵恩元抱着小徐舒则从另一节车厢上了火车，他找到邵恩贤，把小徐舒递给姐姐，转身就下了火车。小徐舒看着邵恩贤这番打扮，两只小手紧紧搂住母亲的脖子，兴奋的泪水流了下来。

火车开动了，邵恩贤换上旗袍，抱着孩子平安离开了宿县。

到了济南，邵恩贤抱着小徐舒几经周折终于找到了四妹子。

四妹子邵恩慧在国民党山东省党部做妇女工作。她因婚姻问题离家出走后，和邵恩贤只是偶有书信来往，姊妹俩从没见过面。邵恩贤刚见到四妹子时，感觉很陌生。只见她脚蹬高靿皮靴，身穿国民党西式军服，说话高声大嗓的，有时边说边比画着。姐妹俩拉了会家常呱儿，很快就熟悉了。原来，四妹子表面上看很威风，可她在生活上很痛苦，一直是个单身，孤苦伶仃地过日子。四妹子觉着，姐夫徐风笑不知下落，姐姐一个人带着孩子过着颠沛流离的生活，从内心感到难受。

四妹子坐在那里像小时候一样两手抱着邵恩贤的一只胳膊，脸贴在她的肩膀上，动情地说："三姐，这次来你就别走了，咱俩是个伴儿，明天我带你去省党部登个记办个手续，然后我给你找所学校公开地去教书，今后咱俩一块过日子，一块把孩子养大，你看这样可行？"

邵恩贤说："四妹，三姐也知道你的苦，你是为了摆脱那桩不幸的婚姻才自立谋生无奈参加国民党的。四妹，三姐是宣过誓的，我不能为了个人的得失，失去我的理想。咱姊妹俩的政治信仰不一样，姐在这里会影响你的，这里不是我待的地方，我还是抱着孩子走吧！"

四妹子苦口婆心地劝说："三姐，现在形势那么险恶，你就留在我这里吧，好歹办个手续，今后你就是公开的人了。"她说着说着，热泪纵横。

邵恩贤看四妹子哭得那样动情，也不由得流着泪说："四妹，三姐知道你的好意，我也想留下来，可条件不允许呀！三姐是一定要走的，不然你借我点路费，帮我联系一个工作，三姐也就感激不尽了。"

四妹子知道三姐是九头牛也拉不回头的犟脾气，只有点点头依着她。

三天后，在四妹子帮助下，邵恩贤抱着小徐舒秘密从济南坐火车到了青岛，后又坐一夜的海船来到了日照县的石臼所。她又抱着小徐舒历尽艰辛走了几十里的山路，辗转来到了日照县陶罗镇的一所学校。邵恩贤在这里教了不到一学期的书，因当地土匪刘黑七横行乡里，闹得连学校也不能上课。她只有抱着孩子流落街头。

1932 年 2 月，邵恩贤在四妹子帮助下又来到山东省栖霞县县立女子完小教书。不到半年，这里也闹起了土匪，到处枪声不断，县城东北角和西北角被土匪烧得火光冲天。邵恩贤抱着女儿徐舒到处躲避。一天，她带着小徐舒在大街上突然发现宿县的一个叛徒和几个特务。在敌人还没有发现她的情况下，她机智地带着小徐舒又迅速地离开了栖霞县，到四妹子那里隐蔽了下来。

1932 年 9 月，四妹子又四下托人给邵恩贤联系工作。后来，邵恩贤带着孩子就来到离济南比较近的长清县第九小学教书。

在这里，邵恩贤生活上虽然比较安定，可她找不到党组织，无法活动，宿县家乡的同志连信也没有了。与党组织失去联系，她觉着生活在世上，一点意义都没有。有时晚上等孩子睡了，在如豆的灯光下，她会拿起箫吹一首曲子，用那低沉哀婉的箫声诉说内心的凄凉、哀伤、苦闷和无尽的思念。有时候，箫声把女儿惊醒了，小徐舒从床上爬起来，看到泪流满面的母亲，大喊一声："妈妈！"邵恩贤用手擦把泪水，抱起女儿疼疼，又把孩子放在床上，仔细地给女儿披好被，轻轻地用手拍着女儿唱着："只有你的女儿呀已长得活泼天真，只有你留下的女儿呀安慰我这破碎的心……"

邵恩贤唱着唱着，小徐舒一会儿又睡着了。这时她一个人孤独地坐在床边，感到有一种莫名的迷茫和痛苦。此刻，她不由得想起了徐风笑。三年多了，他活不见人，死不见尸，音信全无。

唉！这慢慢长夜啥时候才能熬到头啊，这日子过得真是叫人倒心退，活着还不如死了，但她转念又一想，要是死了，撇下了个没娘的孩子，谁来照顾，她还能活吗？我死了，这家人不也就完了吗？她想，我是一个共产党员，无论在什么情况下，都要坚强起来，困难是暂时的，革命的道路是不平坦的，说不定哪一天徐风笑和同志们就会来到她身边，革命的红旗就会在祖国大地上迎风飘扬……她想着想着就依偎在女儿的身旁，不知啥时候就睡着了。

1933 年 7 月，邵恩贤从四妹子那里得知母亲病重的消息。当学校刚放暑假，她就带着女儿从济南坐火车回到了宿县。邵恩贤的娘见到女儿和外孙女心情好多了，好像病情也轻了许多。这天，从外地回来的邵葵听说三姐邵恩贤和从未见过面的外甥女回来了，慌得来到他姊子家，同邵恩贤单独拉了起来。姐弟相见，百感交集，思绪万千，泪水都不禁落了下来。

邵葵，邵恩贤的堂弟，由于受进步思想的影响，1923 年在上海美术专科学校读书时，就加入了中国共产主义青年团，1925年加入中国共产党。

1929 年 5 月 3 日，中共江苏省徐海蚌特委所辖宿县县委决定开展反对专为旧绅服务的国民党改组派、国民党宿县县党部委员、县教育局局长丁梦贤的斗争，邵葵任反丁总指挥。邵葵组织了一次由张雅清、王子炎、丁雨晨、马品三参加的游行示威。游行的队伍经过大隅口直向东去，他们高呼口号，向设在僧王府的国民党宿县县党部冲去。突然，县党部的吴剑秋（吴子文）令警察鸣枪射击，游行的队伍被冲散。第二天，邵葵和组织游行的李一庄、李仲华、徐仙舟等来到宿城县立第一高等小学，总结了经验，大家商定仍要坚持同丁梦贤作斗争。5月5日，国民党宿县县党部大肆抓捕共产党员和进步师生。在宿县模范小学，邵葵和女共青团员陈月英被捕。5月6日，共产党员邱启仁在家被捕。5月7日，陈德荣被捕。5月8日，又逮捕了中共宿县县委委员、古饶区委书记、完小校长王香圃。国民党宿县当局对他们严刑拷打，后又百般利诱，但都毫无结果。随即，气急败坏的敌人给他们戴上脚镣手铐后投入大牢。

1929年5月17日深夜，寂静无声的宿县监狱牢门走道里，突然响起了"哗啦……哗啦"的脚镣声。邵葵第一个走出牢门，他的双脚被脚镣磨得露出了踝子骨，鲜血直流，可他却昂首挺胸，一步一个血印地向前走着。随着清脆的镣声，王香圃、陈月英、邱启仁、陈德荣也相继走出牢门，他们被押上警车秘密送往凤阳安徽省高等法院监狱。警车开动了，那撕心揪肺的警笛声，划破了宿城宁静的夜空……

在凤阳监狱里，邵葵又组织王香圃等成立了狱中党小组。他们首先发动狱中难友同敌人开展放风斗争。当时凤阳监狱里每个牢房都臭气难闻，犯人个个都蓬头垢面，面黄肌瘦，大多数人都得了病，狱中每月都死人。牢房里十分拥挤，人挨人，人靠人，人睡倒连腿都伸不开，蚊子、蝇子到处乱飞，每个人身上生的虱子都满满的，很多人身上都长疥疮。恶劣的环境，时刻都在威胁着犯人的生命。针对这一状况，邵葵等就动员难友们讲卫生，除虫害。难友有病，邵葵发动大家凑钱买药治疗。邵葵等还鼓动难友共同要求狱官经常打扫房内卫生，每天多放一次风，不答应，不进牢房。狱官一看势头不好，也就同意了。随后，邵葵等又组织狱中难友进行反贪污囚粮的斗争。按规定，监狱囚粮每人每天

1斤4两，按理讲基本够吃，可无论饭量大小的人都吃不饱，饭太稀，馍太小，都是缺斤少两的。邵葵等就策动难友向狱官讲，狱官不但不理，反而对他们进行打骂。于是邵葵就写状子向国民党安徽省高等法院控告，省高院就来人调查处理了此事。后来每一个牢房发一杆秤，发馍时都在秤上称一下。从此，馍饭就够数了。由于以上的胜利，大大激发了难友的斗争热情，邵葵的威望也就越来越高。随着狱中形势的好转，邵葵等人决定从难友中选择培养骨干分子，物色被判处死刑和无期徒刑的青年人，对他们进行说教，策动他们起来暴动越狱。同时邵葵等又背地里偷偷准备器具，为砸开脚镣手铐做准备，以免暴动时来不及，耽误时间。党小组决定计划暴动出狱后，首先缴了监狱警备队的枪，然后去捕捉国民党凤阳县县长作为人质一起出城。党小组还研究，暴动越狱打开虎头门是关键，于是党小组就设法同陈月英取得了联系，叫她去做看管虎头门女看守的工作，为暴动提前做准备。

　　1929年9月23日晚，邵葵、王香圃、邱启仁、陈德荣等假装同住在小号里的陈月英谈话。他们一看女看守恰巧不在，邵葵悄悄地告诉陈月英党小组已做好越狱准备，她当场点头明白。邵葵说了一声："把门拉开！"陈月英随即拉开虎头门，当即就冲出很多人，陈月英被后边的人群冲了出去。难友陈明德与王金斗把虎头门外一个姓董的看守迅速地绑起来，用布蒙住他的双眼，用棉花塞住嘴。王金斗和另一难友刘金榜举着用红绸子裹着的木制假手枪，挥臂高喊："兄弟们，跟我们一起找县长算账去！"张明德也举着木制的假手枪助威大喊："兄弟们，冲出去，快跑啊！"号里的难友一看有人拿手枪带头鼓动大家越狱，胆子都壮了起来。顿时，整个监狱内就如同火山爆发，各牢房的难友一齐出动，像潮水一样向虎头门外冲去，他们边跑边喊："快跑！快跑！我们自由啦！""打倒贪官污吏！""找县长算账去！"他们的呐喊声，犹如排山倒海的潮流，令敌人胆战心惊。

当邵葵、王香圃、陈德荣、邱启仁在最后刚想朝外冲时，就听到有"砰砰砰"的枪声。敌人开枪了，没法继续冲，于是他们便装作老实人又回到牢房。难友也没有出卖他们，而陈月英冲出去后又被抓回，受审时她只承认自己是被裹出去的。

这次暴动越狱共逃出 50 多人，抓回 20 多人。虽然难友没能全部逃走，但在凤阳周围影响很大。国民党安徽省高等法院上报南京，惊动了蒋介石，他亲自派人来凤阳追查暴动经过，抓捕策划人，但查无证据，最后也就不了了之。

1930 年 1 月 23 日，国民党安徽省高等法院作出判决：邵葵和邱启仁判处有期徒刑一年，陈月英因越狱判处有期徒刑一年半，王香圃因查无证据，无罪释放。

邵葵出狱后，先后在南京、上海、徐州、江西等地寻找党组织，后来做党的地下工作。1933 年 5 月，遵照党的指示，邵葵从外地回到宿县。

邵葵同邵恩贤相互诉说着这几年来的各自生活经历。说罢，姐弟俩从心里都感到轻松了许多。邵葵对邵恩贤说："三姐，告诉你吧，去年 8 月，国民党宿县县长房树桐（又名房华岩）率部'围剿'咱县农民抗烟捐暴动武装。在战斗中，咱宿县县委书记任训常牺牲，徐州特委委员孙叔平脱险后回到徐州，省委特派员王香圃和赵干秘密去了烈山煤矿，恩元被捕，现关在南京监狱里。"邵恩贤听后用手抹把泪说："唉！我的娘来，咱共产党人咋这样的不幸，真没想到咱们干革命是这样的艰难！"邵葵劝邵恩贤说："三姐，别难过了，咱共产党人干革命不怕坐牢、不怕牺牲。怕坐牢、怕死的人那不是真正的干革命。当前，咱宿县好多过去的党员有的被捕，有的牺牲，还有的到国民党那里去自首，甚至还有的成了叛徒，现在党的活动已被迫停止，城里一片恐怖。三姐，城里你不能多待，要赶快转移，要么你到乡下徐舒爷爷家避一避，一来照看孩子，二来帮家里干点活，同时还能打听一下姐夫的下落。"邵恩贤关心地说："葵弟，你咋办?"邵葵说："三姐，不要担心我，敌人知道我是坐过牢的人，始终认为我变得怕事，守了本分，不然早把我抓了。我要利用敌人这种心理，在家里待着，等到 9 月份开学，我就到学校里去老老实实教书，暂时隐蔽下来，待机再起。三姐，你就放一百个心地走吧!"

1933 年 8 月的一天，邵恩贤带着小徐舒伤心地离开了有病的母亲，悄悄地回到徐楼村。婆媳相见，有说不尽的话，叙不完的情。婆婆对她说："两年前，那些坏人抓不着你和风笑，就把你公公带走了，那些吃狗屎不就蒜瓣的家伙要他说出你和风笑的下落，他真说不出，那些人就把他投入大牢。后来，我卖了家里好几亩地也没有把他赎回家。两个月前，你公公给那县长的闺女治好了病，后经县长说情，才算把你公公从牢里放回来。"邵恩贤听了，转过脸来难过地对在场的公公徐从谦说："俺大，你为俺当孩子的受连累，让你老人家受罪了。"邵恩贤的公公说："只要你们在外平平安安的，我就是把牢底坐穿也心甘情愿。"邵恩贤听了这话，不禁潸然泪下。

邵恩贤在婆婆家不愿长住。1933 年 9 月，在一位地下党员的介绍下，邵恩贤带着女儿徐舒离开徐楼来到离临涣集不远的涡阳县县立完小教书。

邵恩贤在涡阳教书期间，历尽曲折终于在涡阳县一位地下党员那里得知丈夫徐风笑在上海的消息。邵恩贤与徐风笑通信了。邵恩贤知道丈夫徐风笑还活在世上，心情开朗多了，从心底感到生活又充满了阳光。

1934年8月，邵恩贤带着女儿徐舒喜气洋洋地从涡阳县涡河码头乘船到了蚌埠。为了安全，她又换乘火车从蚌埠来到了上海。

在上海火车站，徐风笑呆呆地站在那里已经很久了。当他第一眼看到分别6年的爱人邵恩贤领着女儿向他走来的时候，不禁悲喜交集，不知所措；邵恩贤看着新婚3个多月就离别的丈夫又黑又瘦一动不动站在那里，辛酸的泪水止不住地流了下来。这时，聪明的小徐舒抬头看看邵恩贤，又朝前看看徐风笑，她撒开母亲的手边跑边喊："爸爸！"此刻，徐风笑如梦初醒，大步朝前走了几步，弯腰抱起了小徐舒，激动的泪水夺眶而出。徐风笑兴奋地对邵恩贤说："这是咱们的女儿？""她叫徐舒，已经5岁了。"邵恩贤点点头，眼里噙着泪说。

邵恩贤这次来上海在徐风笑那里只住了一个月，学校开学，她就回涡阳县去了。

到1935年1月学校放寒假时，邵恩贤毅然辞去学校的工作，带着女儿又来到徐风笑的身边。她第一次来上海时，完全体会到丈夫因找不到党组织而在精神上的痛苦，她亲眼看到丈夫在上海生活上的贫困，特别是她听丈夫说曾因找不到党组织想跳黄浦江而感到害怕。她多么担心丈夫自杀，多么担心丈夫被害啊！邵恩贤想，只要她在徐风笑身边，他就有了家，既然丈夫的组织关系在上海，她就陪着他在上海寻找！她觉得只要和徐风笑在一起，就是天大的困难，也无所畏惧。

　　1936年4月，邵恩贤和徐风笑在上海寻找党组织无望的情况下，带着一双儿女回到了家乡。真没想到，邵恩贤和徐风笑刚到家就接连下了几天的春雨。

　　现在，邵恩贤独自一个人在庄东头常沟边的树林里来回走着，想着过去的事情。她来到常沟边又站了一会儿，抬头看了看沟对岸的小庄沈桥，就沿常沟边往北走去。她走了几十步朝前看了看，又转身向西沿庄后的一条路朝她婶子家走去。在邵恩贤婶子家屋后头，离远看见菜园里有个人，弯腰在干活，走近一看，是徐清汉的媳妇陈良。陈良没有发觉有人从背后路边走来，只是蹲着栽辣椒秧子，头也不抬，有时弯起腰，低着头栽。邵恩贤悄悄地站在菜园子边上，用手理了一下额上的头发，惊讶地说："哟，干活的心真盛，这才下过雨，地不黏吗？"陈良听见有人说话，转过头一看是大嫂邵恩贤，红润的脸上笑出来说："这菜秧子下过雨蕻了就栽好活得很。"她穿着蓝褂子，手里拿着一把茄秧子，甩了甩手上的泥，歪起头冲着邵恩贤笑。白净的脸庞被太阳晒得发红，也瘦了，脸显着更长，身子更棒。邵恩贤问："就连这样的活你也都干？"陈良看看四下没人，低声对邵恩贤说："你看咱这个家庭，为了革命，都出门在外，只剩下女的在家。清鲜虽是个男的在家，他还小，我是老大，得领头干才是。"说着，陈良把手里的茄秧子放在韭菜沟头上，忙说："大嫂，俺娘在家，咱回家坐去。"邵恩贤说："趁天，把菜秧子栽好再走。"陈良高兴地说："好！"两人说了一会儿话，陈良又开始栽茄秧子。栽完，她又去弯腰蕻把洋柿秧子来栽。邵恩贤也弯下腰同她一起栽了起来。

此时，邵恩贤的婶子陈秀云正坐在堂屋当门纳鞋底，给孙女做鞋。想起大儿子徐清汉为革命而死，老眼不由得扑簌簌滚出泪珠来。二儿子徐清理被派往徐州寻找上级党组织，一年多没回来，不知出了什么事；三儿子徐风三在宿县正念书，去了陕北，半年多音信全无，又不知出了啥事；他大去了宿县还没回来……当她想到出门在外的两个儿子真的遇上好歹，老伴俩眼看都上了年纪，这一家子人，又该怎过呀！虽然这个家有大儿媳妇支撑着，可她还是为这个家操碎了心……想到这里，心不由主，两只手哆哆嗦嗦，再也不能纳鞋底了。她低着头，无声地流泪。

一个家庭妇女，没有文化，还不懂得一个革命家庭的命运是和整个中国革命命运连在一起的道理。徐清理、徐风三和他大为革命奔波在漫长的道路上，大儿媳陈良为革命勇挑家庭重担，一个做母亲的人，为儿女们为丈夫担忧，也就是将全部的心血流给了革命。正在迷迷糊糊暗想，听得屋后菜园子里有人说话，她把手里纳的鞋底放在地上的鞋筐子里，坐了一会儿，正说出去到屋后头看看，这时院子里进来两个人，一个是她大儿媳妇陈良，一个是侄媳妇邵恩贤。心上一喜，赶紧走出门来，高兴地招呼说："邵孩子，啥时候回来的？风笑和孩子可都来吗？"

听得问，邵恩贤说："都来了，俺是这场雨头天来的。"邵恩贤的婶子又对着陈良问："陈孩子，你是咋碰见你嫂子的？"陈良说："俺娘，我对你说吧，俺嫂子来的那天，俺就见了面。这几天下雨，我看你心里不舒坦，就没跟你说。晌午头里我在家后菜园子里栽菜秧子碰见俺嫂子，她还帮着栽洋柿秧子呢，您看，都弄了一手泥。"说着，跟着邵恩贤的婶子走进了堂屋。邵恩贤的婶子用铜洗脸盆端进水来，说："邵孩子，陈孩子，都来洗洗，碗碴子扎烂你们的手，叫我老婆子心痛。"陈良说："我的手不怕扎，成天地干活，俺嫂子的手怕扎，她是城里人，是教书先生。"邵恩贤说："别说得那么肉麻，都是一家人，啥罪咱都能受。"邵恩贤的婶子搬来板凳，说："快来坐下，我给你们倒茶。"陈良说："俺娘，你坐着吧，我去倒茶。"邵恩贤问："俺婶子，这些日子都还好吧？"

邵恩贤的婶子说："好，好，啥都好。就是老头子和你清理、风三两个弟弟都出门在外，我这心里老是不安。自从你二弟清理走了以后，他刚过门的媳妇赵淑兰就回娘家了。这样也好，儿子不在家，省得我担心。"邵恩贤的婶子喝了口茶，接着又说："邵孩子，这回你和大侄子带孩子回来，就别走了，几口子出门在外，不容易。人不说么，在家千日好，出门一时难。"邵恩贤说："俺婶子，这次回来，俺真的不走了，在家照样干革命。"邵恩贤的婶子一听，笑了说："你们在家，清理、风三他们要是知道了，都会马上回来的。"说着，她低头去拿鞋筐子里没纳好的鞋底。

邵恩贤坐在板凳上问："俺婶子！做的啥针线活儿？"婶子说："做啥活？上了年纪，手拙眼笨。给毛玲、松玲两个孙女做双鞋。唉！做又做不好，不做又想做，心里慌。"陈良听着，心里难过地说："俺娘，你就别做了，拿过来，我抽空给她们做。"

正说着，有个闺女，穿一身毛蓝衣裳，迈着细碎的脚步走进院子，邵恩贤坐在堂屋西旁一眼就看见她，不高不矮，粉红的瓜子脸，走起路来轻轻的，踮着脚尖走路，心想："这是谁？长得这么漂亮？"

那闺女向前又走了几步，大眼睛一转，看有生人，便停下脚步，说："俺大姨，毛玲和松玲在西院写字也累了，我领她两玩去了?"邵恩贤的婶子说:"你去吧,看着别叫她俩摆使水,天快晌午了,我做饭去。"说着,她满脸的笑色,看了看邵恩贤,又看了看陈良,起身走了出去。

陈良说:"她叫吴长秀,家是浍河南大吴楼的,她家里有五六十亩地,读过几年书,长得大大方方的,在咱这方圆左近,也算得上一个才女。她从小就跟咱弟风三定了娃娃亲,风三在家的时候,她常来,两人在一起读书练字,真是情投意合。自从风三去了陕北,她常来打听消息。后来,我看她一个女孩子家来来往往过浍河坐船不方便,就对俺娘说,咱家里正缺人手,把她留下来,一来能帮家里干点活,二来还能领领毛玲和松玲,教她们识识字。俺娘一听,高兴地跟俺大一说,也就同意了。"邵恩贤说:"今后风三要是回家,叫他们两个成亲算了。"陈良说:"就是的,还是大嫂想得周到!"

邵恩贤坐了一会儿,问陈良有啥活要干。陈良说:"等晾晾地,就去种棉花,点瓜。"邵恩贤说:"啥时候干活,我跟你一起去……"

勤劳的人,睡觉就是香甜。

陈良睡在床上,一下子睡到下半夜,香甜得就像醉人的蜂蜜。公鸡叫过头遍,晨风从常沟岸边飘来,一股股吹进窗户,吹拂着陈良盖的棉被。陈良打了个寒战,从睡梦中醒来,她抬起头看了看窗外,天发亮了,对面屋顶上还腾着暗云。她轻轻翻身坐起来,隔着窗户,看瓦蓝瓦蓝的天上闪着明亮的星星,冲她挤着眼。陈良披上衣裳,弯着腰到床西头给呼呼正睡的大女儿毛玲披披被,又回到床东头坐下来,低下头双手捂着脸又发呆了一会,像是舍不得失去梦境。合上双眼,想再睡一会儿,可是农活在等待着她，再也睡不着了，她穿上褂子，下了床，一下子把吴长秀惊醒了，轻轻地问她："大姐，今儿个咋起恁早？"陈良说："我起来烫棉种，今儿个点棉花。"吴长秀说："我也跟你下地去。"陈良说："不要，等会儿我去叫大嫂子，俺商量好了，啥时干活她也去。你在家看毛玲、松玲，等吃清早起来饭，你给俺送饭去。"

陈良蹑手蹑脚来到锅屋，点着灯，刷了锅，用水瓢舀了半锅水，点着柴火烧了起来。锅烧到响水，她就不烧了。陈良就手把昨个黑来放在锅屋里的棉种倒在水筲里，又掀开锅盖，用水瓢舀锅里的水倒在水筲里的棉种上。当水没了棉种后，她又拿着木棍不停地搅了一会儿，用手试了一下水筲里的水，觉得有点热，又舀两瓢凉水兑上，再用木棍搅了几下。大概过一袋烟的工夫，陈良把淋干水的棉种倒在地上，用清灰搓，最后又用锨把地上的棉种除在笆斗里。干完这些，陈良扛起笆斗拿着镢头直朝她大爷徐从谦家走去。当她走到织布坊马鞍过底门前，陈良放下笆斗边拍大门边喊："俺大嫂子，俺大嫂子！""哎……"邵恩贤听到喊声，答应一声，开门走出来。

她今天换了一身农村的穿着，黑布鞋，老蓝色裤子，格子小褂。笑着问："你起得真早！"陈良笑吟吟地说："趁着地湿，这棉花点到地里，不要点水，多省事！"徐风笑听妻子要跟弟媳妇一起下地点棉花，也慌得走出门来，说："这种地，季节不饶人，人常说，紧庄稼，慢买卖，这点棉花要抓紧，我也跟你们一起去。"邵恩贤说："那太好了！"陈良看到大哥大嫂都要同她一起下地干活，高兴得咯咯直笑。

陈良在门口同邵恩贤说话，徐风笑便来到东院对他娘说："俺娘，我和恩贤跟弟媳妇一起下地点棉花去了。"徐风笑娘说：

"你们下地吧，我去看乖孩子'樱桃'去。"徐风笑一听，高兴地拿把镢头走了。

天空是那样的晴朗无边，常沟堤上，杨树叶子，迎着风哗啦啦地响着。春风柔和地吹着，徐风笑、邵恩贤跟着陈良呼吸着清新的空气沿常沟堤向南地走去。常沟两岸换上了春天的盛装，正是桃红柳绿，莺飞燕舞的时光，田野里的麦苗像是碧绿的海洋。常沟里的流水，清澈见底，哗哗地经浍河向淮河奔去。

陈良和徐风笑、邵恩贤扛着棉种、拿着镢头穿过林中小径，踏着路边草地，走到庙南沟湾里。那是一块三亩多的春地，东边隔两家人家的地就是常沟，地北头不远处是徐楼庙，地南头是一条通往常沟的环形冲子，在紧靠冲子的南边是一片不大的果园，地西边是麦地，一直到徐五家。陈良把笆斗放在地头上，邵恩贤说："毛玲娘，我拜你为师，告诉我咋着点棉花。"陈良说："不用教，我做一遍给你看，就会了。"徐风笑笑着说："庄稼活不用学，人家咋着咱咋着。"陈良拿着镢头一边扒窑一边说："俺大哥知道，这干活没啥花，窑扒四指深就行了，扒窑要退着扒，每个窑丢棉种四五个，要成堆，埋窑用土不能太多，免得到时候棉苗拱不出来，在土底下坏了，用土埋窑又不能太少，让棉种风了头被太阳晒干了不能出。"邵恩贤说："这么一说，我就知道了。"陈良对邵恩贤说："知道了咱就干吧！你和俺大哥俩扒窑，我连丢种带埋。""好！"徐风笑和邵恩贤异口同声地说。徐风笑和邵恩贤每人拿个镢头，陈良拿个小筐盛了棉种，三个人开始干了起来。

徐风笑和邵恩贤在扒窑的时候，脚踩在松软的地里，鞋面被土没了半截，那感觉就像赤脚踩着柔软的棉被一样，是那样的舒适。泥土的芳香一阵阵透入他们的鼻孔，感到非常新鲜而又快活。陈良在丢棉种时，既仔细又快，看样子就好像她的女儿马上跑到她的怀里，接受她那份应得的爱抚一般。她在给棉种埋土的时候，是那么小心，那么敏捷，她低着头沉着快乐地干着这一切，心里啥都不想，眼也不向别处乱看，好像天生就是为干活而生似的。

地南头那静谧的果园安睡的时刻过去了：毛鸹鸹从睡梦里醒过来，黄鹂公子开始在大枣树上呖呖啭着，小小虫从这个枝上跳到那个枝上，叽叽喳喳，絮叫个不停。果园里，雪白的梨花，鲜红的桃花，娇媚的棠梨子花，都开得笑盈盈的；整个果园，万紫千红，飘荡着浓郁的花香。成群的蜂蝶在花间飞着，小燕子在锦簇般的果园上空呢喃地唱着。鲜红的太阳，透过常沟岸边的杨树梢从东方升起，金色的光带辉耀着天空的云彩，闪出蓝色的、红色的霞光。邵恩贤停下手中的活，转过脸来，望着地南头的果园，张开双臂，脸对着天，敞开胸怀吸了一口气，大喊一声："我的天呐！地里的空气多好呀，可惜他们现在不能和咱们在一起了……"她又想起叔叔徐从吉、二弟徐清理、三弟徐风三，看着埋头干活的陈良，自然又想到在暴动中担任红军团长为革命而死的大弟弟徐清汉。

陈良不愿说啥，也不愿想啥。干活对于她是一个亲热的伴侣，只要是在干活，她不烦闷，也不苦恼。自从1932年丈夫徐清汉牺牲后，她就从晚黑到白天，又从白天到晚黑不停地干着。她在家里纺线、弹棉花、织布、做针线活，推磨、做饭或是到地里播种、耪地、薅草、收割。她只要一干起活来，就抿着嘴唇，啥也不说，啥也不想，这样她会镇静些。可是两个手一闲下来的时候，头脑里就像翻江倒海一样，想到这个家庭，想到毛玲、松玲两个孩子，想到自己心爱的丈夫，想到一连串烦恼的事。一想到这里，就像有把刀在绞她的心。她公公、婆婆眼看都上了年纪，清理和风三为了革命出门在外，清鲜还没有长成人，家里还有这么多地，这个家叫她真是着实作难。她还认为：自己守寡，不是什么叫人愁苦的事情，可是到老的时候，黑头发要长出白发，到时两个闺女也都长大嫁人，自己孤独一人，这风烛残年的日子又该咋过呀？想到这里，她马上就想：革命成功，日子就会好起来的。啥时候革命成功呢？现在日本鬼子又打进中国。这个问题，在她心上是急迫的，不论是干活，还是吃饭，一想到这里，她会两眼长时间地发呆，纳鞋底的时候，要停下针，吃饭的时候，要停下筷。邵恩贤看她发呆，两个眼直勾勾地愣着，一下子咋呼起来："毛玲娘，你咋着了？"

陈良放下盛棉种的筐子，坐在地上，低着头发呆了一会儿。邵恩贤说："哎哟！你跟谁生气了，给大嫂子说说！"她放下镢头，来到陈良的身边，弯下腰蹲在地上拍拍陈良的后背，问："咋着了，这干活好好的！"见陈良只是低头不说话。徐风笑又问："你到底是在想啥子了？"陈良坐了一会儿，抬起头愣愣地看着徐风笑说："这日本鬼子一来，就啥希望都完了！"徐风笑义愤填膺，慷慨激昂地说："不要这么想，好日子会来的。今后的日子是宣传抗日，我们要组织自己的队伍，拿起枪同日本鬼子战斗！战斗！战斗！"邵恩贤抬起头看着徐风笑，又看了看天，于是就拉着陈良的手说："不要悲观，不要难过，我们是共产党员，要坚强，要勇敢地站起来组织群众共同抗日！"陈良抬起头来大声说："就是的！"

三个共产党员一替一句地说着，他们相信在这漫地里拉呱儿没有别人听见，就放开心胸大胆地说着心里话。一会儿吴长秀送饭来了：花卷子馍、小米稀饭、细粉豆芽子和臭豆腐乳。三个人吃了饭，陈良打发吴长秀回去，徐风笑、邵恩贤、陈良就又继续点起棉花来。

眼看天傍晌午了，陈良说："俺大嫂子，看你和俺大哥都累一头汗，咱们就在这地南头坐下来歇一会儿吧！"说着，三个人就在地南头冲子边上坐了下来。邵恩贤问："毛玲娘，怎么你干起活来，手怎么巧？"陈良说："熟能生巧嘛，这活年年干，干得多了，自然就快。别看你写起字来恁利朗，干起庄稼活来，可不如我。一年四季该种啥，咋管理，啥时候收，我都知道，这犁耕耙拉、摇耧撒种、管理庄稼、收割拉打，我啥都能干。"邵恩贤说："你做恁多的活，真是种庄稼的能手，那你就给俺讲讲这种庄稼的经验怎样？"

陈良不好意思地低头笑着说："俺大嫂子，你真会说笑话，这种地又不是三篇文章两篇诗，没有啥花，哪有经验可说。"徐风笑说："那你就随便拉拉呗。"陈良说："俺大哥，咱都是乡下人，俺大嫂子虽是宿县城里人，不也在咱乡下住过？不过，恁俩没我在乡下过的时间长就是了。其实这种地真的没有啥花样，就拿种地撒粪来说，撒粪一大片，不如一条线。庄稼一枝花，全靠肥当家。这犁耙地也有讲究，冬犁深一寸，抵上几车粪。二八月不晾堡，少犁多耙。阴天必须耙，下雨要灌堡。干犁湿耙，白累一夏。这种地不能瞎胡混，人误地一时，地误人一年。七月十五定旱涝，八月十五定年成。种庄稼该种啥、收成不收成还要看天气，旱豇豆，涝小豆，不淹不旱收绿豆。收花不收花，就看正月三个八，也就是说初八、十八、二十八这三天是晴天，这年收棉花。清明这天晴天是好年成，清明晒干柳，窝窝头子打死狗。季节不饶人，种田趁时分。春争日夏争时，失了季节就少食。"邵恩贤仔细地听着，听她这么一说，急忙又问："毛玲娘，那你再说说啥季节都该种些啥？"

陈良咽下一口唾沫说："清明种秫秫，谷雨种谷，早了肯瞎巴，晚了穗头松，种得正当时，逮着就不轻。过了三月三，葫芦、南瓜地里埯。谷雨前好种棉，谷雨后点瓜豆。夏至耩黄豆，一天一夜扛榔头。五月栽茄子，切不了一碟子。头伏种芝麻，头顶一枝花。头伏的萝卜，二伏的菜，三伏里头种荞麦。这种麦就更讲季节了，白露早，寒露迟，秋分种麦正当时。你看，八月麦草上飞，九月麦鸡爪堆，十月麦土里堆。大麦过年种，认粪不认田。"陈良说到这里，徐风笑抬头朝西看了看阳光照射下的麦田，高兴地插话说："你说的都是些种地经，叫人听了真入耳。"邵恩贤又跟着说了一句："毛玲娘，你说得有板有眼的，像是在诵诗。你说，这管理庄稼可有啥花？"

陈良接着说："管理庄稼不像绣花那么难，三分种七分管。人常说，麦耙紧，豆耙松，秫秫耙的不透风。麦耪三遍没有沟，豆耪三遍圆溜溜。晒根的秫秫，培根的谷，芝麻留台长得粗。干耪棉花湿耪瓜，不干不湿耪芝麻。麦怕胎里旱，人怕老来苦，秫秫就怕苞里捂。这耪秫秫也有讲究，头遍挠，二遍刨，三遍围根又去苗。红芋不让手，豆子不让耧。夏至棉地里的草，胜似毒蛇咬。棉花不打杈，光长柴火架。"

陈良越说越高兴，她干咳了一声，又接着说："庄稼八成熟就得收，不等十成丢。大麦三月黄，不到四月不能尝。芒种忙，三二场。麦到芒种秫到秋，豆子顶到寒露收。小麦去了头，秫秫没了牛。砍倒秫秫割了谷，摸摸红芋有多粗。七月玉米，八月花，九月荞麦收到家。这割荞麦也很有讲究，早怕焦黄，晚怕霜，六十四天正归仓。芝麻断花半个月，不割也得割。霜降薅葱，不薅就空。立冬不拔菜，必定受冻害。这庄稼要抢收，麦上场，谷上垛，豆子扛到肩膀上，红芋片子晒干才稳当。"说到这里，陈良抬头看看太阳，她心急地说："俺大哥、大嫂子，我这光顾说鲁国去了，忘了干活，这天都快晌午了，再干一会儿，咱们回去吧。"徐风笑和邵恩贤正听得得意入神，听她这么一说，都慌得拿起镢头干起活来。

正在这时，陈良看见有个人顺着常沟西沿的小路走进地南头的果园，一时又被开的桃花挡住了。猛地，有个大高个子，趔趔趄趄地从果园边上走出来。陈良一看，正是她老公公徐从吉，大喊一声："俺大回来了！"

徐从吉怔着两只眼睛走到地南头，看见徐风笑、邵恩贤在地里干活，紧跑了几步，抱着徐风笑，说："我七八年没见你了。风笑，你这孩子可回来了！我的乖乖，日本鬼子来了，要亡国了！"说着，扑簌簌的泪水流了下来。他才从宿县城里走回来，脸上变得又黑又瘦，头发也长了。

徐风笑就势猛地扑在徐从吉的怀里，搂得紧紧的，辛酸的泪水夺眶而出，他心疼地说："俺叔，你受苦了！有啥话你就给我这当侄子的说吧！"徐从吉松开徐风笑，看看侄媳妇邵恩贤，又望望大儿媳妇陈良，挺起腰杆说："前些日子，我随咱宿县县委组织部长史广敬到七闸口、胡楼、马乡、满乡几个支部了解情况之后，又到宿县监狱看望了徐从荣。第二天，史广敬部长又派我去徐州寻找党组织，我到徐州后，开始就去找清理这孩子，结果没找到。后来，在一个偶然的机会碰见了戴晓东。戴晓东原是咱宿县县委委员，因抗烟捐暴动被捕，由于他始终没暴露身份，结果获释出狱。后来，戴晓东从宿县来到徐州做党的地下工作。由于过去戴晓东曾来过咱徐楼支部，所以我同他见面就认识，在他的引荐下，我见到了中共苏鲁边区临时特委书记郭子化。听郭书记说，现在日本鬼子加紧了对华北的侵略，去年 12 月 9 日国民党还镇压了北平抗日游行的学生，出现了流血事件。针对蒋介石的不抵抗，郭书记要俺俩回到宿县，组织起来，宣传抗日！风笑大侄子，今后你就在咱家乡带领乡亲们拿起刀枪，起来同日本鬼子战斗吧！"徐风笑昂首挺胸地说："俺叔说的一点也不错，是要起来战斗！"

第四章
去苏联学习的日子

　　陈良和邵恩贤扛着笆斗拿着镢头走在前面，徐风笑扶着徐从吉跟在后面，爷四个说着拉着，不大一会儿就回到家里。徐从吉躺在当门软床子上伤心地说："唉！我在宿县、徐州腿都跑弯了，也没找到清理这孩子，不知他啥时候能回家！"徐风笑的婶子听了，心里一阵子难过。邵恩贤和陈良又安慰了一阵子。快晌午了，徐风笑和邵恩贤才回到自己家里去。

　　徐风笑和邵恩贤吃罢晌午饭又来到徐从吉家，这时他叔一家人正在吃晌午饭。陈良见大哥大嫂来了，端着碗站起来说："俺大哥、大嫂子，恁都吃过了吗？"邵恩贤说："都吃过了。"徐风笑的婶子接过话茬说："邵孩子，晌午头里，我叫恁俩在这吃，恁说家里有孩子，非要回家吃，看看，恁俩平时都没干过活，累了半天，真的！"邵恩贤笑着说："俺婶子，都是咱自己的活自家的饭，在哪吃都一样，你老不要见怪！"徐风笑的婶子转过脸来高兴地对徐从吉说："老头子，你听听，还是城里人，真会说话，叫我老婆子听了真入耳。"

徐从吉吃着饭不好意思地招呼着徐风笑、邵恩贤，让着他俩到屋里去。陈良边吃饭边说："吃晌午下地点瓜，我和俺大嫂子俩去就管了，反正地里的活又不多了，俺俩逍遥自在地天不黑就干好了。俺大哥就别下地了，在家歇歇陪俺大拉呱儿吧！"邵恩贤高兴地说："毛玲娘，你真是一把好手，看，多会安排。"徐从吉和徐风笑听了，都嘿嘿地笑了。

吃过饭，邵恩贤跟着陈良下地去了。徐风笑的婶子刷罢锅、洗了碗来到堂屋对徐风笑说："大侄子，你和老头子俩拉呱儿，我也下地去，去帮两个孩子干点活，看可能在瓜地边上点些豆角。"说完，走出院子，关上大门走了。

徐风笑和他叔徐从吉拉了一会子家常呱儿。徐从吉转弯问徐风笑："大侄子，七八年没进家门了，你这个县委书记在外面混得咋样，跟叔说说。"徐风笑听得问，抬头看看他叔脸上的表情是那样的沉重，不禁有些伤感。叔侄俩你看看我，我看看你，不知为什么，泪水不由地流了下来。徐风笑并没有搭话，沉默了一会儿，从口袋里掏出一支烟递给他叔，徐从吉随手接过来叼在嘴上，徐风笑又给点着火，自己也点着一支吸了起来。徐风笑走到院子里，用顶门棍把大门顶上，回到堂屋在徐从吉的对面坐下，心情沉重地说："唉，真是一言难尽啊！"徐从吉说："大侄子，我知道你在外面作了难，有啥话你就跟我说说吧！"

徐风笑抽了一口烟，缓缓地说："以前的事，你都知道，我就不说了，就从 1928 年我从宿县县委书记的位置上调到上海由江苏省委安排工作说起。那年 9 月，我从宿县火车站坐火车到的上海。当时江苏省委的所在地在上海，我到省委报到时，出席党的第六次全国代表大会的江苏省代表还没有从莫斯科返回上海。这时，中共江苏省委留守人员主要有代理省委书记李富春、负责组织工作的赵容（康生）、负责农村和宣传工作的何孟雄，还有上海总工会党团书记徐炳根、上海总工会委员长马玉夫，负责工人运动的王克全、负责共青团工作的吴振鹏。中共江苏省委留守班子通过研究，决定派我去中共上海市法南区任区委委员。当时，是李富春向我宣布这一决定的，赵容（康生）亲自把我引荐给中共上海市法南区委。当时刘晓甫是中共法南区委书记，刘锡吾（刘锡五）是区委委员。

"9月中旬，上海法租界一个姓吴的商业工人被法国士兵杀害。对此，中共江苏省委决定组织和发动法南区的电车、电灯和自来水公司的工人开展反对帝国主义分子杀害中国工人的活动。为统一领导这次斗争，中共江苏省委还专门成立了组织和领导工人群众斗争的行动委员会。由于这次反帝斗争主要是在法南区，中共法南区委理应首当其冲。当时，我不顾人生地不熟和各种危险，深入群众做组织发动工作。由于我既不会说上海话，也听不懂上海话，所以我的活动很快就被法国巡捕发觉。

"当时，国民党蒋介石在上海实行的白色恐怖相当严重，早在1927年4月12日始，国民党在上海就大肆地屠杀和逮捕了一大批革命群众和共产党员。1927年6月26日，中共江苏省委书记陈延年、组织部长郭伯和、秘书长韩步先、省委委员黄竞西等人被捕，后韩步先叛变革命，陈延年、郭伯和、黄竞西英勇就义。7月2日，由于叛徒韩步先的出卖，中共江苏省委代理书记赵世炎被国民党反动派逮捕，后惨遭杀害。1928年2月，中共江苏省委组织部长陈乔年、上海总工会委员长郑复他、上海总工会党团书记许白昊等，也被国民党逮捕后杀害。1928 年 4 月 15日，中共中央政治局常委、中共长江局书记罗亦农在巡视湖南、湖北工作回到上海后，因奸细告密被租界探警逮捕，后被引渡到国民党淞沪警备司令部被杀害。

"鉴于上海严重的白色恐怖，当时我在上海随时随地都有被捕杀害的危险，为此中共江苏省委为我的安全问题十分担忧。在这种情况下，恰巧中共中央发出一个通知，要求全国各省委推荐一批具有一定革命工作经验的党团骨干分子到莫斯科中国共产主义劳动大学学习。

"1929 年 3 月，中共江苏省委根据中央通知的要求，决定派我、傅某 (化名傅继邮)、李启耕（李宜春）、许权中和一个从山东来的年轻共产党员吴三南到莫斯科中国共产主义劳动大学学习，同时省委指定我为去苏联学习的五人小组组长，傅某为副组长。

"李启耕，1902 年生，宿县人，1922 年在北京读书时由乐天宇和杨开智介绍加入中国社会主义青年团，1923 年底转为中共党员，1926 年冬任国民党（左派）安徽省临时省党部设在武汉的党务干部学校副校长。李启耕、我和西五铺的丁晓都是该校中共特别支部的负责人，1927 年 6 月，中共江苏省委成立不久，李启耕就被调去任江苏省委委员、党务巡视员。许权中是陕西省临潼县人，1925 年加入中国共产党，当时任国民革命军团长，1926 年许权中率部将直系军阀刘镇华赶出陕西，1927 年他参加筹办中山军事政治学校，任总队长，1928 年率部在陕西渭华地区发动武装起义，将所部改编为工农革命军，他任总顾问兼骑兵分队队长。

"来自山东的年轻党员吴三南，因为他在我们五个人当中年龄最小，后来大家都喊他'小山东'。

"当时我们到苏联去主要有三条路线可走。第一条路线是从上海出发，乘船到海参崴，然后再转乘火车去莫斯科，但这条路线没有客轮，必须坐去海参崴的苏联货船，可货船不同于客轮，货船没有定时出发的，必须等待装满货物后才能起航，而要装满货物也许是十天半个月，甚至更长。江苏省委认为，开学在即，学校不能因为部分学员不能按时入学而推迟开学日期，所以没有选择走这条路线。第二条路线是从上海出发，经马六甲海峡，绕道欧洲，然后乘火车去莫斯科。江苏省委认为，走这条路比较安全，但所花的路费太多，党组织一时又不能筹措这么多钱，最后只好放弃走这条路线。第三条路线是从上海乘火车到哈尔滨，先找到党在哈尔滨的联络站，领取去莫斯科的路费，再从满洲里偷越国境到苏联的赤塔，最后乘火车去莫斯科。中共江苏省委经过反复衡量，认为偷越国境虽然危险，但可通过当地党组织协助过境，再说走这条路线最近，省时省钱。最后省委决定让我们走第三条路线去莫斯科。

"我们一路五个人从上海启程时，只领了到哈尔滨的路费，从哈尔滨到莫斯科的路费还要到哈尔滨联络站领取。当时我们从上海很顺利地到达哈尔滨。下了火车，哈尔滨的天气格外寒冷，我们五个人，除了副组长傅某外，都是第一次来，看到一切都感到新鲜。此时的傅某显得特别主动，既热情又勤快。他告诉大家他曾在哈尔滨工作过，并说莫斯科中国共产主义劳动大学他也有熟人。我们听他这么一说，心里都热乎乎的。我们在一家旅店住下之后，傅某对我说，这里各方面的情况他都比较熟悉，找联络站领取去莫斯科的路费由他一个人去就行了，去人多了，反而会引起敌人探子的注意。我认为他说得有理，也就同意了。傅某从联络站回来后对大家说，组织上一下子拿不出足够的钱，只先领了三个人的路费。当时我问他：'还要等多长时间能领到另两个人的路费？'傅某说：'联络站的同志没说具体要等多长时间。'我说：'大家看这个事情该怎么办呢？'傅某接着对大家说：'现在的问题是，咱们在这里如果等时间长了，钱就都会花在哈尔滨，去莫斯科的路费恐怕就不够了；再说了，人多目标大，恐会引起敌人的注意，给我们的安全带来威胁。我有个建议，咱们分两批去苏联，组长徐风笑带许权中和"小山东"先走，我和李启耕两人留下来，等领了钱咱们再会合，会合地点在苏联的赤塔。'傅某说得有条有理，我也没有丝毫的怀疑，大家完全同意了这个意见。之后，我同许权中和'小山东'三个人一起冲破敌人的封锁，千辛万苦来到了满洲里，在当地党组织的协助下巧妙地过了国界，来到了苏联的赤塔。几天后，傅某和李启耕也来到了这里。李启耕见到我们后，他趁傅某不在的时候就问起了路费的事。当他得知我和许权中、'小山东'三个人拿到的路费的确比他和傅某俩少得多的时候，李启耕就对我们仨说，这几天他和傅某在哈尔滨吃喝花销很大，当时他问傅某花钱怎么这样大手大脚的，傅某说他从家里带来了一些钱，当傅某得知他与哈尔滨联络站里的熟人见过面时，显得很不自在，所以傅某在给他路费时，没敢少给，之前傅某在给我们三个人的路费时，他却扣留了一部分。'小山东'听了气愤地说：'真没想到傅某会贪污路费，我看咱们得开个会，叫他说清楚，把贪污的钱拿出来！'许权中说：'这事不能就这样不了了之，这是一个党性原则问题！'李启耕说：'我看这事儿应当依靠党组织来解决，咱们不如到了学校，四个人凑在一起把这个情况正式写个材料交到学校，叫领导来处理这件事。'当时我采纳了李启耕的意见。我们四个人正说着话，傅某出门回来了，当他强装着跟没事人一样与我们说话时，却遭到大家的冷眼。这时，傅某知道他做的事情已经败露了。"

说到这里，徐风笑皱着眉头，对他叔徐从吉说："俺叔，你说，副组长傅某贪污路费，事情虽小，我这个被江苏省委指定的组长是问还是不问？"

徐从吉气愤地说："咱们共产党是为穷人打天下的，党员干部贪污，要是没人管没人问，将来革命取得胜利了，咱们共产党要是执政，怎么去为人民服务？老百姓知道这事，心寒呀！我说这事一定要问！那么，现在你就说说你们到莫斯科后，学校领导是咋处理这事的吧！"

徐风笑强忍着愤怒，又慢慢地说下去。

"我们一行五人从苏联赤塔坐火车到达莫斯科时，中国共产主义劳动大学已经开学了。中国共产主义劳动大学的前身是莫斯科中山大学，创建于 1925 年 10 月，11 月正式开学。当时学校招收的学生是由国共双方选派的，学校的任务是为中国的民族解放运动培养干部，学制为二年，课程有中国通史、中国革命史、社会发展史、哲学、政治经济学、经济地理、列宁主义和军事学等，老师讲课是用俄语配中文翻译进行的。蒋介石、汪精卫公开叛变革命以后，国民党中央执行委员会于 1927 年 7 月 16 日发出通知，禁止国民党员在莫斯科中山大学学习。对此，共产国际和中共中央决定，凡没有加入中国共产党或中国共产主义青年团组织的国民党党员一律遣送回国。不久，莫斯科中山大学遂改为莫斯科中国共产主义劳动大学，学校的任务改为为中国革命培养掌握马列主义理论干部，学生所学课程也有变动，所学课程有联共党史、列宁主义、党的建设、社会发展史、中国革命史、世界史、政治经济学、中国经济、历史唯物主义、自然科学、军事学和工人运动史等。中国共产主义劳动大学坐落在莫斯科郊外，主楼是一栋三层的建筑，楼内大厅富丽堂皇，有图书馆、餐厅，教室宽敞明亮。这样好的学习条件使我精神振奋，到校后的第二天，我就和李启耕一起把我们四人共同写好的关于傅某贪污路费的材料交给了学校的最高领导机关党的支部局，随后我很快就投入到紧张的学习中去了。

"一天，在上课前，许权中把我和李启耕、'小山东'吴三南四个人找到一起碰了个面，他对我们说，这几天傅某天天抽空往学校支部局办公室跑。随后我们几个人议论开了，是傅某有啥事向支部局说？是支部局看了材料找他谈话？还是他曾经说过学校的那个熟人就在支部局？我们四个人做了各种猜测，最后我说：'别猜了，咱们上交傅某贪污路费的材料已经好几天了，抽空我和李启耕再去支部局一趟，当面和支部局书记说一说。'当天下午，我和李启耕上完课就去了支部局办公室。支部局里除了支部局书记是苏联人外，还有两个支部局委员都是中国人，一个是盛忠亮（盛岳），另一个就是王明。

"王明，我认识他，可他不认识我。早几天学校下课，我们在校园里散步，一个同学指着告诉我，那个小矮个老师就是王明。王明虽然个头矮小，但人却极为聪明，勤奋好学，尤其是记忆力惊人，他从小就阅读儒家经典，常能背得滚瓜烂熟。他知道，自己长得矮，将来要想出人头地，只有好好读书，用知识来弥补身高的不足。果然，无论是在省立第三甲种农校，还是在武昌商科大学，他都因成绩突出，而引人注目。

"1925 年，王明积极参加进步学生运动，这年 6 月他被选为武昌学生联合会委员和湖北青年团体联合会执行委员，并加入了中国共产党。1925 年 11 月 28 日，在一个大雪纷飞的日子里，王明同俞秀松、张闻天（洛甫）、王稼祥、伍修权、乌兰夫、左权和咱宿县人郑子瑜等 60 多人，作为莫斯科中山大学第一期的学生来到莫斯科。在校学习期间，王明被副校长米夫赏识，成为其得意门生，并被选为学生公社主席。1927 年 7 月，米夫升任校长，王明被米夫留校任教，并当上了米夫的秘书和翻译，从而控制着学校支部局。1928 年 2 月，米夫调任共产国际执行委员会东方部中国部主任以后，王明在学校的权势更大。

"支部局三个人对我和李启耕的到来，好像有思想准备似的，王明和盛忠亮不想多听我和李启耕说傅某贪污路费的事，时时打断我们的话，在用俄语讲话。我们刚到苏联听不懂俄语，看表情他们好像是在议论着什么，不像是在向支部局书记做翻译。盛忠亮对我们说：'不用再说了，这些事情你们交上来的材料里都有，我们已经知道了。你们都是江苏省委选派来的，这事情里面可能有些误会，只不过你们没有及时沟通罢了，其实联络站筹措的经费有时多有时少，可能是给每批来的每一个人的路费都不一样。'我说：'我们五个人同一个地点出发，怎么路费会不一样呢？支部局可以写信向哈尔滨联络站问一问。'这时，王明问我：'你可是徐风笑？'我说：'是的。''你是哪里人？'王明又问。我答：'安徽人。'王明接着说：'我也是安徽人，咱都是老乡，我告诉你，这些事没有什么大不了的，你们之间相互沟通一下解决不就行了，何必那么认真！'我说：'咱们都是共产党员，要主持正义，是非分明，傅某贪污路费是原则问题，学校支部局要查清真相，做出处理决定才是。'此时，王明轻蔑地看了我一眼，随后就用哇啦哇啦的俄语同盛忠亮说着什么。

"之后，盛忠亮对我和李启耕说：'好吧，你们回去吧，我们再了解一下情况。'当时，我和李启耕心里都明白，傅某事前已做了工作，因为支部局袒护傅某的态度太明显了。我和李启耕从学校支部局办公室回来后就去找许权中和'小山东'吴三南，俺俩把去支部局的情况给他俩一说，他俩听了都十分惊讶，都认为傅某事前做了工作，说他是一个十分可恶的人。当时，许权中气得就去找傅某，见着就骂：'姓傅的，你这个投机取巧的人，谁都骗，就连学校支部局都被你骗了，你不是个人，是畜生，是条狗，你连咱中国的狗都不如！'姓傅的被许权中骂得狗血喷头，一声也不吭。

"更为奇怪的是，在中国共产主义劳动大学召开的全校大会上，傅某还被支部局指定为学员代表在台上发言。此时的傅某眉飞色舞，趾高气扬，他谈了要怎样刻苦学习马列、怎样拥护学校支部局领导的话之后，还得意忘形地说出这样的话：'我到支部局去，有人还骂我是狗，骂我又怎么样？是狗又怎么样？我给支部局当狗，心甘情愿！……'看到傅某在台上一副缺德无赖相，在台下，不知是谁说了句：'咱学校的二十八个半，现在又加了一条狗。'这句话把大家逗得哄堂大笑，霎时，整个会场一片哗然。"

徐风笑说到这里，眼里好像有一团火在燃烧。他气愤地从口袋里掏出一支烟，点着火，猛吸了两口，烟雾从鼻孔里喷出来。

他咳嗽了两声，又接着说道：

"就在学校召开大会后的一天傍晚，我在校园里碰见了孟庆树。孟庆树，1911 年 12 月 2 日生于安徽省寿县田家集孟家圩子的一个地主家庭。1926 年冬季，我和咱宿县的陈文甫、赵建五、丁晓、董畏民等人在党组织的安排下一起来到武汉安徽省党务干部学校学习。几个星期以后，丁晓在学校结识了当时还是共青团员的孟庆树。很快，眉清目秀、身材窈窕的孟庆树喜欢上了英俊厚道的丁晓，不久，孟庆树和丁晓就结婚了。当时，我和在学校当副校长的李启耕、赵建五、陈文甫、董畏民等几个宿县老乡都前去贺喜。我们看到丁晓和孟庆树这对情侣喜结良缘都感到羡慕，同时也为咱宿县人感到高兴。

"我与丁晓、孟庆树俩人在武汉分手后，丁晓和孟庆树夫妇于当年 11 月与吴玉章、林伯渠、陈微明（沙可夫）、陈昌浩、何克全（凯丰）、贺敬之、张克侠、陈伯达、赵一曼、夏曦、叶剑英、贺子珍、刘英、唐仪贞、蔡树藩还有咱宿县人冯品三等人一起来到莫斯科中山大学学习。这天，我和孟庆树相见，显得格外亲切，当我向她问起她爱人丁晓的情况时，她心情沉重地告诉我，丁晓现在得了肺病，在医院里住院。当时我说，抽时间到医院看看丁晓，她点点头，转身就走了。就在我和孟庆树相见后的一个星期天，我和李启耕去找孟庆树一起去医院看望丁晓，可她却为难地对俺俩说，前些日子王明要我陪他一起去医院看望丁晓，他不但不领情，反而还为这生气。这几天，我和丁晓老是生气，今天如我陪你们俩去医院，他不知当面又会说我什么呢！我不去看他，你们俩去吧，请老乡不要见怪。我和李启耕看孟庆树不愿去，不知她和丁晓之间究竟闹了啥别扭，最后俺俩也只好单独自到医院去看望丁晓。

"在莫斯科的一所医院里，我和李启耕见到了丁晓。我们刚进病房时，只见他面黄肌瘦、有气无力地睡在病床上。当他看到我和李启耕时，又惊又喜，强打精神坐起来和我们打招呼。看到丁晓，我万万没有想到，事先听孟庆树说他病得不轻，哪知病魔会把我这个患难与共的战友折磨成这个样子，我拉住他的手不禁潸然泪下。丁晓也紧紧抓住我的手，他痛苦地告诉我们说：现在孟庆树经常和王明在一起，不少人来医院告诉我，他俩正在谈恋爱。当时我还不相信，可是前不久，孟庆树和王明两个人单独来医院，说是来看看我。当时两个人当着我的面说说笑笑，王明还明目张胆地对孟庆树动手动脚的，我气得眼泪都流了下来。孟庆树看看我，二话没说就走出了病房，王明紧跟几步也走了。从这以后，我经常地生闷气，有一天，我咳嗽得还吐了血。

"我看到丁晓悲伤的样子，就劝他说：'你和孟庆树、王明之间会不会有误会呢？是不是王明自己有意来制造影响呢？'丁晓说，这不会的，如果孟庆树拒绝王明的追求，他王明怎么会制造影响？记得我和孟庆树刚到学校不久，王明就主动找孟庆树谈话，问孟庆树是哪里人，她说是安徽寿县人，王明说，他是安徽六安县人，六安和寿县是邻县，都在安徽淮河以南，咱是最近的老乡，今后有什么事，你尽管说，我来帮你。当时孟庆树看到这个在学校里赫赫有名的王明这样地关心老乡，她对他充满了敬意和羡慕，可她并没有把这个小矮个王明放在心上。过了两天，孟庆树下课回到宿舍，门还没开，就发现王明跟了过来，随手递来一封信，并对孟庆树说：这里面有我写的一首诗，你给提提意见。说完扭头就走了。孟庆树诧异地打开信封，发现里面是王明写给她的情书，她又气恼又想笑。随后孟庆树把这些事情都告诉了我，并把情诗拿给我看，我对她说，王明可能不知道你已结了婚，这情有可原，以后有机会你告诉他你已结了婚，这样他对你就死了这份心思。不久，王明果然又来给孟庆树送情书，孟庆树对王明说，你的意思我明白，而我已和丁晓结了婚，你还是把情书交给别的女孩吧！可王明却自以为是，仍固执地把情书交给孟庆树，当时她打开一看，是王明写的求爱诗。孟庆树气得就把这个事告诉了我，我对孟庆树说，今后咱们对王明这个人要小心！后来学校发生了'江浙同乡会'事件，王明借助米夫的势力，采取造谣诬陷的手段，把我打为反党分子，并对我进行人身的迫害，后来是孟庆树找到王明，撤销了材料，我才恢复了自由。自那以后，我就得了肺病。王明看我患了病，于是他就公开地向孟庆树大献殷勤，不知为什么，爱慕虚荣的孟庆树同王明的交往日益频繁起来。1928 年 6 月，中共六大在莫斯科召开，王明在共产国际东方部中国部主任米夫的安排下，担任了六大秘书处翻译科主任。王明为了讨得孟庆树的欢心，同时也为了显示自己的能力和权力，他还利用米夫要他挑选几名中国共产主义劳动大学的党员学生作为大会工作人员的机会，指明要当时才是团员的孟庆树参加大会工作，这引起了很多党员同学的不满，却赢得了孟庆树的好感。孟庆树看到王明得到米夫和共产国际的信任，将来前途无量，觉得与他相处将有出头之日。从那以后，她和我的关系就越来越紧张，与王明的关系越来越密切。病入膏肓的丁晓说到这里，悲愤满腔，痛苦的泪水夺眶而出。

　　"过了一会儿，丁晓还向我和李启耕介绍了有关学校的一些情况。他说，王明现在有权有势，仗着米夫的势力，便有恃无恐，在学校里大搞宗派活动，学校里的'二十八个半'，王明就是个头头，孟庆树也是其中之一，好多问题，我和孟庆树的观点是不一致的。丁晓还告诉我们，学校支部局现在就是被王明这样一帮俄语说得好、背诵马列词句的人掌握着。学校中凡是支持支部局，与支部局走得近乎的人，就能得到重用；凡是对支部局表示不满的人就要倒霉，不少人就是因此被诬陷打为托派、什么江浙同乡会的反党分子，他们中间有的坐牢、有的被杀、有的被押送到工厂劳动改造，还有的被逼得自杀……我和李启耕还向丁晓谈了他和孟庆树夫妇到莫斯科学习后我们的一些情况，并向他诉说了傅某贪污路费学校支部局迟迟不予处理的事。丁晓听了，恼恨地说：'现在我的病自己清楚，我的时间不多了，我不能帮你们什么，眼下，我能见到家乡的人也就知足了。王明庇护傅某贪污问题很明显，王明不是个好人，今后你们可要小心呀！'我们三个老乡说着拉着，都难过得哭了起来。

"自从我和李启耕、丁晓三人在医院见面后不久，丁晓就离开了人间。在异国他乡的莫斯科公墓，我们心情沉痛地悼念丁晓这位年轻的中国共产党党员。那时，孟庆树哭得泪流满面，看样子她很伤心。我站在一旁对她说：'丁晓生病住院，你不该再跟王明谈恋爱。'孟庆树哭着说：'其实我并没有答应王明什么，只是王明他在一个劲地追我，还有他那一帮子人老是开玩笑，弄得我和王明好像真有那么回事似的。'我又说：'现在丁晓走了，你是不是准备答应王明？''不！'孟庆树坚决地说。于是我就说：'对，不能答应他，我看王明这个人品质不好。过几天，我就去找他去！'1929 年 4 月的一天，我找到了王明，就他的所作所为，大骂了他一顿。当月，王明就离开莫斯科回国去了。"

　　徐风笑忽地站了起来，他通红的眼睛里泛着泪水，望着叔叔徐从吉。徐从吉的脸色是那样的悲伤、气愤。他想，在这全世界无产阶级的"赤都"，怎么会有这样的不平之事?! 丁晓这位被中央派去莫斯科学习的优秀共产党员原来是这样悲惨地死在了莫斯科。整个屋里沉寂下来，只听到外面风吹树叶的沙沙声。徐风笑沉默了一会儿又说下去：

　　"1929年秋，这时离王明回国已有半年了。此时他那个'二十八个半'宗派小集团与学校绝大多数中国留苏学生闹得不可开交，致使学员不能正常上课。为了平息学校风潮，学校支部局请来了莫斯科区委书记和共产国际的人来学校讲话。莫斯科区委书记迫于学校大多数同学的压力，在讲话中不得不承认学校支部局犯了错误，可他又把犯错误的原因归结为中国学员的成分不好，这引起中国留苏学生的轩然大波。鉴于这种情况，中共中央委任驻共产国际代表团团长瞿秋白负责处理学校风潮。瞿秋白与时任共产国际东方部中国部主任米夫之间存在严重分歧，他对米夫和王明一伙人在中国共产主义劳动大学培植宗派势力是反对的，因此同情和支持对支部局有意见的学员。为了民主公正地处理好学校风潮，瞿秋白分别召开座谈会，听取双方的意见。在他召开的学员座谈会上，瞿秋白主要是找了最后一批来莫斯科学习的学员，我也被找去参加了座谈会。当时心情苦闷的我感到极大的欣慰，文雅谦和的瞿秋白深得我的信任和好感。座谈会开得既民主又热烈，当瞿秋白问我们来学校后的感受时，大家都有秩序地踊跃发言，我们向党代表叙说着自己内心的感想，发表着自己诚恳的意见。当时，我也在座谈会上发了言，我说：'一个简单的傅某贪污路费事件，学校支部局拖了一个学期也不处理，就是因为傅某跟支部局的王明等一些人拉关系，搞派别，得到了他们的包庇。支部局的王明为了夺取同志丁晓之妻孟庆树，散布流言蜚语，采取一系列卑鄙手段，破坏丁晓和孟庆树夫妻之间的感情，王明还利用职权迫害丁晓，致使丁晓得病住院。其间，王明还带着丁晓的妻子孟庆树去医院看望丁晓，丁晓连病加气，死在了医院。这个支部局没有什么是非公道可言，顺者皆是，不顺者皆不是。我知道党员应该依靠组织，可是这样一个支部局叫我们怎么依靠?!'我们在发言的时候，瞿秋白认真地一边听一边记，最后他对我们说：'你们学校闹得不能学习，支部局是要负责任的。联共党中央已经作了结论，是你们学校的支部局犯了严重的不能容忍的错误。联共中央说你们学校出现问题的主要原因是学员成分不好，但是今天我要说的是学员成分不好这个责任不能全由中共中央来负，因为过去招收的学员有一部分是校长米夫到中国与各省联系自己招来的，你们的成分是好的，是有实际斗争经验的，中央要对你们负责到底！如果学校解散不能学习的话，我们要负责把你们送回国……'我们听了瞿秋白的讲话，如同上了一堂政治课，到会的每一个人心里都热乎乎的。很快，在瞿秋白的努力下，经过多方面耐心细致的工作，学校风潮平息了。"

"瞿秋白真是党的好干部，咱们的贴心人！"徐从吉沉闷的脸上露出了笑容。

徐风笑接着说："我在苏联学习了两年，1931年春，我从莫斯科辗转回到了上海，根据中央的指示，我的工作由江苏省委安排。上海的初春，天气很冷，针刺般的北风，从黄浦江上吹来，冻得我发抖。当时，我在一家小旅馆住着，天天盼着组织上来人谈话，可半个月过去了，没有人来，一个月过去了，仍没有人来。

　　"我在苦苦地盼望着，是春天，差不多是夏天了。一天，时任中共江苏省委书记的陈云来了。我走上前去，双手握住他的手，眼泪不禁流了下来。陈云关心地对我说：'风笑同志，让你苦等了！'我说：'没什么。'随后，我搬个凳子请他坐下。他问了我的情况后，对我说，我这个省委书记刚上任，前些日子王明是咱江苏省委书记，现在他是中央政治局委员。陈云认真细致地向我介绍了有关情况，陈云对我说：'鉴于当前的形势，按照王明的指示，根据你的情况，组织上安排你到安徽淮南煤矿去搞党的地下工作。'我说：'去找谁联系？''你去了之后自己先干矿工，站稳脚跟之后，可以先在工人中间开展工作，然后组织上再派人同你联系。'陈云难为情地说。

　　"当时我想，组织上安排我到白区搞地下工作，又不把白区地下党的组织关系告诉我，这不是给我出难题吗？显然这是王明在有意地对我进行打击报复。霎时，满腔的热血涌上我的心头。我转念又一想，陈云书记是代表组织来找我谈话的，安排工作不是他个人的意见，我要耐着性子，不能当着他的面发火。

　　"于是我沉思了一下，就说：'我从没去过淮南，人生地不熟的，我去了那里怎能找到工作？陈书记，你看能不能还是安排我在上海工作？''现在的形势这么复杂，组织上在上海能给你安排一个什么工作呢？'陈云同情地说。当时我想，上海是党中央的所在地，只要留在上海就不会脱离党组织，于是我就说：'什么工作都行，组织上看我能做点什么就做点什么。'陈云考虑了一会儿，对我说：'这样吧，现在组织上经费困难，就不再发给你生活费了，你自己先到社会上去找职业，找好后，根据情况，组织上再派人找你联系。'当时，我感到陈云也有难言之隐，觉得他代表组织这样安排，也是出于无奈。此时再提出什么样的想法和要求都毫无意义，唯有干出成绩来才能证明自己对党的忠诚，于是我服从了安排。

"开始还好，经老乡介绍，在法租界金神甫路勤业女校当了个教员，没有工资只给饭吃，这条件虽然苛刻了一些，可总算有了立足之地。不久，中共江苏省委派一位姓黄的同志前来同我联系，他交代我的任务是在勤业女校建立一个党的联络站，就是把前来联系的人通过我再介绍给他，他每周来一到两次接头。我认为，事情虽然简单，但这是党的工作，非常重要。在以后的日子里，我小心谨慎地接待着每一位前来联系的人，在工作中不敢有丝毫的疏忽。我想，等着将来有一天得到领导的重用后会接受更多的工作。可是这项工作并没有持续多久。一天，姓黄的同志来告诉我，这里的情况复杂，联络站容易暴露，现在必须搬家。可是，当我按照指示搬走之后，不知何故那位姓黄的同志却再也没有露面。我失去了组织关系，丢掉了饭碗，搬到一家又脏又破的小旅店。我到典当行当了从莫斯科带回来的一点值钱的衣物来付房租，当时因手头紧，就连吃饭都成了问题。

"1931年8月，就在我找不到工作、吃住都成问题的情况下，在大街上，我碰到了赵西凡。我跟着赵西凡来到他的住处——上海杨浦路小菜市场附近的一间破旧屋。身在异乡，我们两个老战友相逢，有说不完的话，叙不完的情。俺俩相互诉说着这几年离别后的情形，不禁都流下了泪水。当赵西凡听我说眼下连吃住都成了问题时，他看着眼前如此落魄的我，豪爽地对我说：'这没关系，搬到我这里住，有我吃的就有你吃的！'我看到眼前的一切，觉得他在上海生活上也不好，于是就说：'这怎么忍心给你添麻烦呢！'赵西凡说：'你这说得就外了，都是自己人，我在上海虽然条件差了些，但我的家境比较好，总还能得到家里的一些接济。'我没有再说别的，就搬到他这里住了。

"不几天，赵西凡又介绍我到陈老五开的烧饼店做小工，原来陈老五是咱宿县临涣集人，过去都相互认识，他见到我分外高兴。就在我搬到赵西凡住处不久，我突然得了一场大病，赵西凡看我病得厉害，就把自己能卖的东西都卖了，总共卖了五块钱，把我送到杨浦路附近的教会医院，救了我一命。我病好以后，就去烧饼店里干活去了。

"一天，我从烧饼店回到住处，恰巧碰到了一位年轻人在赵西凡那里，等那人走后，我问赵西凡：'这是谁?'赵西凡说：'是个工人，姓李。'那位年轻人显然对我也是注意到了，他下次再来就问赵西凡：'那天来的是什么人?'赵西凡把他对我所了解的情况向那位姓李的年轻人详细作了介绍，姓李的年轻人很疑惑地说：'你这个老乡徐风笑可有啥问题？现在上海这个地方很复杂，你对他可要注意啊！'当他再一次来时就明确地对赵西凡说：'关于你这个老乡徐风笑的情况，我已向中共江苏省委作了报告，现任省委书记王云程又特向中央领导王明作了汇报，听说你这个老乡徐风笑是个"托派嫌疑分子"，现省委派你负责调查他的"托派嫌疑"问题。'赵西凡听了很惊讶。在他的心目中，'托派嫌疑分子'就是反党分子，他不相信我这个对党忠心耿耿的共产党员会是反党分子。赵西凡接受任务以后，心想，既然省委这样要求，那就想尽一切办法调查呗！

"我与赵西凡住在一起，所以我的一言一行他都知道得清清楚楚，他想尽了办法也得不到一点情况。当赵西凡把否定我'托派嫌疑'的调查报告递上去以后，赵西凡再也见不到那位年轻的小李同志了。开始一段时间，赵西凡感到莫名其妙，以为小李出了啥事，还为他担心。可是，时间一长，赵西凡才恍然大悟，知道自己与党组织联系的渠道被掐断了。事后不久，赵西凡把以上的事情都告诉了我，我内疚地对他说：'西凡，你为我受连累了。'赵西凡很平淡地说：'这没什么，咱们共产党员做事要讲原则，只要做事对得起党对得起人民，也就问心无愧了。'

"九一八事变和一·二八事变发生后，上海的抗日高潮大涨。当时，我听说有个安徽同乡在上海组织武装抗日，就赶快去了。那是以哥老会形式组织起来的一支武装队伍，为了抗日救国，我也参加了结拜兄弟喝鸡血酒盟誓的仪式。可就在1932年5月5日《淞沪停战协定》签订不久，由于国民党蒋介石对许多地方的群众抗日活动进行压制和取缔，这个组织没过多久就解散了。后来，我又到上海新生工厂做工。在做工的时候，我与工人交谈，聊生活，聊形势，也聊理想，试图在工人中间开展工运，但由于工厂里的工人大部分都是临时工，发现他们中间有的今天在一起明天就分开了，所以注定什么活动都干不成。

"1934年春，我在上海街头意外碰见了在莫斯科学习的校友毛齐华（毛子芳），经他介绍，结识了吴公冕。当时吴公冕在中央军委工作，我向他反映了自己回国后的处境，他听后十分同情，随后他就安排我到他那里工作。重新找到了党组织，并能在吴公冕直接领导下工作，我分外珍惜。后来，吴公冕安排我两次的工作都是搞暴动。第一次是我与另一位同志一起到浙江四安镇搞暴动。当时，我们到四安镇以后，看见有人头挂在镇内街头小河的桥栏杆上。我们就同这里的党组织进行了联系，结果也联系不上。我们意识到这里的党组织遭到了破坏，随后请示吴公冕，他命我们返回上海。第二次是吴公冕派我去浙江组织和领导温州地区的武装暴动。我到温州后，就和这里的党组织一起筹备枪支弹药，组织暴动队伍。经商定，我们的暴动时间定为半夜 2 点，哪知暴动的消息泄露，结果敌人在夜里 10 点就来了个全城戒严，致使温州暴动未能按计划举行，我被迫躲在城里的一座学校里隐蔽。过了几天，温州的戒严解除，我在当地党组织的帮助下，躲避了敌人的搜捕，从温州城逃出来，躲在城外的一座大庙里住了几十天。后来，我带着一箱子党的机密材料来到上海码头，把它交给了一个约定暗号为右手一直摸着从上数第二个扣子的接头人员。之后，在上海我没有找到吴公冕。后来，我在上海报纸上看到吴公冕被国民党逮捕杀害的消息。"

徐风笑说到这里，徐从吉插话说："大侄子，那以后的情况又怎样呢？"徐风笑说："从这以后，我再次与党组织失去了联系。1934 年 8 月，就在我生活上无着落、精神上痛苦的时候，邵恩贤带着小徐舒来到了我的身边，她娘俩的到来，给我精神上带来了极大的安慰。1935 年夏，我和邵恩贤、赵西凡三个人在上海用计摆脱了叛徒赵立人的纠缠。后来，邵恩贤又生下英特尔这孩子。今年春天，我和邵恩贤一起在寻找党组织无望的情况下，带着两个孩子从上海回到了家……"

徐风笑在屋里正说着话，忽听大门外有人在喊："风笑，风笑，开开门！"徐风笑一听是邵恩贤的声音，出去开门一看，是邵恩贤、陈良和他婶子一起从地里干活回来了。

这时已经是傍晚了，五光十色的晚霞，把半个天空都织成了发光的锦缎。常沟岸边的杨树林，在春风的吹拂下，闪烁着深蓝色的光。

第五章
特殊的婚礼

　　邵恩贤和陈良来到院子里把干活的农具放在堂屋墙根上之后，就跟着徐风笑的婶子来到堂屋里。徐从吉坐在当门软床子上看老婆子、儿媳妇和侄媳妇从地里干活回来了，一边吸烟一边问："棉花和瓜都点好了？""俺大，都点好了。"陈良回答说。"老头子，我跟你说吧，邵孩子虽说是教书先生从没干过庄稼活，可吃晌午在地里我看她干活真利朗，是那样的，这孩子干啥像啥，大侄子真有福，娶这么个媳妇。"徐风笑的婶子一边拿板凳坐下一边夸着说。邵恩贤红着脸说："俺叔，这种庄稼，毛玲娘才是真正的行家，她在瓜地的四周还点了豆角子，我干这点活还是晌午头里跟她学的呢！"徐从吉高兴地说："你们都不简单！"这时，徐风笑也来到堂屋里。说话间，陈良双手端了两碗茶进来，一手递给公公，一手递给婆婆，说："俺大，俺娘，喝茶。"随后她转身来到锅屋又端两碗来，笑着说："俺大哥、大嫂，你俩也喝茶。"徐风笑和邵恩贤起身迎了上去，接过碗说："都是自家人，不要这么客气!"陈良没有搭话,只是微微一笑,弯腰拿个小板凳挨着堂屋西门坐下了。邵恩贤边喝茶边问徐从吉:"俺叔,半天您和风笑拉得可热乎?"徐从吉说:"俺爷俩拉的都是些掏心窝子的话。唉!真没想到风笑这几年在外吃了这么多苦,受了委屈。"徐风笑的婶子一听这话,眼泪都流了出来,心里一阵子悲伤。陈良说:"俺娘,别光难受了,我有一件喜事跟你说说。"徐风笑的婶子止住眼泪,说:"啥事?你大、你大哥、大嫂都在场,你说吧。"陈良说:"趁现在春暖花开的,把吴长秀娶过来,把风三的喜事给办了,你们看可管?"徐风笑的婶子说:"管!咋不管?咱这个家正缺人手儿,一来有人干活,再说我心上也了了一件心事。"徐从吉说:"陈孩子,经你这么一提,真是一件大喜事,可风三去了延安,不在家,这喜事该咋办呢?"徐风笑说:"这事还不好办?给风三找个替身,女扮男装。"徐风笑的婶子说:"咱想得倒好,不知长秀这闺女可情愿。"邵恩贤说:"我和毛玲娘去西院和她商量商量去。"陈良高兴地说:"走。"

邵恩贤和陈良来到西院,静悄悄的。吴长秀正在屋里手把手地教毛玲写毛笔字,松玲站在一旁仔细地看着。听到有人走进来,吴长秀抬头一看,急忙站起来说:"两位姐姐,干活回来了。""回来了。"邵恩贤和陈良笑着一齐答应着。毛玲、松玲一看娘来了,同时朝陈良怀里扑。陈良对两个孩子说:"恁大姨教你两个写字也累了,叫她歇歇,你们跑出去玩吧!"毛玲、松玲两个孩子一听这话,高兴地一蹦一跳地跑了。

邵恩贤来到写字桌旁,看到吴长秀教两个孩子写的字样,高兴地夸赞说:"长秀小妹果真是个才女,毛笔字写得真有劲儿。"吴长秀羞答答地说:"叫当老师的姐姐见笑了。"说着,慌得去搬板凳让邵恩贤坐下。邵恩贤说："小妹，你也坐下吧！"吴长秀又拿个小板凳让陈良坐。陈良坐下说："咱都坐，长秀妹，今儿个我和俺大嫂子一起干活回来想给你商量一件事。"吴长秀说："啥事？两个姐姐尽管说。"邵恩贤说："就是为了你和风三俩的亲事。"吴长秀一听，脸红到脖子，老大会子才说出话来："听说他去了延安，不知啥时候回来……"陈良说："长秀妹，俺没来这之前，我和俺大、俺娘，还有大哥、大嫂在一起说了你和风三的亲事，打算接你过门，不知你可答应？"邵恩贤又接着说："好小妹，过门吧！早晚都得有这一天，免得你成天的心上不静。"吴长秀想了一会儿说："既然两个姐姐都来说了，事情就由着你们好了。"

说完这句话，吴长秀出了一口长气，觉得身上轻松了。吴长秀四岁那年得了一场大病。她娘抱着她到临涣、韩村、五沟等地找医生给她看病，汤药喝了不少，就是不见病情好转。情急之下，娘抱着她从大吴楼浍河南坐船来到徐楼找到了徐风笑的父亲徐从谦。徐从谦是位中医先生，给她扎了几针，病奇迹般地好了。吴长秀的父母为了报答徐从谦，硬要和徐从谦家做亲。徐从谦没法推辞，经人说合，就把吴长秀许配给徐风三。从此她和徐风三就订了娃娃亲。后来，吴长秀和徐风三一天天地长大，两人上学后，有时聚在一起读书练字，天长日久，两人心思知心思，脾气对脾气。1935年底，徐风三在宿县读书时去了陕北延安。为了打听徐风三的消息，吴长秀常到徐楼来，因她一个女孩子家坐船不方便，加上陈良家又缺人手，经陈良的公公、婆婆同意，她就留在了徐楼陈良家里。后来她又一想，还没过门，经常在这里怕人说闲话。如今，邵恩贤和陈良俩提到她和风三的亲事，心上不由得高兴。她想，自己嫁过来，过了门，心里也算了结了自己一辈子的心愿。从此一心一意守着风三过日子，盼着风三从延安回来的那一天。

第二天，吴长秀吃过早饭就坐船回大吴楼了。上午，徐从吉来到他哥徐从谦家问："俺哥，昨儿个吃晌午饭，我和风笑、邵孩子还有陈孩子在一起商量，打算最近趁天把风三的亲事办了，你看可管？"徐从谦说："办就办吧，办了就了了一件心事。"徐从吉说："风三和长秀两个孩子虽说是订的娃娃亲，可按理说，你是中间的大红媒。很多事还需要你跑才行。"徐从谦说："按理说办事是要我跑，为了侄子，也是应该的，可天天看病的人那么多，咋得闲呢？这样吧，叫风笑和邵孩子替我把事办了。"徐从吉高兴地说："俺哥，你这样安排真得体。"过了一会儿，徐从吉又问："俺哥，你看风三的喜事该咋着办？"徐从谦说："按咱当地的风俗办，风三在外干革命不在家，喜事要办得热热闹闹隆重些才是。"徐从吉一听这话，喜笑颜开地说："我这就去临涣集买红纸、置聘礼去。"

徐从吉从临涣集回来，把买的聘礼放在家里，随后他拿着红纸帖来到他哥家里，找徐风笑动笔。徐风笑磨好墨，问徐从吉："俺叔，这帖上该写些啥？"徐从吉皱了皱眉头，想了一会儿说："你写上'白玉种良田，千年合好；红丝牵绣幕，百世良缘'的字句。"不大会儿，徐风笑就把他叔说的字句写好了，徐从吉拿了写好的红纸帖，笑呵呵地走回家去。

第二天一大早，徐从吉又找到徐从谦："俺哥，啥时候给风三过柬？"徐从谦说："今儿个是几了？"徐从吉想了一下说："今儿个是三月初六。"徐从谦高兴地说："今儿个是个好日子，就今儿个过束，叫风笑替我到大吴楼去!"吃过清早饭，徐风笑带彩带一幅、耳环一副、针一包、红线两桄、红纸帖一封、银耳坠子一副以及九枝莲、银簪插子、银手镯、银戒指、荷花针、包网子等聘礼来到浍河南大吴楼吴长秀家。

吃罢晌午饭，徐风笑就带着回束礼物坐船回到徐楼。邵恩贤、陈良在堂屋里正和徐风笑的叔、婶子拉呱儿，一看徐风笑从大吴楼过束回来了，都慌得站了起来。陈良从徐风笑手里接过红包袱，解开一看，里面有礼帽一顶，书四本，红纸帖一封，另外还有毛笔、墨砚。邵恩贤拿起红纸帖，兴奋地念着:"兰桂同荣，山河永固;阴阳定位，地久天长。"徐风笑的叔和婶子听了，都高兴地哈哈直笑。徐风笑的婶子说:"既然大吴楼那头已允许长秀过门，那咱就'看日子'吧，明儿个请个算命先生给风三、长秀推算推算，选定个迎娶的日子。"陈良说:"咱是革命家庭就不搞那个封建了。"徐从吉说:"陈孩子说得对，算命先生就不请了，日子咱自己选。"徐风笑的婶子说:"既然这样，咱选日子也不能太近，咱这头要盖房子，买衣服，给长秀做上轿红，还要订响、订轿弄啥子的，人家娘家那头还要做嫁妆，添置衣物啥的。"徐风笑说:"依我看，娶亲的日子就订在下月初六咋样?"徐从吉说:"好，日子就这么订。"邵恩贤说:"日子订了，那就拿红纸写上书帖，叫风笑明儿个给长秀家送去吧!"

说着说着好日子就到了。吴长秀过门的前一天，徐从吉找到他哥徐从谦说:"俺哥你看!风三的喜事到了，风三又不在家，找谁做替身好呢?"徐从谦想了一会儿说:"按老风俗，男的不在家，要是结婚，可以找个替身，不过要找也得是平辈，年龄和新郎官差不多的大闺女才管。我看咱本家徐清山的妹妹最合适。"

徐从吉一听，心想，徐清山既是本家侄子，又是徐楼支部的委员，他妹妹为徐楼支部做过不少工作，人也很活泼，她女扮男装充当新郎官正合适。于是，徐从吉高兴地说："就这么办。"说罢，他离开徐从谦家，朝徐清山家走去。

这天，徐从吉和徐从谦家门上都贴上红对联，整个徐楼庄和徐从吉都是近门，家家户户门两旁都贴上了用红纸写的"囍"字。在徐从吉的院子里，搭了一个棚，棚下支了三口大锅，锅底的火烧得正旺，厨师在锅后忙个不停。陈良和邵恩贤忙着蒸红点馒头，近门的亲戚有的在找桌子、板凳，有的在杀猪、宰羊，有的在择菜，有的在用热水烫鸡拔毛……喇叭声夹杂着人们的欢笑声，在天空中回荡着，整个徐楼庄呈现一派喜气洋洋的景象。傍晚，前往大吴楼吴长秀家过轿的人从徐从吉门口开始走了。一个抱大红公鸡的年幼胡和另一个放炮的半橛公跟随着鼓乐齐鸣的唢呐班在前面开路，抬花轿的在后边随着，轿杆上挂一大块"离娘肉"，轿里坐的是一个破小子。花轿刚出徐楼，放炮的半橛公放了三个响炮，当花轿来到小孙家庄后头时，抬轿的便放下花轿。压轿的破小子下轿后便回头朝徐从吉家走，而抬轿的继续朝前走。一路上，花轿路过常庄、三吴阁、戴窑、王窝子、李窝子，后又绕道临涣集北码头桥过浍河，花轿掉头朝东沿浍河经过周庄、李塘子才到大吴楼，在大吴楼庄西头停下来。放炮的半橛公放了三个响炮，唢呐班原地不动地站在那里"嗒嗒嘀，嘀嘀嗒"地吹着。过了一会儿，就从吴长秀家门口传来一阵"啪啪啪"的鞭炮声。迎轿炮放后，吹响的、抱鸡的、放炮的、抬轿的才进庄朝吴长秀家走去。他们刚进庄，一群半拉橛公一齐大声咋呼着："谁是抱鸡的，抠鸡眼喽！"抱鸡的年幼胡一听有人喊着要抠他，

128

吓得抱着大红公鸡突突叫地朝吴长秀家跑。

晚上，吴长秀家好酒好菜地招待徐楼过轿的人。吃过饭，吹响的坐在四方桌一圈在吴长秀家门口开始喇叭号筒地吹起来。给吴长秀添箱没走的亲朋好友和大吴楼的老少爷们也都不约而同地到吴长秀家门口前来听响取乐。吴长秀的娘端着新鞋筐子，拿着镜子和几件木梳篦子来看吴长秀。女婿徐风三为革命出门不在家，闺女嫁过去只有独守空房，一想起来眼里就想掉泪。吴长秀的娘说："娘的好孩子！去到锅屋来吃点饭去。"吴长秀说："俺娘，我一点都不饿。"吴长秀的娘走过去拍着吴长秀的肩膀说："娘的好乖乖，人家的闺女出门子饿嫁多少都吃一点，你看你这两顿饭都没吃了，当娘的看着就心疼。如今你要出门子了，风三这孩子又没在家，这要难为你了！"

吴长秀一听，马上流下泪来。她两手抓住怀衿，颤着嘴唇说："俺娘！别说了，叫人难受死了。风三去了延安，早晚都得回来的。"说着，抽抽噎噎哭起来。

吴长秀的娘强打着精神说："娘的好孩子！别哭了，哭肿了眼泡不好看，叫旁人笑话。"她提起褂衿子走过去，给吴长秀擦眼泪。

吴长秀的鼻子越是发酸起来，泪珠子成双成对地滚出来，说："俺娘！别说了，我倒不是为别的难受。我是想从今以后，不在你和俺大跟前了，要是有个头疼脑热的，不能在眼前伺候你们了。"

吴长秀的娘说："不要老是惦记着我，到了人家，就是人家的人了。逢年过节，风俗你要记住。腊八，这天清早起来，你要用米、豆腐皮、菠菜、徼子、细粉熬粥，给家人吃。俗话说：

'吃罢腊八饭,就把年来办。'腊月二十四是祭祀火神和灶君的日子,家里要烧香放炮,设供祭灶,把锅屋墙上旧的灶神揭下来,在香炉中烧,送灶神上天,然后再贴新的灶神。接着就是把屋里屋外,墙上屋笆,特别是锅屋里,都要打扫干净。人说灶神二十三日去,初一五更来,他上天言好事,下界保平安。祭灶神还有顺口溜:'官祭三、民祭四、王八祭五、鳖祭六。'在咱乡下,过了二十四,家家都开始蒸馍、炸丸子准备过年了。年三十,吃罢清早起来饭,家家忙着贴对联。大年三十晌午,一家吃个团圆饭。年初一,吃罢清早起来的扁食,你要先给老的磕头拜个年,然后再到东院西院给婶子大娘拜个年。大年初三吃顿扁,一不吭来二不喘。年初七你啥都不要干,人不说嘛,七不动针,八不拔,初九动针打犁铧。正月十五是灯节,这天你不要把娘家走,即使你走了娘家,也不能过夜,因有'正月十五看娘家灯,死得娘家人干干净净'的迷信说法。正月十六是归宁节,这天你在婆家不要到哪里去,到时我叫恁哥去接你。正月十六是好日子,至今还流传着'正月十六好日子,家家都接花妮子;正月十六好十六,家家都接连心肉;正月十六下雨雪,新娶的媳妇把嘴噘,一是不能走娘家,二来不能穿花靴'的歌谣。二月二,龙抬头。这天你不要把娘家走。三月三这天,你也不要走娘家,传说'在娘家过了三月三,死了丈夫塌了天'。"

吴长秀听到这里,泪流满面地说:"俺娘,您说的这些俺都记住了。"

吴长秀的娘说:"我的好孩子,别难受了,到了婆家,一敬丈夫,二敬公婆,做红了媳妇,我脸上才有光。你从小我就拉扯你,洗屎刮尿,也是不容易。只要公婆对你好,姓徐的一家子看得起你，就算养闺女养值了，我也算烧了高香了。闺女家，哪有一辈子不离开娘的，哪有使闺女使一辈子的？再说，徐从谦是咱这方圆几十里的名医，你小时候是他给你治好了病，不然也没有这门亲事。他儿子徐风笑干过咱宿县的县委书记，是个赫赫有名的人物，徐从吉在咱临涣一带也是一个响亮的名字，婆婆大大方方，公公义义气气，女婿风三聪明伶俐，写得一手好毛笔字。人家又不穷，有一顷多地，不愁吃不愁穿的。过了门，一心守着风三过日子，将来风三回来，说不定你能和他一起干革命呢！"

吴长秀听到这里心上亮了，停止了哭泣，用袖头子擦着泪说："自己有吃有穿算啥子？今后跟着风笑大哥干革命，叫所有的人都能过上好日子。"吴长秀的娘一听，马上高兴起来，说："我儿有这心地，我就放心了！"

第二天，天不亮，吴长秀家门口就响起了"啪啪啪"的鞭炮声。上头炮放过，吴长秀就梳妆打扮，穿上过轿送来的上轿红。一切整置停当，吴长秀的娘煮了四个鸡蛋，叫吴长秀吃了两个，把两个装在吴长秀口袋里，叫她饿了的时候吃。吴长秀的哥把她背上花轿。盖上轿门后，吴长秀的嫂子端来一碗面水，一边泼向轿腿，一边说："嫁出去的女，泼出去的水。长秀，从今以后你就要安分守己地过日子了。"有人给抬轿的送来了上轿礼。起轿，一时间，鞭炮声、喇叭声响彻云霄。不知怎么的，一说上轿了，要上婆家去了，吴长秀止不住地流下眼泪，放声大哭起来。当花轿从庄东头绕到庄西头时，随花轿左右押轿的吴长秀的哥和弟弟，便返回家里。

怀抱一只公鸡一只母鸡的年幼胡和放炮的半橛公慌得跑到前面同吹喇叭的一起在前面开路，紧跟着抬花轿的随着，而端灯的、端盆的、提油罐的还有抬大件嫁妆的便一溜跟随其后。花轿按原路返回，沿途遇庄、桥、庙就放炮吹喇叭，过去就停。

当花轿来到徐楼南地时，两个嫁客赶着牛拉大车慢慢跟着走来了。听说花轿来了，看新媳妇的人们站了一街两巷。徐舒跟着一群孩子在庄头上高兴地蹦着唱着：

小小虫，
尾巴长，
娶了媳妇忘了娘。
娘搁草窝里，
媳妇在被窝里。
买烧饼，买麻糖，
媳妇媳妇，你先尝。

孩子们正唱着，庄里响起了震耳的鞭炮声。迎轿炮响后，抬轿的才从庄头慢慢地朝徐从吉家走去。花轿来到大门口停下，只见"新郎"头戴礼帽，身穿大褂来到轿前作了三个揖，然后把轿门掀开。徐清兰把抱瓶壶递给吴长秀。邵恩贤和陈良搀扶吴长秀下轿，慢慢走在由两条芦席轮番铺垫的路上。徐风笑端着筐子中盛的花生、红枣、核桃、栗子、麦麸子、秆草，一大把一大把地朝吴长秀头上撒。吴长秀只低着头往前走，走到香案桌前便停下脚步。唱礼人李景福叫吴长秀站在香案前芦席的东头，叫"新郎"站在芦席的西头。站好后，李景福大声高喊："一拜天地，二拜高堂，夫妻对拜。"吴长秀和"新郎"跪在地上磕了三个头。随后，邵恩贤和陈良把吴长秀送入洞房。徐清山媳妇拿个秤杆来到洞房把吴长秀头上的蒙头红子挑起，在空中一边摇晃一边唱起来：

> 蒙头红子往上挑，
> 十二个月抱个小；
> 蒙头红子往上搭，
> 十二个月抱娃娃。

邵恩贤、陈良和满屋子嬉闹的人们听后哈哈大笑，连吴长秀都想笑出来。徐清山媳妇唱罢就把蒙头红子搭在梁头上了。

闹洞房的同吴长秀嬉闹一阵后，便进行开拜，吴长秀和"新郎"再一次回到香案前，唱礼人李景福说："先给恁大、恁娘磕头！再给恁大爷磕头！……"凡是李景福喊到的长辈亲朋，吴长秀和"新郎"都同时一一跪在地上磕头，他们都给磕头礼。李景福又说："恁大哥徐风笑，为了你们操心，也拜上一拜。"吴长秀和"新郎"没跪，"新郎"鞠了一个躬，吴长秀只是侧起身子拜了一下。礼毕，邵恩贤和陈良揽着吴长秀走进洞房。吴长秀来到屋里，端端正正坐在大床中间，陈良倒了一碗开水放在桌上叫吴长秀喝。屋是新盖的，大床也是新的，黄土垫地，屋子里飞腾着阴凉的空气和黄土的香味，吴长秀心里真高兴。

喜宴开桌了，席总拿一块红布，带着"新郎"来到客屋说："各位亲朋，今儿个是风三的大喜日子，欢迎各位的到来，今儿个晌午略备薄酒，照顾不周，敬请大家原谅。下面请'新女婿'给大家行礼。"说罢，席总把红布铺在地上，"新郎"马上跪倒磕了三个头。这时席总大喊一声："拿壶！"随即酒宴开始，亲朋们说说笑笑，猜拳行令，欢聚一堂。当客人酒喝到二八盅时，席总又拿着酒壶，带着"新郎"到各桌敬酒，热闹极了。

徐风笑的婶子下好了面条，亲手盛一碗面条端到屋里，叫大儿媳妇陈良、二儿媳妇赵淑兰劝着吴长秀吃。陈良让了半天，吴长秀不愿意吃。陈良说："这会儿家里没有外人，咱娘亲手下了面来，是个婆媳合好的意思，你就吃吧！"徐风笑的婶子亲手把面条递到吴长秀的手里，说："她嫂子，你吃罢！看着我这老婆子面子，今后风三回来要是有个言差语错的，你要多包涵点儿。今儿个，为了风三，你就吃了我这碗面条吧！"

吴长秀低下头，站起来双手接下碗。自她记事以来，还没有听过有人给她说这么贴心的话，心情一时激动，两手不停地发抖。陈良急忙前去用两手接着碗，说："大妹子，慌啥子？烫着手了！"吴长秀眼里含着泪花，低下头轻声细语说："唉！我和风三自小就是娃娃亲，叫俺娘说得我心里难受！"陈良说："难受啥子？打今儿个以后，一个锅里扯勺子，辛苦甘甜谁都知道。咱娘这把年纪，你替她多干点，啥都有了。"

几句话说得徐风笑的婶子笑得合不上嘴，出出进进，同来的客打着招呼，叫看热闹的人们吸烟喝茶，满院子里的人都说不尽的喜庆话，对于这特殊的婚礼感到有说不完的兴趣。就在人们说笑的时候，大门外响起了一阵鞭炮声，这时喇叭也吹了起来，人们知道嫁客起席了。

酒宴过后，人们逐渐散去。这时候，徐清山媳妇来到洞房，把早已准备好的红枣、栗子放在铺盖下，为新人铺床。邵恩贤、陈良、赵淑兰又来到洞房为吴长秀开脸，她们用红丝线把吴长秀脸上不规则的毛发揪掉，陈良边揪边唱：

揪脸人不怠慢，

揪脸还得红鸡蛋。

红鸡蛋，满脸转，

今年喝喜酒，

明年吃喜面。

邵恩贤和赵淑兰一听不禁哈哈大笑，连吴长秀也忍不住扑哧一下子笑了。妯娌四个嬉闹了一会儿，她们又帮助吴长秀梳头洗脸。从今天开始，她不再梳当闺女时梳的那条根部辫梢扎红头绳的大辫子，而要梳成额头有刘海，脑后绾髻后用发网网起并用簪子固定的发型了。年长日久，要慢慢和当闺女时候的那股可爱活泼的性格离别，担负起家庭生活的重担。

晚上，"新郎"高兴地走到洞房门口，一看屋里闹洞房的有年龄大的，也有年龄小的，有长辈，也有晚辈，满满一屋子人。陈良说："闪开条路儿，'新女婿'来和新媳妇喝交心酒喽！你们尽管闹，三天不分大小。"在当时，人们只是听说还没见过女扮男装拜堂成亲的，觉得既新鲜，又特别，怪有意思。这晚上，闹洞房的人们说说笑笑，一直闹到半夜人才走完。

等闹洞房人走后，"新郎"拜过徐风三的大和娘，又来到洞房。吴长秀一个人坐在床上，听见"新郎"进来，仍低着头坐着不吭。"新郎"站在她的头前，看了吴长秀一眼，用手碰了一下她的头发说："你抬起头来，哎！"吴长秀还是不抬头。"新郎"又捣了她一下，说："你可抬起头来叫我看看呀！"

过了一会儿，吴长秀才慢慢抬起头，一双又大又亮的眼睛，仔细瞅着"新郎"，惊讶地说："你到底是男是女？""新郎"捏着腔一本正经地说："当然是男的了，这还有假？"说着，"新郎"一下子坐在吴长秀的身旁，吴长秀机灵地躲开，两手一推，红着脸说："坐到一边去。""新郎"睐睜着眼笑了说："咱是拜过堂的！"吴长秀斜了"新郎"一眼，说："拜过堂的也不管。""新郎"抹掉礼帽，松下长头发，说："你再看看我是男的还是女的！"吴长秀斜起圆大的眼睛，愣了半天，说："你扮男的，怎么这么像呀！"

两个人正在屋里一递一句地说着，一个淘神的破小子用几块土坯立在一起站在上边，扒着窗户，从窗户缝里朝屋里偷看，看到这时，肚子一时憋不住，"扑哧"一声笑了出来。由于没站稳，土坯突然倒了，只听"咕咚"一声摔个仰八叉。"新郎"咋呼一声："谁？"那个淘神的破小子一听，吓得爬起来就跑。

第六章
军事救国之路

    徐风笑帮着办完了徐风三和吴长秀的婚事，好像为党为社会做了一件有益的事情，浑身感到轻松愉快。可是一闲下来的时候，又觉得苦闷、烦恼，他又想起了当前的抗日救亡运动。他从心底里感到：从目前来看，组织、宣传和动员社会各阶层的广大群众起来共同抗日，是当前的一件大事。

    这天夜里，他失眠了，邵恩贤搂着英特尔还在呼呼睡着。他又睡了一会儿，睡也睡不着，连眼也合不上，只是对着窗外的天空出神，心里感到一阵困惑和惆怅。在以往的夜晚，邵恩贤常在他睡不着的时候，给他讲小时候的事儿，拉家长里短，说他们参加革命的事。可是今天，邵恩贤睡得死死的，怎么也不醒。鸡还没叫，他就起床走出来，在院子里站了一会儿，悄悄开了大门。常沟的水在星光下哗哗地流着，几只癞蛤蟆在水边上此起彼伏地叫着，岸边树林里有毛鸹鸹叫。他一步一步踏着庄东头的小路，向着毛鸹鸹叫的地方走去。偶尔听到大杨树上的叶子在响，风很小，叶子也响得那么微妙。他弯着腰走上常沟大堤，伸开胳膊，深深地呼吸了一下清凉的空气。他在常沟岸边走来走去，又停下脚步，细听常沟的流水声。他沉默着，在岸边的树林里静静地站着，看了看披着银色薄纱的徐楼庄，往事不禁涌上心头。

徐风笑，学名徐清葵，字风笑，又名徐风山、徐竹天、徐行远，曾化名叫赵殿臣，生于清朝光绪二十五年九月二十六日，即1899年10月30日，安徽省宿县临涣区徐楼人。

据《徐夷迁徙考》记载：徐风笑的祖先原系夏禹的后裔，在远古时代曾居住在山东曲阜一带，因当时洪水猛兽危害无法生存，于是便沿济水西上南下，迁到淮河流域。抵达后，一部分人去淮南，淮南称舒夷，一部分人去淮北，淮北称淮夷，也称徐夷。这些人在淮河两岸定居后，发展很快，稳定生活了一个时期。后来因淮河的水时有泛滥，伤害人命，难以安居，于是便又沿淮河西上，经安徽、河南去了山西。山西是山区，当时狼豺虎豹，猛兽很多，他们便采取冬居山洞、夏住树窟的办法定居下来，此后就在这里繁衍生息，历经数代。

元灭宋时，黄河流域发生战争。当时有"黄河两岸，马粪三尺，骨堆如山，血流成河"的传言，可见战争是多么的残酷。由于战乱，黄河流域大多数的人死的死、逃的逃。因此，这里人烟稀少，土地荒芜，一片荒凉。1279年，元帝即位后，为弥补战缺，于是便决定从山西沿黄河东迁大量居民。当时，徐风笑的先人从山西洪洞县喜鹊窝大槐树那里迁到山东青州，定居在东海郡。后来，由于这个缘故，徐风笑的先人徐氏堂号便定为东海堂。

元朝末年，元军与郭子兴、朱元璋领导的农民起义军在淮河流域角逐，有"三洗凤阳府，九洗南宿州"之说。长期的战乱，加上频繁的自然灾害和繁重的赋税徭役，致使淮北地区的百姓"十亡七八，白骨露野"。土地的荒芜那就可想而知了。朱元璋建立明朝后，为了巩固自己刚刚建立起来的政权，采取了休养生息、恢复发展生产的政策，遂决定从山西、山东、湖南、湖北调来大量的移民来安徽恢复发展生产。明洪武年间，徐凤笑的先人便又由山东青州移来安徽凤阳府宿州境地。由于这个缘故，徐凤笑的先人在叙家谱时，徐氏班辈便有"从青至凤，尊先敬宗，望长久远，千祥万亨"之叙，这里的"青"指山东的青州，"凤"是指安徽的凤阳府。

据《徐氏宗谱》叙，徐凤笑的先祖在山东青州时，原来兄弟四人，移民时，老大徐能在青州守家没动，老二徐柔迁至安徽宿州固镇桥，老四徐谅迁居安徽宿州口子西北徐集子，也就是濉溪口西北刘桥。老三徐刚则迁到离安徽宿州西80多里的一个地方住下来，这里坐落在常沟的西岸，朝西离临涣八里，朝南离浍河六里。徐刚去世后，就葬在离这里朝西六里的沟东岸，这里也就是后来的徐楼庄。

徐楼人绝大多数都是安分守己的庄稼人。这里民风淳朴，"勤俭持家、邻里和睦、行侠仗义、助人为乐"是徐楼人的传统。他们崇尚的是三纲五常、仁义礼智信，他们对教书的先生和读书识字的人都充满敬意。

徐凤笑的老爷徐梁，字干臣，自幼读四书五经，参加过乡试，结果不第，于是就跟随父亲学习中医。由于他博闻强记，精湛的医术使他成为当地有名的中医。他有两个儿子，长子徐从谦，也就是徐凤笑的父亲，虽幼读诗书，但没走科考的路子，而是子承父业，修习中医。次子徐从吉受家庭的熏陶，既识字又能干。在那个年代，徐梁一家在当地可以说人财两旺，那时他家有土地100多亩，并雇有长工和短工。为了把这个家庭搞好，徐梁对两个儿子进行了分工，大儿子徐从谦继承祖业习医，二儿子徐从吉主要是带领长短工们一起干活务农。

徐从谦是一个脾气古板暴躁的人，一张冰冷的面孔，不苟言笑。他看上去并不温和，可他在乡亲们和病人的眼里，却是一个救命的菩萨，是一个博古通今、才高八斗的人。那时候，不管穷富，十里八村还是方圆百十里的人都来找他看病，甚至就连宿州、蒙城、涡阳、永城、亳州城里有钱的人也骑马坐轿来找他看病。在平时，他家总是人来人往地进出不断，因此他与社会各阶层的人物接触比较广泛，结交了不少的朋友。徐从谦最大的兴趣就是在清闲的时候与这些朋友在一起喝茶拉呱儿。

徐从谦娶赵氏为妻。赵氏是一个识字的人，她刚过门时才17岁。赵氏不仅心灵手巧，脾气也好，长得在整个徐楼庄都盖了。赵氏对丈夫徐从谦百依百顺，而徐从谦在赵氏面前总是神气十足地摆架子，赵氏对他却毫无怨言。有时候徐从谦因生活小事大发雷霆，而赵氏却对他哈哈一笑。徐从谦从内心里喜欢赵氏，当他给病人开药方时，赵氏就主动地为他磨墨。这时候他就和颜悦色地对她说什么病开什么药，时间长了，她就成了他的助手。后来，徐从谦开出药方就不再管了，而赵氏便拿着药方就去给病人抓药，同时告诉病人怎么吃。赵氏还能像徐从谦一样给乡亲们说一些治病的小偏方，比如韭菜捣烂可治瘀血、甜瓜子白酒治腰痛、酱油漱口治喉痛、猪苦胆治慢性中耳炎、白菊黄豆糖水治结膜炎、熟吃苹果可治腹泻、蒲公英戒烟瘾、茉莉花治鸡眼、枸杞子泡茶喝清热提神等。赵氏对中药很熟，她通过观察或品尝能识别药的质量，所以每次来人送药，都叫她亲自查看。赵氏非常能干，除帮助丈夫拿药外，农忙时还同长工们一起下地干活，回到家还要缝衣做饭。赵氏很讨人喜欢，当徐从谦闲着没事同朋友在一起拉呱儿时，赵氏就提着茶壶给他们倒茶，令在座的兴奋不已。

徐风笑从小就是在这样相对优越的家庭环境中成长的。孩提时代的徐风笑知道自己有一个能给人治病的大和一个贤惠能干的娘，他从内心里感到自豪，觉得自己比别的孩子鲜目点，做起事来很是自信，相信自己做得要比别的孩子要好。在乡亲们眼里，这么小的孩子聪明好学，为人做事又懂事，这真是徐从谦和赵氏的福哇！看着这孩子长得眉清目秀的，活像一个小罗成，相信这孩子将来长大了不简单。

徐风笑从小就跟着他大读书学医，由于徐从谦是当地的名医，所以家里来往人很多，这些人有的是商人，有的是艺人，也有当官的，真是五花八门，干啥的都有。在这样的环境里，徐风笑无形中也就同这些人有了广泛接触，徐风笑还从这些人的谈话里，听到了许多别人家的孩子所不知道的事。

公元前 209 年 7 月，也就是秦二世元年的 7 月，900 多名被征召的贫苦农民前去渔阳戍边，当来到蕲县大泽乡（今安徽宿州市境内）时，正值初秋时节，大雨滂沱。大泽乡一带的地势本来就很低洼，此时更是一片汪洋。道路被洪水冲坏，戍卒不能按期到达渔阳。按秦律规定，戍卒不能按时抵达指定地点者一律处斩。在这生死存亡的关键时刻，戍卒们在屯长陈胜、吴广的率领下，杀死武装押送的两个将尉，举行了起义。起义军首先攻下蕲县。接着，陈胜自立为将军，吴广为都尉，号称大楚。随后陈胜命令符离人葛婴带兵向蕲县以东进军，他和吴广亲自率领主力沿涣河西进，首先进攻战略要地铚城，也就是临涣。起义军兵临城下，当天夜里，临涣人董缉会同宋留、伍徐带领贫苦农民百人在城内起事响应。他们杀死县尉，打开东门，迎义军入城，县令连夜逃跑。陈胜、吴广率起义军入城后，打开府库，开仓济贫，并砸开监狱，释放了被关押的囚犯。起义军的行动深得民心。苦于暴秦统治的群众，纷纷加入义军，起义军声威大振，队伍迅速扩大到万余人。陈胜、吴广率军乘胜进击，先后攻占河南永城、鹿邑、柘城以及安徽亳州，之后又攻占了河南陈县。在陈县建立了农民政权，国号张楚。临涣人董缉、宋留、伍徐在反秦战争中成长为杰出的农民将领。

1851年，洪秀全领导的太平天国农民起义爆发。1853年2月，陈玉成、李秀成领导的太平军自湖北武汉沿江东下，越过小孤山清军防线。2月23日，太平军水师集结安庆对岸。24日午后，南风大作，太平军千帆竞发，枪炮齐鸣，直取对岸，清军顷刻瓦解。当晚，太平军进占安徽省省会安庆。随后，太平军又北伐来到了淮北地区。

淮北是个十年九灾的地方。清朝后期，淮北一带不淹就旱，不见粮食的年数越来越多了，到了咸丰年间，淮北竟出现了人吃人现象。涡阳县雉河集西北12里张老家的张乐行看到乡里穷人挨饿受冻，就和穷爷们商量起事，拉起捻军大旗，打老财、分粮食、砸盐店、抗粮差，不到一年的时间，在蒙城、涡阳、亳州等地聚集义军万余人。

1853年11月，张乐行率捻军直捣濉溪口，回兵经宿州西三铺，又来到临涣。张乐行独自骑马绕临涣土城一周，看了地形、问了情况后，遂派捻军骑 50 匹快马，脖挂铜铃，举旗绕城飞跑，高喊："城里的穷爷们听真，捻军要攻打临涣了，你们快躲起来，免得受害！"随后张乐行又派出 500 名粗腰大个的捻军，每人一把苗刀，一根丈二长的竹竿标，进行攻城。当时临涣只驻清军 200 多人，清军守备见捻军势众，没敢固守，连夜弃城逃跑。第二天早上，捻军进入临涣，张乐行派纪学中带一部分捻军守临涣，他便带捻军主力回雉河集去了。

捻军夺取临涣以后，监生徐建兰在徐楼带领贫苦农民举行起义。不久，太平军来到徐楼，徐建兰立即率领起义的贫苦农民参加了太平军，徐建兰被封为旅帅，下辖卒长 5 人，两司马 20 人，伍长 100 人，伍卒 400 人，共 526 人。受编后，徐建兰便整顿队伍随太平军向永城、亳州一带进攻去了。1856 年，太平军在捻军的配合下西征，徐建兰在李秀成的领导下，转战豫、皖、苏各地。

1857 年 3 月，捻军与李秀成部会师于安徽霍邱，张乐行被太平天国封为征北主将。7 月，张乐行攻克颍州后，率军迅速北上。在十八里铺与从徐州驰援的侍卫伊兴额 8000 骑军相遇，双方血战数小时，杀清将丰林、依顺、德寿等多人。伊兴额大败，率残军狼狈逃向临涣。8 月 12 日，张乐行率部直抵临涣城，将清军官兵 15000 多人团团围住。13 日，张乐行率部破城，杀清军披甲武凌云、多隆武等以下官兵 10000 多人，东门防营守将兴庆见势不妙，带 10 多名残兵骑马向萧县瓦子口逃窜。张乐行率部在临涣打败清军之后，灵璧、凤阳戒严，怀远、寿州、颍州、颍上、霍邱、亳州到处都有捻军。11 月，张乐行又率捻军在临涣浍河桥夜袭清兵营大获全胜，清军将领穆彰阿率残部逃向亳州。随后，安徽巡抚福济在给咸丰皇帝的奏折中写道："河南马步各队屡遭失利，11月初间，已将大股迫至临涣，复为贼众劫营，急促折回亳州，大挫军威。"

1896 年，帝国主义国家在临涣设立天主教堂，神甫先是法国人，后来是意大利人。他们霸占新建房屋 91 间，土地 14 亩，在临涣周围的四里、百善集、白沙、周围子、香山庙、湖沟涯、高皇庙、祁庙子、三吴阁、海孜、柳孜集、界首集、燕头集、常沟集、童亭集、西二铺集、西三铺集、西四铺集、西五铺集、朱蒋沟等乡村集镇设立传教点 34 处。他们通过传教，发展信徒，设立学堂，举办"慈善事业"，向群众灌输奴化思想，使之放松对外国的侵略、压迫和反抗。传教士干预政事、包揽诉讼、残害百姓，有的教徒还侮辱妇女，鱼肉乡里。一些土匪、地痞等以教徒身份作护身符，大肆抢劫，无恶不作。教徒们因作恶被群众缉拿后，送到官府，官府却与神甫沆瀣一气，反诬群众造谣滋事，并当场将教徒们释放。

1908 年，英国投资 200 万英镑修筑津浦路南段，并在宿州符离集黄山头建采石厂。1909 年，英国人还在宿州城设大同蛋厂，收购鸡蛋，加工出售。德国、美国等西方列强还在蚌埠建货栈和洋行，把大量的煤油、火柴、布匹、服装等商品倾销到淮北市场，使当地的民族工商业和家庭手工业破产。帝国主义还通过蚌埠、宿州的买办资本家，以低价收购小麦、大豆、芝麻、棉花、玉米等农副产品以及其他工业原料，把生产出的商品再倾销于淮北市场，榨取淮北人民的血汗。

1910 年，安徽全省发大水，这是几十年来罕见的，全省有

56 个州县受灾，特别是淮北地区灾情严重。这年夏天，特大水灾发生在临涣一带，当时平地的水，深可行船，房舍、牲畜被大水冲走，灾民死的死、逃的逃，哀鸿遍野。这年冬天，徐楼的徐老五，从外地逃荒回家，看到家里没有一粒粮食，就索性把院内的一棵红枣树砍倒劈开挑到临涣集当柴卖。当他卖完柴，已是晌午错了，这时他饿得实在难受，走到山西会馆门口看有卖烧饼的，顺便就买了两个，烧饼刚拿到手，旁边的一个人夺了就跑，徐老五跟着就撵。当跑到东城墙时，两个人实在跑不动了。夺烧饼的看城墙根上有一摊屎，弯腰抓把屎抹在烧饼上。徐老五走到跟前顺手把烧饼夺了回来，他随手拾把树叶子，在烧饼上擦了擦，就赶紧把它揣到怀里，出城门偷偷地绕小路返回了徐楼。

1912 年 4 月，宿州改名宿县。袁世凯掌握政权后，社会更加黑暗，广大人民依然生活在贫穷落后、分裂动荡、混乱无序的苦难深渊中，沉重的税负压得人们喘不过气来。1913 年，田赋实行承清制，分为本征、折征、本折各半征三种。除正赋之外，还要征收名目繁多的附加税。临涣大地主袁三依仗他哥袁大化的权势，霸占贫苦农民的土地 100 多顷，他有佃户 300 多家，他对农民的剥削、压迫特别残酷，对缴不起租子的穷人就用瞎骡子踢，有的被踢成重伤，有的被踢得头破血流，惨不忍睹。

……

徐风笑听了这些事，心里有时悲伤，有时愤怒，也有时兴奋。慢慢地，这些事就像一团火在他幼小的心里燃烧着，心想：现在我还小，只有好好读书，将来长大了用知识改变这个社会，让受苦人都能过上好日子。

徐从谦和妻子看自己的儿子勤奋好学有志向，希望他好好念书，将来做一个对社会有用的人。1913 年秋，徐从谦把徐凤笑送到徐楼庙村办小学里去念书。第二年又把他送到临涣集读书。

临涣集是一座历史悠久的古城。这里不仅曾被陈胜、吴广领导的农民起义军占领过，而且孕育过众多的英雄和著名历史人物。战国时著名的政治家、军事家蹇叔，秦穆公的左相百里奚，三国时期著名的文学家、思想家、音乐家、"竹林七贤"之首的嵇康，东晋时期的书画家、雕刻家、音乐家、文学家、杰出的唯物主义无神论思想家戴逵，东晋时期协助谢玄在淝水之战大败秦王苻坚百万大军的著名军事家桓伊，金代学者、天文学家武祯等都在临涣学习生活过。

临涣的教育源远流长，历朝历代临涣的教育都比较发达。1914 年 9 月，徐凤笑转到临涣小学读书。临涣小学坐落在临涣集华阳寺，是一所老学校。1885 年 9 月，临涣司州潘玉鹏在华阳寺创办义塾。1890 年，在华阳寺创办临涣公立敬立学堂，有教师 6 人，学生 150 人。1905 年，清政府下诏废除科举，设立学堂。1906 年 7 月，宿州知州李维源在华阳寺开办义学。1907 年，在华阳寺创办敬业高等小学堂，民国初年改名宿县临涣集第一初级国民小学。

临涣小学学制四年，开设有修身、国文、算术、手工、图画、唱歌、体操等九门课程。

徐凤笑刚到临涣小学读书时，教他国文的就是宿县著名的进步人士、教育界名人孙树勋。

孙树勋，1862 年生，号朝臣，宿县临涣区徐楼南边小孙家人。孙树勋从小读经诵史，聪明过人，深得塾师刘集三器重。他20 多岁考中秀才，长期在临涣设馆授徒，学生多学业有成，受到各界人士的尊重。孙树勋为人耿直，上不屈事官府，下不欺压百姓，为乡亲们所称颂。一次，临涣团防局打死了他的一只狗，他怒不可遏地借机写下了《哭狗文》："……哎呀，我的小狗呀！听说团防局杀了口猪，肉是很肥的，又是很香的，你可知道是干什么的？是招待山猫的，是招待野猴的，是招待拔树精的，能招待你个狗头瓜子吗？你也同那些狗而不知其狗的东西，大摇大摆地进了团防局，他们见你能不眼红吗？……"孙树勋在文中旁敲侧击，讥讽詈骂，弄得狗官们也无可奈何，最后还是团防局派人出面给孙树勋赔礼道歉、补偿损失才算了事。

孙树勋学识渊博，崇信三民主义，是徐风笑的启蒙老师。

孙树勋在教学上重视新思想的传播。他在教学生学习课本知识外，还教学生读《少年中国说》《呵旁观者文》和《座右铭》等文章。他常常在学生面前抨击社会黑暗，讲述北洋军阀当局怎样在帝国主义列强的操纵下剥削穷人压迫穷人的事。他还向学生讲述贫苦百姓的悲惨遭遇。当他讲到天下的受苦人都是一家时，徐风笑就不禁领着同学一齐慷慨激昂地朗诵起梁启超的文章来："少年智则国智，少年富则国富；少年强则国强，少年独立则国独立；少年自由则国自由，少年进步则国进步……""欲举富国强兵之实，惟法治为能致之……"

梁启超的文章像战斗的号角在徐风笑的心灵里吹响。他认为，要想让穷人都过上好日子，走立法治天下和富国强兵的道路是正确的。心想，长大了就去当兵，有朝一日带领成千上万的军队把帝国主义侵略者从中国赶出去，让人民都得解放。为了这个理想，徐风笑在课外还同朱务平、刘之武、孙树勋的儿子孙铁民等几个志同道合的伙伴，登上临涣城墙一起谈天说地。他们面对半殖民地半封建的中国，讨论着今后的路应该怎么走。他们认为，眼前不仅要把学习搞好，而且还要到社会中去，敢于担当，为百姓分忧解愁。

1914年秋后，宿县临涣集集长王壶春利用管理学校的职权私出契约，将徐楼小学的115亩学田卖给了有权有势的大地主余化龙。这引起徐楼村全体村民的震惊和公愤。

这115亩学田原来是徐楼庙地。徐楼庙人称代庙子，据庙碑记载，徐楼庙始建于明朝，它位于常沟西岸，代庄东头，起初叫代小庙，自代庄迁到离庙西南六里的浍河北沿后，徐楼庙因自然灾害就坍塌了。1888年，周围村庄徐姓仗义疏财，大兴土木，在代小庙的原址扩建了一座规模较大的四合庙院，堂屋是楼式的三间大殿，并有西厢房三间，青砖青瓦，大殿内雕梁画栋，栩栩如生，室内的壁画，巧夺天工，有较高的艺术价值。明朝万历年间，徐风笑的先人徐应升从自家的田产里抽出70亩给徐楼庙，以用作修补庙宇，办理义学，同时在庙里建立家祠，常供祭祀。康熙年间，徐应升的儿子徐德俊又从自家的田产里抽出45亩给徐楼庙，其中有18亩作为坟地祭田，其余留作家祠庙用。1913年，徐楼庙改为徐楼小学，庙里的小和尚还俗，老和尚出走，而庙里的115亩施田，经徐楼人商议，全部留作学田。可是眼下这115亩学田竟被临涣集集长王壶春全部给私自卖了，村民的利益和感情受到如此侵占和伤害，整个徐楼村群情激愤、怨声沸腾。

一天下午，整个徐楼村的人都不约而同地来到徐从玉家屋后头的一棵大槐树下，义愤填膺地议论着学田的事。恰巧，徐风笑从临涣集放学回家路过这里。他看到老少爷们蹲的蹲、站的站，有老头蹲在地上低头抽闷烟的，有妇女站在那里长吁短叹的，他叔和他大也来了。徐风笑意识到庄里一定发生了什么大事，一般情况下，他大是不会来的。村民们你一言我一语又咋呼起来：

"这100多亩学田是咱徐楼的地，王壶春怎么能做主把咱们的学田私自给卖了？这又不是他家的地！"

"他王壶春再有权，卖地也得跟咱徐楼人商量商量吧？这个狗日的根本不把咱徐楼人放在眼里！"

"这100多亩学田都给卖了，咱徐楼小学以后该怎么办？"

"老祖宗做的好事要断送到咱们手里喽！咱们要是保不住这100多亩学田，对不起老祖宗也没脸面对子孙后代呀！"

"王壶春！你卖俺徐楼的学田，你坑俺徐楼人，我日恁八辈子祖奶奶！"

徐从谦接过话茬："骂有啥用，我看咱到临涣集找王壶春评理去！"

徐从吉接着说："对，咱们找王壶春去，叫他说说他到底卖了多少钱？"

村民们异口同声地说："走！到临涣集找王壶春去！"

徐风笑站在一边静静地听着，很快就听明白了。他亲眼看到当前社会的黑暗，心想，不合理的事情何止在远处，在家门口就有！此刻，他看到愤怒的父老乡亲，心潮难平，不知咋的，他毅然背着书包来到大槐树下心平气和地说："我看找王壶春没有多大用，地是他卖的，找他能评什么理？他既然把地卖了，就不会轻易地去给咱们要回来，咱得想办法保住学田。县里不是一直强调兴办教育嘛，王壶春是集长，是咱地方的官，他有责任管好学校，现在他把学田给卖了，咱徐楼小学怎么办？咱到宿县去告他，叫县里查查他到底卖了多少钱，都干了些啥！只要县里管，他王壶春就得想办法把咱们的学田给弄回来!"

乡亲们听徐风笑说得句句在理,都一齐说:"对,咱们到宿县告王壶春去!"

徐从谦走上前去对徐风笑说:"小风笑,我叫你上学没有白上,等会儿商量商量明儿个你和恁叔一路去宿县告状去吧!"

徐风笑爽快地说:"俺大,你放心吧,我一定要去打这个官司!"第二天,徐风笑就和本院的徐建扬、徐建业、徐建广、徐宗矩、徐从仁、徐从吉、徐从孔、徐从由等几个长辈一起起早步行80多里来到了宿县。他们几经周折,终于把诉状递到了县衙,见到了宿县县长。县长姓陆,因他个头不高,胖得像个皮娃娃,人都叫他陆胖娃。这位陆县长接过状子,面对愤怒的徐楼人,满口答应尽快查问,并对徐风笑他们说:"你们不要着急,近来公务繁忙,只要腾出手来,定会给你们一个圆满的答复。"徐风笑他们听县长这么一说,千恩万谢,都高高兴兴地回去了。徐风笑他们刚到家,村民们一听说,都齐夸:"陆县长真是一个为咱老百姓着想的好官呀!"

哪知,一个月过去了,两个月过去了,半年过去了,一年过去了,二年过去了,徐楼村学田案子仍没有结果。村里几次去人到县里打听得到的答复都是"等等,再等等"。徐风笑和村民们终于意识到,所谓的"公务繁忙"只是托词,"圆满答复"将是无限期的。于是村民们便推举徐风笑、徐从吉、徐建扬、徐建业、徐建广、徐宗矩、徐从仁、徐从孔、徐从由、徐清太、徐清俊、徐清朗、徐清芝、徐清平、徐清林、徐清真、徐清荣、徐清师等18名代表再次到县里递交了诉状。

宿县县长再也不肯出面,只派出个差役给徐风笑他们回话:

"陆县长说了，现在学田已经在余化龙手里了，县里也没有办法，难道还能叫县长赔你们学田不成？"

徐风笑他们被噎住了。此刻，徐风笑悲愤满腔，心想，堂堂的县长竟然耍起了无赖，其他同路的人也都感到沮丧而失望。有人说："自古以来都是民不和官斗，咱现在是民告官呀，如今到处都是官官相护，咱怎么能告赢？我看咱们吃亏算了，别告了，回家老老实实种地吧！"徐风笑接过话说："难道咱祖上留下的田产就这样丢了？难道王壶春干了坏事还能照样在临涣集耀武扬威地当集长？难道这世上就真的没有公道可言了？难道咱徐家的人就这样被人耍了？"那人痛苦又无奈地说："那咱们又有啥办法呢？"徐风笑说："我是咽不下这口气，这事不能就这么不了了之，我一定要找县长说理去！"

第二天徐风笑带领 17 名代表又来到县衙，这回他们终于见到了县长陆胖娃。在大堂上，徐风笑和县长争论起来，他说得县长理屈词穷，最后县长傲慢地说："你们徐楼欠了税款，原告败诉，已作定案，不能再审。"结果却是一个败诉。徐风笑出了宿县县衙，他对同去的代表说："对方有钱有势，当今的世道，有钱就有理。咱们文的不行，就来武的。"

徐风笑他们在宿县城里衙门口一连守了两天都没有见到县长出来。第三天中午，正巧县长带着两个随从走出县衙，看样子是去赴宴，当他们刚到城隍庙门口，徐风笑就指挥前来告状的代表把县长团团围住，徐风笑冲着县长问："你这个赃官，姓王的和姓余的给你多少钱？你颠倒黑白，贪赃枉法，老百姓在大堂上没有你的嘴大，现在大街上要试试你的腚眼子有多粗！"徐风笑一只手抓住县长的长衫，一只手拿着又粗又红的蜡烛往县长的腚沟子里塞。县长惊慌失措，两手捂着屁股丧着脸连声说："鄙人再审！鄙人再审！"说完，捂着腚狼狈而去。站在一街两巷看笑话的人都哈哈大笑。

事后，宿县城里到处流传着这样一首顺口溜：

> 王壶春真不咋，
> 全靠县长陆胖娃。
> 陆胖娃闲屌绿，
> 徐风笑给你塞蜡烛。

徐风笑为了学田带领村民打官司戏弄县长的事很快传遍了整个临涣。在徐风笑上学的临涣小学，徐楼村学田的事也成了同学们热议的话题。同学们在讨论的时候，个个义愤填膺，人人叹息不止。在徐风笑的心里，学田的事就像一条无形的鞭子在抽打着他。他想：一定要想办法打赢这场官司。后来，有同学告诉他，学校新来了一位政法大学毕业的陈海仙老师，是学法律的，要不你找他给出出点子，看能不能打赢这场官司。徐风笑听罢，顿有柳暗花明之感。

陈海仙，徐楼后边陈圩孜人，1908年他在宿城正谊学堂读书时参加了孙中山创办的同盟会。后来他考入政法大学并在南京参加了孙中山创立的中华革命党。大学毕业后他回到宿县，后又到临涣小学教书。现在他虽然只是一个老师，可他见多识广，在临涣和宿城结交了不少上层人物。

1917年春的一天，徐风笑以敬仰的心情拜访了陈海仙，他向陈海仙叙述了徐楼村学田案子的前后经过。陈海仙听了他乐于为民办事并敢于同官府作斗争的事迹，大加赞赏。

受到陈海仙的鼓励和支持，徐风笑原来有些紧张的心情轻松了，于是他大胆地提出了自己的要求，希望学法律的陈海仙老师能想方设法帮助他解决徐楼村学田的案子。陈海仙听罢愉快地答应了，并主动地同他拉起呱儿来。陈海仙对徐风笑说："现在的社会黑暗得很，法大没有人大，权大于法，就拿恁村的学田案子来说，要不找人，很难胜诉。"

徐风笑问："那找谁呢?"

陈海仙分析说："在临涣集，周、段、袁这三个家族的势力最大，而各家都有自己的势力范围，周家控制着团防局，段家控制着学校，而袁家的势力主要在经济上。这些年来，临涣的政权实际上就是在这三家中轮换，即使现在是外姓人王壶春执政，实际上权力还是操纵在这三家手里，因此不管哪家有人出面说话，王壶春都得听。"

徐风笑插话说："那找哪一家说话比较管用呢?"

陈海仙考虑了一下说："找周家的周玉山比较合适，因为周玉山掌握着团防局，相比段家和袁家作用可能会更大一些。"

说着，徐风笑起身跟着陈海仙就去找周玉山。周玉山，清末秀才，看上去是一个文质彬彬的人。陈海仙带着徐风笑来到团防局，正好见到了周玉山。陈海仙说明了来意，周玉山听罢满口答应帮忙。果然，事后不几天，周玉山找了王壶春，又到宿县找到了县长。通过周玉山的周旋，不久，县里对徐楼村的学田案做了判决，判令王壶春设法退还学田 20 亩。王壶春不得不去与余化龙进行交涉，余化龙无奈退回 20 亩仍作学田。

徐风笑和徐楼村的村民们觉得 115 亩学田才退回 20 亩，感到太少。于是，徐风笑又找到陈海仙，陈海仙也感到 20 亩学田对一个学校来说确实不够开支，随又找到周玉山，周玉山又去交涉，结果又退回了 6 亩。事后，周玉山通过陈海仙对徐风笑说："事情就到此为止吧，听说徐楼村还欠了税款，能退回这 26 亩就很不错了。"

115 亩学田虽然只退了 26 亩，可是历经两年多的官司总算打赢了。徐楼村的村民们从心理上得到了很大的安慰，更令徐楼人欣慰的是徐氏家族乐善好施的优良传统得到了发扬。当徐楼的村民高兴地来到徐从谦家夸赞徐风笑时，徐从谦的脸上现出止不住的笑容，得意地说："这孩子没什么可夸的，就是认死理！"

就在徐楼村为打赢学田官司高兴的时候，有一个叫徐清新的从北京回到老家徐楼探亲。徐清新，原是清末秀才，科举废除后，去河南开封考取了河南大学。读大学时与袁世凯的儿子袁克定是同学，毕业后他跟袁克定去了北京，因他字写得好，结果被袁世凯相中，当了贴身的"录事"。后来，袁世凯为了稳住张作霖的部队，把他派去当军需官。徐清新回到家，人们都叫他洋贡生。这位洋贡生回来听说了徐楼村学田官司的前前后后，大发感慨："风笑不简单哪！你们记住我的话，咱们徐家出了这么一个人，将来他是一个大人物！"说罢，他又提议为学田的事立个碑，老少爷们听了都高兴地一致赞成，接着大家就推举他撰写碑文，于是他写下了以下碑文：

当闻善作者必期其成，善始者尤赖善终。后之人若不能善继善述，其何以慰先人好善之心乎。忆我徐氏先人二世祖应升于明季万历年，施田七十亩；三世祖德俊于清初康熙年，施田四十五亩，内有茔地祭田十八亩，以为修补庙房，办理义学，建立家祠常供祭祀。此亦我先人好善乐施之心所积，而至诚善举也。嗣清末戊戌变政后，将施田改为学田，开设学校，此庙尚属公益。乃不意有临涣集王壶春者，于民国三年膺集长之职，管理学校，竟敢私出契约，将学田卖给余姓化龙，实在有碍公益贻我难堪。本族人念我先人之遗泽，不忍坐视其沦胥，因之，愤然公起，仗义助财，执行上控数年未结，适经周玉山陈海仙等出为调解，又将余姓所买之学田退回二十亩仍归学田。彼时以学田二十亩不敷开支，又于祭田拨给六亩，作为辅助续办学校垂教后生，以继先人之志，以结当时之案。本族人等经此一番摩擦，且恐争回之学田二十亩暨祭田拨给六亩，日后年深久远，再为泯灭，特立碑记，以昭来兹焉。是为序。

所有争回学田人姓名开列于后：徐建扬、徐建业、徐建广、徐宗矩、徐从仁、徐从吉、徐从孔、徐从由、徐清太、徐清葵（字风笑）、徐清俊、徐清朗、徐清芝、徐清平、徐清林、徐清真、徐清荣、徐清师。

中华民国六年十一月

徐楼人为学田立碑的事就像一阵风很快传遍了周围的村庄。立碑那天，徐楼小学的大门口，锣鼓喧天，鞭炮齐鸣，乡亲们从四面八方来到这里，纷纷前来分享徐楼人的欢乐。朱务平、刘之武、孙铁民等也来到这里，他们为自己的好伙伴徐风笑带领村民打赢一场学田官司而感到自豪。

在宿县临涣区，徐风笑出名了。

1917 年 7 月，18 岁的徐风笑从临涣小学毕业了，这时候有不少人来给徐风笑提亲，但徐从谦都没有答应。

一天，徐风笑吃过清早起来饭，就赶临涣集去了。他刚走不久，他大的两个好朋友就前后脚来到他家，他们都是亲自来给自己的闺女上门提亲的。徐从谦看到他的两个朋友都是诚心诚意地要同他结为亲家，这使他作了难。有学问又有见识的徐从谦从来没有经过这样的事，两个朋友都是在当地有头有脸的人，拒谁的面子都不好。

就在徐从谦难为情的时候，他妻子赵氏笑嘻嘻地提着茶壶急忙走过来一边给他们倒茶，一边拉呱儿，徐从谦的两个朋友此时显得格外高兴。就在这个时候，情急之下的徐从谦想出一个法子：抓阄定亲。等赵氏走后，徐从谦说出了自己的想法，他的两个朋友听了，都无奈地同意了他的意见。事后，抓阄的结果竟是那位姓张的独生女儿嫁给徐风笑。等徐风笑赶临涣集回到家，听说家里给他定了一门亲，心里特别高兴。

可是不几天，徐风笑的娘听说张家的那个闺女差心眼，有点憨。于是她就对徐从谦说了这事。可徐从谦听了就是不信，他说："我那朋友又聪明又有学问，他的闺女怎么会憨？再说我那要好的朋友也不会骗咱。你不要听人瞎说，听人家的话，坏自己的事！"

可是徐风笑的娘说："那咱也得打听打听，说啥也不能给咱的孩子娶个憨子回来。"

徐风笑的大冲着徐风笑的娘说："打听啥子？这事已经定了，说啥也不能反悔！话不能来回地说！"

徐风笑的娘听了没敢吱声。心想，人说张家的闺女憨也许是瞎说的。不久，徐风笑就和那张家的闺女过红定日子了。之后，徐从谦和赵氏就为儿子的婚事开始忙活了。不管怎么说，当父母的为孩子的婚姻大事可不敢马虎。

此时的徐风笑完全沉浸在自己的梦里。他想，未来的妻子一定是个聪明贤惠的女孩，也许她识字。如果她不识字，自己教她。他还憧憬着，如果有一天自己也像在北京的徐清新哥哥一样外出上学做事，那她还可以留在家里替自己孝敬父母。他还想，一定要对她好，好得就像一个人一样……日子一天天过去了，徐风笑怀着新奇而又兴奋的心情盼望着喜日子的到来。

1917 年深秋，喜日子终于到了。新娘子虽说不怎么美貌出众，可也白白净净挺俊的。然而看着她那神情痴呆的样子，徐风笑有些失望，新娘子显然不是他想象的那样聪明可爱。徐风笑心想，也许是因为她刚过门害羞受拘束。这样一想，徐风笑又有点怜惜她了。

可是婚后好多天过去了，新娘子仍是呆头呆脑、沉默寡言，偶尔说句话也是没有准头。一天，徐从吉来溜门子，顺便在院子里的枣树上摘几个枣吃。突然，新娘子冲着徐从吉嚷："你咋偷枣吃？"这时，徐风笑的娘对她说："那是恁叔，不能这样说。"可她听了，仍在嚷："俺叔偷枣吃喽！"

徐风笑一家人见状，都惊呆了。

徐风笑的心一下子凉了半截，但他不完全认为新娘子憨，于是他就有意试试她是不是真的差心眼。这天，他躺在床上，故意把盖在身上的被蹬掉在地上，看她可会把被子拾起来给他盖上。可是他等了很久，她却视而不见，仍坐在那里发愣。徐风笑的心凉透了。

徐风笑不甘家里人给他安排的这一切！他对着他大他娘痛

哭：说啥也不能跟这样的人过一辈子，把她送回娘家去。看着自己的孩子伤心落泪，徐从谦和赵氏心痛不已。过了一会儿，徐从谦一拍桌子："干脆，休了吧！"

第二天，徐风笑就把新娘子休掉，送回娘家去了。可是，时隔不久，一位姓徐的来给徐从谦送信说，自从你儿子休了张家的闺女后，姓张的一家人都很恼火，听说他家找了不少人，今儿个傍晚就来徐楼揍徐风笑。徐从谦一听慌了，他急忙叫徐风笑赶紧去找本院的人来一起商量这事该咋办。不大会儿，徐从谦家就聚了一屋人，有的说："咱姓徐的大门大户，怕个啥，他姓张的要是来了，咱们跟他剋！"徐从吉说："要是真打起来可不得了，哪边的人伤了都不好呀！"徐风笑想了想说："无论如何不能打起来！我马上就到临涣集找团防局的人来解决这事。"

当徐风笑来到临涣团防局找到区小队长时，那个小队长一听，心想，连局长周玉山都帮他打官司，现在不就是派几个兵去维护一下社会秩序嘛，这不是什么难事。于是，二话没说就答应给他派一个班的兵去。

很快，一个班的兵就跟着徐风笑来到他家里。

傍晚，果然张家找来的一大帮人手拿棍棒来到了徐楼，当这帮人气势汹汹地来到徐风笑家门口时，手持步枪的一个班的兵突然从屋里冲出门外，一下子就把来的这帮人吓呆了。他们不知所措，也不知谁喊了一声："快跑！"眨眼间，张家找来的这帮人呼啦下子都掉过头来往回疯跑。

这件事之后，徐风笑想了很多很多。他想，段祺瑞假共和之名，行军阀专政之实，黑暗的统治置广大人民陷于水深火热之中。他又想到，自己的婚姻是多么的荒唐，今后自己要找就找一个称心如意的人，不然一辈子也不结婚了。然后他又想，难道今后自己就在徐楼习医过一辈子？行医当然好，可它只能给人治病，不能救国救民于水火。他想起了梁启超说的立法治天下和富国强兵的话和梁启超赞赏陆游爱国的诗句：

> 诗界千年靡靡风，
> 兵魂销尽国魂空。
> 集中什九从军乐，
> 亘古男儿一放翁。

想到这些，徐风笑顿时热血沸腾，埋在心底的信念就像一团火在胸中熊熊燃烧。对，当兵去！在军队里好好干，走军事救国的路！

徐风笑把自己要去当兵的想法说给他大徐从谦听。徐从谦听了心想，虽然只有这一个儿子，在徐楼有着比别人家孩子更好的发展，儿子是个有志向的孩子，又是个孝子，再说我那朋友的闺女被休了，张家不一定善罢甘休，这回来人虽然被吓跑了，说不定哪天还会来人打自己的儿子呢！有心留他困在家里，还不如让他到外面见见世面、闯一闯。想到这儿，徐从谦对徐风笑说："你走吧，到上海找你大爷去，他在卢永祥部队里当连长。"

1918 年春，徐风笑背着娘为他准备的行李离开了徐楼村。

徐风笑来到上海如愿以偿地在卢永祥的部队当上了兵，踏上了他从军救国之路。

卢永祥，北洋军第十师师长、淞沪护军使，袁世凯死后，他投靠了段祺瑞，成为皖系军阀的主要干将之一。为了进一步扩大皖系军阀的势力，卢永祥利用控制上海的权力，竭力扩充军队，大量招兵买马。当徐风笑来到上海时，在他大爷的推荐下，顺利当上新兵。为了掌握军事知识和技术，在新兵训练时，徐风笑不怕风吹日晒，刻苦锻炼，努力学习，结果在新兵考试中，获得了第一名。由于成绩优秀，又有学问，他被推荐到北洋军十师随营学校学习。为了更好地掌握军事知识和技术，他如饥似渴地苦学。1918年的暑期考试中，他又考了第一。随后，他被安排到北洋军十师工兵教练所当了一名培养工兵的教官。

北洋军十师工兵教练所和十师师部以及淞沪护军使衙门都驻在上海龙华，徐风笑当了教官不仅有机会看到陈独秀创办的《新青年》等进步书刊，而且还有机会接触到各界人物。一次，他听一位比较活跃的军官说，1917年11月，俄国在列宁的领导下，彼得堡的工人群众发动武装起义，推翻了反动的资产阶级临时政府。随后，苏维埃政权在俄国各地相继建立。

以后他又听说，俄国十月革命胜利后，国际共产主义代表大会于1919年3月在莫斯科克里姆林宫召开。来自欧洲、美洲和亚洲多个国家的几十个政党和组织的代表出席会议。中国旅俄华工联合会的两位负责人刘绍周和张永奎，以中国社会主义工人党代表的名义，应邀出席了共产国际成立大会。列宁主持大会，会议决定成立共产国际，并通过了共产国际的纲领和组织原则。

徐风笑还听说，从1919年1月开始，第一次世界大战的战胜国在法国巴黎召开和平会议。会议不顾属于战胜国一方的中国的利益，规定战败的德国将在中国山东获得的一切特权转交给日本。消息传到国内，激起各阶层人民的强烈愤慨。5月4日下午，北京大学等13所大中专学校的学生3000多人，不顾北洋政府教育部代表及警察的阻拦，到天安门前集会。他们提出"外争主权、内惩国贼""废除二十一条"和"还我青岛"等口号，强烈要求拒绝在和约上签字。

在上海，徐风笑亲眼看到成千上万的学生纷纷走上街头游行示威，同时高呼口号，声援北京学生的五四反帝爱国行动。徐风笑在执行任务时，看到的是青年学生眼睛里因正义而喷出的怒火，是上海市民们对学生充满崇敬和对北洋士兵们鄙夷厌恶的目光。

徐风笑还看到，从6月5日起，为支援学生数不胜数的工人罢工和商人罢市的动人场面，大批的学生来到上海龙华北洋军十师师部和淞沪护军使衙门门前游行示威，学生们提出"废督裁兵"的口号，并到淞沪护军使衙门请愿。由于卢永祥是统治上海的军事和行政长官，学生提出"废督裁兵"的口号，实际上就是针对卢永祥的。因为他利用控制上海的权力，搜刮民财，疯狂地扩军，其目的就是想当江浙督军，扩大皖系军阀的势力。此时学生提出"废督裁兵"的口号，正好捅到地方军阀卢永祥的痛处，于是卢永祥派军警镇压，结果酿成了惨案。

这一切对徐风笑的刺激很大。他想，青年学生、知识分子和工人才是真正的爱国者，而掌握枪杆子和政权的北洋军阀，实际上都是帝国主义国家的帮凶和走狗，而自己呢，现在不过是军阀卢永祥手下的一个小卒。当兵本来是为了武装救国，可现在面对血淋淋的事实，依靠北洋军是绝对不能达到目的的。

五四运动促使徐风笑彻底转变了观念，使他认识到伟大的力量就蕴藏在广大人民群众之中。他深深地感到：只有把广大群众组织起来开展反帝反封建斗争，才能求得民族的独立和人民的解放。徐凤笑决定另寻救国之路。1920年春，他毅然辞去了北洋军十师工兵教练所教官的职务，踏上了返乡的路程。

哞——从庄里传来的一声牛叫打断了徐凤笑的遐思。徐凤笑抬头看了看天："怎么还没明?"他走下沟堤，朝家里走去。

第七章
创建群化团

    1920 年 3 月，宿县师范讲习所面向全县招生。刚从上海从军回到家乡的徐风笑知道这事以后，特别兴奋。心想如果今后从事教育事业，走科学救国的路子，不也是一个很好的选择吗？于是他毅然来到宿县报考了宿县师范讲习所，结果如愿以偿地被录取了。

    宿县师范讲习所是宿县劝学所所属的一所职业学校，创办于 1916 年，第一任所长是赵燮和，1920 年，宿县劝学所李卓云任所长。宿县师范讲习所坐落在宿城大隅口西金公祠，该讲习所的校址是清朝黉学。

    黉学是历朝历代官方在宿州城内办的一所学校，设在宿城孔庙内，孔庙设有奉祠官。从宋朝开始，凡是有病、年老体弱职位在五品以上的官员，即有机会被任命为奉祠，人称奉祠官。在清朝，全国各州、府、县的奉祠官一般都是皇帝敕封的，唯独山东曲阜孔庙奉祠官的爵位衍圣公是世袭的。奉祠官主要负责祭祀孔子。祭祀孔子的时间是孔子的诞辰，一年只有一次，虽说事情不多，可奉祠官却领取同以前一样多的俸禄。

1912年元旦，中华民国宣告成立，这年4月，宿州改称宿县，黉学停办，奉祠官被废。1916年，宿县师范讲习所在原黉学校址开办，原孔庙中专门祭祀孔子的明礼堂被宿县师范讲习所当作教室，原黉学的一幢两层楼房的学生寝室被讲习所当作学生宿舍。

1920年3月，徐风笑到宿县师范讲习所上学的时候，就住在这幢两层楼房里。这座楼房原是旧式建筑，既没有洗脸间，也没有厕所，夏天和春秋天不冷的时候，学生都到院内的厕所里大小便。1920年3月，春寒料峭，讲习所为了避免学生受凉感冒便在学生宿舍的楼上和楼下各放一只木桶供学生小便。有时，木桶尿满了，有些调皮的学生干脆推开窗户往外撒尿，恰好撒在宿舍楼后边原奉祠官的院子里。

一天晚上，有个学生推开窗户正在撒尿，恰巧被原奉祠官的儿子发现。撒尿的学生向他道歉，可奉祠官的儿子却大骂不止，并扬言要把这个撒尿的学生送到宿县县衙惩治。这场吵骂，招来了很多学生围观，徐风笑也来到了现场。他问清了缘由，心想，这奉祠官的儿子太蛮横了，这是一件很简单的事，只要给讲习所的分管领导打个招呼，说明缘由，在楼上楼下多加两个木桶就是了，也不至于恶语伤人，送到县衙惩治呀！于是徐风笑来到窗前，好言相劝，可奉祠官的儿子不但毫无收敛，反而变本加厉，骂得更凶。顿时，徐风笑义愤填膺，怒不可遏，他立即组织学生捡来砖头石块朝他院子里乱砸，原奉祠官的儿子见徐风笑他们人多势众，就停止了谩骂，关上门躲到屋里去了。

　　哪知第二天早上，原奉祠官的儿子带了几个流氓冲进校门，来到学生的宿舍破口大骂，还动手打伤了同他们理论的一个学生。徐风笑见状，认为发动青年知识分子开展同封建余孽斗争的机会来了。他把同学们召集起来，一起把几个流氓轰出了校门，其中有几个同学抓住原奉祠官的儿子，绑在了树上。徐风笑遂安排同学去找所长李卓云前来处理。由于原奉祠官的住宅与师范讲习所只有一墙之隔，听说他儿子与学生打起来的消息，他在没去现场的情况下，就主观地断定他儿子被学生打伤，立马坐轿去县公署找县知事李松林，状告师范讲习所学生打伤了他儿子。李松林虽知奉祠官早已被废，但觉得他毕竟人还在，不得不给他一点面子，赶紧坐轿来到了师范讲习所。李松林下轿后，只简单了解一下情况，就弄清了事情的原委。李松林深知原奉祠官是宿县封建余孽中的骨干，也知道宿县师范讲习所的学生社会关系的复杂。

　　为了处理好这烫手的山芋，李松林采取了折中调和的办法，设法把大事化小、小事化了，他一边叫人把受伤学生送到医院治疗，一边又声称要把原奉祠官的儿子带回县公署处理。这样，就把双方的矛盾缓和了下来。后来，李松林虽把原奉祠官的儿子带回了县衙，只把他"训斥"了一顿，没作任何处罚就把他放了。徐风笑心想，李松林做了这样的处理，只是化解了师范讲习所的学生与原奉祠官表面上的矛盾，并没有解决代表新生势力与代表封建残余势力的矛盾。徐风笑深深地感到，反对封建势力的斗争，并不是少数人的事，只有组建一个团体形成群体，才有力量。

　　就在徐风笑的观念发生转变的时候，宿县师范讲习所的学生与原奉祠官的儿子斗争的事被宿县学生联合会知道了。

宿县学生联合会于 1920 年 1 月底成立。成立大会在宿城召开，会议选举孔禾青、李启耕、刘道行、李仲华、江善夫（江常师）、邵葵、徐仙舟、尹濯清、惠丽生、陈继亭、周逸和、徐小云、邵坦斋、周树堂、王乔英、吴崇礼、薛和轩、孔子寿（孔昭颐）、赵立人、张纯善、黄蕴山、丁晓、李一庄、黄开璋、江汉伯、刘稻心、孔昭谦（孔和卿）、邵剑南、陈粹吾等为委员，江善夫、孔禾青、孔子寿、江汉伯、李一庄、赵立人、黄开璋 7 人被选为常委，孔禾青被选为委员长，李一庄被选为副委员长，周树堂为评议部长，孔禾青兼任执行部长。

1920 年 5 月，孔禾青、李一庄、江善夫、王乔英、李启耕、赵立人、孔子寿到宿县师范讲习所找到徐风笑。经过研究，他们决定组建宿县师范讲习所学生会。随后，他们又召开会议，选举徐风笑为宿县学生联合会委员、宿县师范讲习所学生会委员长。在宿县学联的支持下，以徐风笑为首的宿县师范讲习所学生会通过研究，决定将专供奉祠官居住的宅院收归宿县师范讲习所所有。学生会发动学生封了奉祠官的住宅大门，强行赶走了宿州最后一个奉祠官。

1920 年 9 月，袁体明接替李松林任宿县知事。接着，宿县师范讲习所所长李卓云也被调到宿县濉溪镇任县立第三高等小学校长。由于宿县师范讲习所的办学经费基本上全靠募捐来维持，加之所长李卓云又被调走，一时办学发生了困难。师范讲习所召开会议，酝酿办学问题，有人提议，师范讲习所的前身是黉学，原黉学有不少学产田，只要将其出租权收归宿县师范讲习所，其办学经费基本上就可以得到解决。可当时原黉学学产田的出租权掌握在宿县劝学所所长邵瑞卿的手里，他将学产田以低价租给四个亲信。他的四个亲信再将学产田高价转租给佃农，从中共同牟利。

为了解决宿县师范讲习所的办学经费，以徐风笑为首的宿县师范讲习所学生会，在宿县学生联合会的支持下，于1921年2月开展了将学产田出租权收归宿县师范讲习所的斗争。徐风笑带领一部分同学来到宿县劝学所找到所长邵瑞卿协商。一方面要求将学产田的出租权收归宿县师范讲习所；另一方面要求清理学产田历年的地租收入，凡被个人占有的，一律追缴归公。遭到邵瑞卿的拒绝。协商不成，徐风笑就率领师范讲习所的学生上街游行示威，并高呼口号到宿县公署请愿，强烈要求县知事袁体明撤销邵瑞卿劝学所所长的职务。学生的正义斗争，立即得到宿县学界的支持。一些学校声援罢课，纷纷加入到游行的队伍中。

邵瑞卿为了躲避学生的斗争，迫于压力，跑到省会安庆，被省里安排当了个视察员；县知事袁体明则按照邵瑞卿的保举任命段广朋为宿县劝学所代理所长。

1921年3月，徐风笑从讲习所毕业后，来到宿县临涣县立第二高等小学当了一名教员。县立第二高等小学的校长是陈海仙，他是宿县较早加入同盟会的会员，思想比较进步，对学生不体罚，提倡白话文、新道德，反对老八股、老礼教，聘请有真才实学的人当教员，废除一切陈规陋习，还订阅各种进步书刊供学生阅读，鼓励和支持进步师生的反帝反封建活动。在他手下任教，徐风笑如鱼得水。徐风笑在县立第二高等小学任教一个多月，就把临涣周围的海孜、韩村、祁庙子、白沙、五沟、童亭、徐楼、七闸口、岳集、湖沟涯、石弓山、青町等地的小学教职员组织起来，创建了宿县西南区小学教职员联合会，并当选为委员长。与此同时，徐风笑还创建了宿县西南区学生联合会，张继光被推选为委员长。

1921年4月底，徐风笑同陈海仙校长一道来到宿城，与宿县学联的孔禾青、孔子寿、赵立人、王乔英等为首的学界代表一起联名上告，要求惩办旧绅士晋席珍利用安徽省第三届议长的余威霸占游府衙门原学校地址的罪行，他们还联合市民并动员宿城、临涣、时村、濉溪等地的高年级学生到宿县公署请愿，并向报馆、政法团体、全省各中等学校发出通电，呼吁援助。晋席珍迫于社会舆论的压力，退出了霸占的公房，反贪官污吏运动取得胜利。

1921年5月中旬，徐风笑听到校长陈海仙辞职的消息，感到非常意外。他怀着恋恋不舍的心情看望了陈海仙。陈海仙对徐风笑说："风笑，你不知道，我提交辞呈，并得到批准，是事出有因的。"

早在1920年9月，袁体明接替宿县知事后，为了搜刮民财，派刘子英到临涣收税。刘子英一到临涣，就与临涣团防局团总冀如贤勾结起来，私自增加税种，加大税额，因此引起临涣的手工业者和商民的不满。为了反对贪官污吏，高年级学生朱务平主持召开二高学生会执行委员会议。经过研究，决定动员二高的高年级学生，把临涣的手工业者和商民组织起来，举行抗税游行示威。临涣的手工业者和商民在朱务平等人的鼓动和支持下，纷纷上街游行并高呼口号，要求团防局把刘子英赶出临涣。当晚团防局就偷偷派人把刘子英护送到宿县城里。

袁体明得知这事以后，十分不满。袁体明是投靠安徽督军倪嗣冲当上宿县知事的，有倪嗣冲做他的后台，岂能容忍商民、学生"造反"？11月，袁体明假借巡边为名，到临涣二高视察，目的是想镇压支持和鼓动临涣手工业者和商民进行抗税斗争的二高学生中的"捣乱分子"。但他不知道"捣乱分子"是谁，只好在向学生"训话"时大放厥词。他一开始讲的就是二高学生闹学潮赶走首任校长张大中这件事。当时二高师生即知来者不善。袁体明抬高嗓门说："听说二高学生中有几个'捣乱分子'，不安心学业，却跑到社会上鼓动商民造反。"

他的话音刚落，朱务平不容他继续说下去，马上从学生队伍中挤出来，走到袁体明面前说："袁知事，这事你只是耳闻，不是眼见，俗话说，耳听为虚，眼见为实。刘子英勾结民团，增加税种，加大税额，这是官逼民反，民不得不反，你不追查刘子英搜刮民财之罪，反而责怪商民造反，这叫是非不分！"朱务平说到这里，突然话锋一转："中国素称礼仪之邦，几千年来都把知书达理作为人们的美德。你身为一县知事，懂礼貌，尊重人，应为全宿县人的表率。你来二高视察，上至校长，下到全体师生员工，都在校门外列队恭迎。可你一没下轿，二没停轿，却把轿子一直抬到校园里。你这样做，根本就没把我们全校师生员工放在眼里。不懂礼貌，不尊重人的人，又怎么能得到人们的尊重！"朱务平的话还没有说完，袁体明就气得面红耳赤。赵宗伦、赵元明、周法鲁等几个高年级学生在学生中间一齐拍着巴掌高声叫好。刹那间，现场一片骚动。

此时，我一看形势不对，怕袁体明恼羞成怒，马上严肃地说："请安静！"又以严厉的口气批评朱务平说："不准对袁知事无礼！"我一边批评朱务平，一边连拉带扯地把袁体明请到屋里敬烟倒茶。为了给袁体明挽回一点面子，我当着他的面说，一定要按校规狠狠地惩治一下朱务平。他听我这么一说，才松了一口气。快晌午了，我对袁体明说，中午咱们喝羊肉汤，吃临涣的马蹄烧饼，然后咱再尝尝临涣的腐乳肉。听我要留他吃饭，他才脸带笑色地借口说："吃饭就不必了，我还有公务。"抬腿就要走。当时我也没有强留他，独自把他送出了校门。

袁体明本想乘机惩治一下鼓动商民"造反"的二高学生中的"捣乱分子"，结果目的没有达到，反而碰了一鼻子灰，十分尴尬地离开了二高。事后，我找朱务平谈话，并对他说："朱务平，你是我非常喜爱的学生，品学兼优，我原打算你毕业后，留校任教，现在看来是不可能的了。这回你把袁知事搞得下不了台，他是不会善罢甘休的。所幸的是你马上就要毕业了，等年底考试一结束，你就赶快离开二高，过了年你到外地上学去吧。这样，既可避免袁知事找你的麻烦，又不致影响你的前程。"等到1921年2月新学期刚开学的时候，我就接到宿县劝学所要求二高开除朱务平学籍的通知。这时朱务平接受我的建议早已离开临涣，他同刘之武、赵西凡、张华坤几个同学一起到了南京，同时考入建邺大学附属中学。由于朱务平离开二高，我就没有按照县里的通知办事，结果被袁体明知道，这引起他的不满。后来，段广朋临时代理了宿县劝学所所长的职务。段广朋一上任，县知事袁体明又指使段广朋排挤我。段广朋是咱临涣人，原是我的老师。他本以为什么事我都会听从他的，可有些事我并不完全听从他，于是就采取克扣二高办学经费的办法刁难我。我也趁机给劝学所施加压力，愤然提交了辞呈。段广朋看到我的辞呈，正中下怀，他立马批准了我的辞呈……

　　陈海仙还对徐风笑说:"风笑,我要走了,县劝学所会派一个比我更合适的校长来二高,今后你要好好干,未来是你们的!"徐风笑听完陈海仙语重心长的话语,什么话也没有说,默默地走了。

　　就在徐风笑看望陈海仙后的 5 月下旬,段砚农接任临涣县立第二高等小学校长。段砚农,北京商业大学毕业生,是段广朋的侄子。段广朋不仅是宿县的绅士,也是宿县临涣封建家族势力的代表人物。为了壮大自己的势力,安插段砚农为临涣二高校长。段砚农到二高上任后,就按照段广朋的意图,清洗革命党人和进步人士,停止订阅进步书刊,不准师生参与社会活动。这激起了全校师生的义愤。面对这一状况,徐风笑决定开展一场反段斗争。

　　1921 年 6 月中旬的一天,徐风笑来到宿县县城找到了孔禾青。他向孔禾青讲述了段广朋利用私人关系安插他侄子段砚农当二高校长后的所作所为,并提出在宿县教育界开展反段斗争的想法。孔禾青听后非常赞同。孔禾青立即召开由赵立人、周树堂、孔子寿、李一庄等人参加的会议,决定由县学联在宿城开展反对封建势力段广朋的斗争,同时徐风笑回临涣发动学生和教师开展反对段砚农的斗争。徐风笑回到临涣后,以宿县西南区教职员联合会和宿县西南区学生联合会两会为基础,召集了由刘连芳、徐松岭、段紫亮、谢箫九、张继光等师生参加的会议。经过讨论,决定组织二高的教师、学生罢教、罢课,向段家施加压力,驱逐段砚农。

　　当时,临涣有两大姓,即姓段的和姓周的。段、周是临涣两大实力派。他们既相互利用,欺压百姓,又相互争斗,都想独揽临涣大权，伺机压倒对方。第三天，以徐风笑为首的进步势力，领导教师罢了教，组织学生罢了课。可段砚农为了当稳二高校长，把持学校，自以为在临涣段家大门大户，子弟多，于是他就派人把姓段的学生找回学校，另外又请了几位年长的教师继续上课。徐风笑心想，出现这样的局面，该怎么办呢？于是徐风笑就召集刘连芳、徐松岭等几个教师在一起商量对策。

有人提议组织教师、学生冲进学校，把段砚农安排的师生统统撵出来。可有人担心地说，这样做，怕弄不好双方会打起来。徐松岭说，要不咱们去找周家，周家的周惠民，外号周红眼，现在是临涣团防局的团总。目前，临涣团防局有团丁30多人，步枪23支，要是得到临涣团防局的支持，就是打起来咱们也不会吃亏。就在徐风笑等人商讨对策的时候，周惠民召集徐风笑去团防局商量罢课的事。周惠民对徐风笑说：我暗地里派团丁保护你们，你们组织师生把姓段的赶出校；如果姓段的要是动武，由我派进学校维护治安的团丁来对付。徐风笑心想：几年前在陈海仙的帮助下，周家的周玉山曾出面帮助他为徐楼的学田打赢了官司；今天周家的周惠民又主动找他支持反段。因此，他对周惠民说的话深信不疑。第二天，徐风笑就把商定的行动时间叫徐松岭老师到临涣团防局告诉了周惠民。

这一天，徐风笑按时组织师生冲进学校，强行把段砚农和少数支持段砚农的师生轰出去，并关了学校的大门。可是，段砚农早有准备，在段广朋和临涣段氏封建宗族势力的支持下，他事前就雇用了几十名流氓打手。当段砚农和他安排的学生、老师刚一离开，这些流氓打手就来到了二高。这些人手拿棍棒，杀气腾腾破门而入，见到反段的学生、老师就打。学生段紫亮被打伤，徐风笑在几个流氓的追赶下，最后翻墙而跑，其余参加反段斗争的师生也都全部被逼出了二高。原来说支持反段斗争的临涣团防局，事发后自始至终没去一个团丁到场，徐风笑和参加反段斗争的师生见此情形都很气愤。

事后，徐风笑来到临涣团防局，义正词严地质问周惠民："周红眼，你为啥不守诺言，不派团丁到学校去保护我们？"周惠民一听徐风笑喊了他的外号，不但没有生气，反而还嬉皮笑脸地搪塞说："团防局事情多，团丁又少，派去的团丁可能是没有及时赶到，是情有可原的。"他又装出一副关切的样子问："你们的人被打伤了没有？可打死人？"徐风笑说："有学生被打伤，死人倒没有。"接着徐风笑又责问周惠民说："团防局打算怎么处理这事？"这时，周惠民支支吾吾地说："对方又没有打死人，这不好处理呀……再说了，你们罢课，这是你们学校内部的事情，团防局也不好插手啊……"徐风笑一听这话，才恍然大悟，知道上当受骗了。徐风笑气得一跺脚，转身走了。第二天，徐风笑又带领反段斗争的二高师生到宿县公署请愿，强烈要求严惩殴打师生的罪魁祸首段砚农。结果，宿县公署不但不受理此案，县知事袁体明还反诬徐风笑和反段斗争的二高师生好斗滋事。

就这样，由徐风笑领导和组织的这场反对临涣县立第二高等小学校长段砚农的斗争以失败而告终。徐风笑在临涣待不下去了，到宿县东关乘火车去了南京。

1921年9月，徐风笑到南京建邺大学读书去了。当时建邺大学的校长是著名的国民党党员、进步人士张曙时，他聘用的教师大多数思想比较进步。徐风笑在南京建邺大学读书期间，在课堂上他能听到孙中山先生的三民主义学说和马克思主义的唯物史观、经济学说及社会主义理论，在图书馆里他能自由阅读进步报刊，在与同学的交谈中能兴奋地探讨三民主义、马克思主义以及今后如何开展革命活动等问题，徐风笑的思想迅速发生变化。

1922年1月，徐风笑放寒假从南京回到徐楼村。回家后的第三天，徐风笑出了庄朝西北方向走去，他经王楼、姚湖、大孙家、四里庙孜几个庄步行15里来到了朱小楼孜找到了朱务平。他向朱务平详细叙述了反段斗争的经过，又谈了他去南京建邺大学学习的情况。

朱务平也向徐风笑谈了他在建邺大学附中学习的情况，朱务平对徐风笑说："现在的建邺大学附中，在教师队伍中，分为江北和江南两大派，实际上是新旧两大派。江北派以校长徐在兹为首，是民主进步势力的代表；江南派以教务主任为首，是封建落后势力的代表。新旧两派发生矛盾，斗争激烈，后来发展到相互打起来，连学校的桌椅条凳也遭到严重破坏，教学秩序极度混乱。在新旧两派的斗争中，新派虽然得到大多数师生的支持，但旧派在封建军阀的支持下，雇用一批流氓，硬把徐在兹和支持他的教师撵走，最终附中变成了旧派的天下。在这样的环境中学习，我和刘之武、赵西凡、张华坤对学校都表示不满。等年终考试一结束，我们几个就坐火车回来了。"朱务平对徐风笑说："我不知道你去了建邺大学上学，咱们都在南京，相距又这么近，也无缘见面。"徐风笑说："我听陈海仙校长说，你和刘之武、赵西凡、张华坤都考上了建邺大学附中。咱们虽然都在南京，可是我到建邺大学来由于学习紧，同时又是到校的第一学期，人生地不熟的，所以也没有去找你们。这一放寒假，我到家过了两天，就来找你了。"朱务平说："风笑，今天见到你真高兴！"徐风笑说：

"务平，今天见到你，说说话，心里亮堂多了。"朱务平说："风笑，要不咱俩一路到临涣集找刘之武聚一聚。"徐风笑兴奋地说："走!"

徐风笑同朱务平一起到临涣集，找到了刘之武。在刘之武的安排下，徐风笑、朱务平、刘之武三人秘密来到临涣城墙的西南角。他们登上城墙，坐在城墙上面的松树林里，谈论着在北洋军阀的黑暗统治下中国人民的悲惨遭遇。徐风笑详细介绍了他和临涣二高师生一起参加反段斗争的前前后后，他和朱务平、刘之武三人对反段斗争失败的原因又进行了分析和讨论。他们还研究了今后开展反封建斗争的策略和方法。通过讨论，徐风笑和朱务平、刘之武认为，辛亥革命虽然推翻了清王朝的封建统治，但中华民国有其名无其实，中央政权仍掌握在北洋军阀手里，整个宿县仍处在其黑暗统治之下。二高师生的反段斗争实际上就是反对封建主义的斗争。在这场斗争中，二高师生虽然得到宿县学联、宿县西南区小学教职员联合会和宿县西南区小学学生联合会的支持，但声援的大部分都是学生，一些学生年龄比较小，加之二高离宿县县城较远，宿县学联无法及时组织师生到临涣支援二高师生的反段斗争，特别是反段斗争没有同人民群众反对封建主义的斗争密切结合起来，更没有动员群众加入到反段斗争的行列，二高师生孤军作战，是这次斗争失败的主要原因。

三人还围绕"怎样组织和动员一切进步力量加入到反封建的行列中"这一问题进行了讨论。徐风笑提出要成立一个组织，并征求朱务平和刘之武的意见，朱务平和刘之武表示完全同意。朱务平提出怎样给这个组织命名的问题。刘之武说，这个问题要组织有关人士在一起反复商讨才能定名。徐风笑、朱务平、刘之武商定把原二高在外地读书的学生及参加反段斗争的二高师生组织在一起进行商讨，并商定了组织人员聚集的时间和地点。

1922 年 2 月，在徐风笑、朱务平、刘之武的召集下，临涣旅外学生和参加反段斗争的二高师生纷纷来到临涣集城隍庙开了一个座谈会。

徐风笑在会上总结了反段斗争失败的教训。徐风笑在总结中说，从各个渠道得到的消息来看，我们这次反段斗争失败的真相水落石出。原来周、段两家都在耍阴谋，都想借学生之手，以牺牲学生来打击对方。周家的阴谋是明知段家雇有几十名打手对付我们，暗地里却煽动老师叫学生与段家打起来，只要段家雇用的打手把学生打死一个，周家就以临涣团防局的名义，用人命官司把段家告倒，由周家独霸临涣的大权。段家的阴谋是准备打死站在周家一边反对段家霸占学校的本族学生段紫亮，段砚农即可一口咬定本族学生段紫亮之死是外姓学生所为，同时段砚农还计划把段紫亮的孤寡老母接到他家，答应养她的老，要她也咬定说儿子段紫亮是外姓学生打死的。这样可进一步将此事嫁祸于周家，给周家一个煽动师生闹事、借官势阴谋杀害学生的罪名，以此告倒周家，临涣的大权就可由段家独霸。徐风笑还气愤地说，周家和段家的掌门人都是临涣有名的豪绅地主，他们为了争权夺利，耍弄的阴谋诡计竟是这样的鲜血淋漓。徐风笑接着又说，段家和周家在本质上完全是一致的，我们受了周家的骗、挨了段家的打，依靠周家反对段家，遭到失败是必然的。我们的反段斗争，实际上就是反对封建主义的斗争，开展反对封建主义的斗争，就是要推翻旧制度，实现理想的人生。要实现这个目的，绝对不是少数人可以完成的，我们必须把所有的进步势力联合起来，建立一个组织，组成一个团体，形成一股强大的力量。建立一个什么样的组织呢？我想请在座的讨论一下。徐风笑的话音刚落，立刻响起雷鸣般的掌声。

大家你一言，我一语，热火朝天地讨论起来。朱务平在讨论中说：现在虽说是民国，可是在北洋军阀的黑暗统治下，中国人民生活在水深火热之中。我们面对罪恶滔天的现实社会，任何个人的力量都是有限的，我们青年人虽然无权无势又无钱，可是我们有我们的追求，我们追求的是自由和平等，我们青年人必须团结在一起才有力量，才能抵抗压迫，不受欺辱。我们青年人要做一番事业，必须有知识，知识就是力量。因此，我们必须学科学，有了真才实学才能有真本领，才能做一番事业。我们必须建立一个组织，把志同道合的青年人都吸收进来。只有这样，才能扩大势力，才能实现救国救民和改造中国社会的理想。根据现在的状况，我们要建立的这个组织，可以暂时不注重政治运动，只专注于参加者的训练，要使参加者彻底了解人生、了解马克思的科学社会主义，不去作恶，要使参加者都能成为各种专门人才以推翻现社会的各种组织和制度。我们要建立的组织有了这个奋斗目标，就可以给这个组织进行命名了。我给这个组织起名为群化团，其含义是以青年为主体并吸收广大群众参加的群众化的团体。朱务平铿锵有力的发言，令在座的肃然起敬。经过反复讨论，大家一致同意将这个新成立的组织定名为群化团。

经过充分酝酿和准备，在徐风笑、朱务平、刘之武主持下，群化团成立大会于1922年2月中旬在宿县临涣集城隍庙召开。会上，朱务平代表群化团团员首先致辞，徐风笑和刘之武等发表了演讲。还讨论通过了由朱务平、徐风笑、刘之武起草的《群化团宣言》，并制作一面红色的大旗为群化团团旗，同时把《群化团宣言》写在团旗上面，把团旗挂在墙上。团员们在徐风笑的带领下，面对鲜红的群化团团旗，握紧拳头，举起右手，看着团旗，庄严地宣读起来：

我们相信物质（经济）、社会（群众事业）、精神（知识艺术）是组织我们人类生活的基本元素。我们相信人人都得到这三方面的供给和滋养，就是我们理想的人生。

我们相信，要实现我们理想的人生，我们于此三方面——物质、社会、精神——任一或任二或三方面是个生产者，我们日后能否在此三方面是个生产者，要看我们今后是否能养成生产的实力。

我们相信知识是实力——生产的实力，是实现我们理想人生的唯一的工具。

我们相信只有我们个人得到了真知识，离我们理想人生实现的距离还是远而又远——永不可能。

所以，用互助的精神使我们人群都得到真知识，是我们群化团的第一个标语。

我们相信现代的经济组织——财产私有，自由贸易，造成劳资两阶级的冲突，演成种种惨痛和罪恶，是万恶的源泉，是实现我们人生最大的障碍。

我们相信现代的环境——腐败家庭、恶劣社会、恶绅、土豪、污吏、腐儒、方士、流氓、劣妇……骗人学校、奴隶教育、奸商营业、走狗私党，是恶人的制造厂，是诱害青年的魔王。

我们相信改造现在的环境和经济组织，个人决不能为力，只有团体是唯一的武器。

所以，用奋斗的精神改造现在恶劣的环境和畸形的经济组织，是我们群化团的第二个标语。

> 大家合起来！
>
> 求得真知识！
>
> 改造恶环境！
>
> 推翻旧制度！
>
> 实现真人生！
>
> 群化团无限！
>
> 群化团无限！
>
> 幸福无限！！
>
> 人生无限！！
>
> 无限！！！
>
> 无限！！！
>
> 无限！！！

《群化团宣言》就像在沉沉黑夜中点燃的一把火，照得团员们的心里一亮，满腔的热血在他们身上沸腾，他们兴奋地读着，嘹亮的声音在临涣这座千年古城上空回荡。

在群化团成立大会上，通过了群化团纲领：用互助的精神使人群都得到真知识——实力；用奋斗的精神，推翻现社会各种畸形的制度和经济组织，以实现我们人类理想的生活。

大会通过了训练团员的三个目标：（一）使团员彻底了解人生；（二）使团员彻底了解马克思主义；（三）使团员造成专门人才。还通过了群化团介绍新团员入团的三个条件：（一）他能服从真理；（二）他是身心洁白；（三）他无利用团体以盈利的观念。

大会推选徐风笑、朱务平、刘之武、赵西凡、张华坤、谢箫九、陈文甫、孙铁民、刘敬秋、段紫亮等为执行委员，推选徐风笑、朱务平、刘之武为常务委员。

群化团成立大会，是在反动统治的白色恐怖下秘密举行的。群化团成立后，即把《群化团宣言》在报纸上公开发表，并把团旗高高悬挂在群化团办公地点——宿县临涣集城隍庙的大门外。一开始，发生在宿县临涣区的这些事在社会上并没有引起多大注意。但就在这时，一个新的革命火种已在皖、苏、鲁、豫等省开始点燃起来了。

1922 年 3 月，临涣旅外学生返回学校后，群化团开始在外地发展起来。徐风笑回到了南京建邺大学读书，朱务平、赵西凡、张华坤和因反段斗争失败而失学在家的段紫亮四人一起去芜湖，分别考入赭山中学和教会办的育才中学读书，刘之武到上海考入中国公学读书。他们分别在南京、芜湖、上海发展了一批群化团团员，组建了群化团组织。

1922 年 7 月，徐风笑和临涣的旅外学生因学校放暑假纷纷返回家乡。此时，徐风笑和朱务平、刘之武在宿县临涣集组织召开了群化团执行委员会议。会议总结了临涣旅外学生在外地组建群化团组织的经验，同时通过两项决议：（一）扩大群化团团员的发展对象和地区。发展的对象不仅要在青年学生当中发展，而且要在广大的工农群众中广泛发展，使群化团成为广大进步青年都能参加的开放型组织。发展的地区要以临涣为中心，向青町、石弓山、蒙城、涡阳、亳州、永城、铁佛寺、柳孜、百善、徐楼、海孜、童亭、韩村、西五铺、宿城、东三铺、夹沟、符离集、大泽乡、桃园、双堆集等地发展，并要求在外地读书的团员，在当地发展群化团团员，建立群化团组织，积极开展各种社会活动。（二）加强对外宣传和培训群化团团员的工作。

会议结束后，徐风笑和朱务平、刘之武、赵西凡、张华坤等还把他们从外地带回的马克思主义著作和进步书刊集中起来，又订购了《新青年》《觉悟》等进步报刊，供群化团团员和广大青年阅读。他们还利用暑假举办团员培训班，发展了一批新团员，还开办了各种学习班和补习班，让广大青年学习文化，并向他们宣传马克思主义和进步思想。马克思主义在临涣区迅速传播。

在徐风笑、朱务平、刘之武和群化团团员们的共同努力下，群化团迅速发展起来。1922 年 9 月，刘之武考入山东齐鲁大学。在读书期间，他同在济南读书的宿县人李一庄、沈慈之在济南发展了一批团员，建立了群化团组织。同时，在北京读书的赵立人、孔禾青、李启耕、孔昭颐（孔子寿）在北京也建立了群化团组织。

1923 年 1 月，临涣旅外学生放寒假又回到家乡，他们中的群化团团员，以临涣为中心向周围发展团员，建立群化团组织。徐风笑到徐楼、海孜、涡阳建立组织；刘之武到凤台、蒙城建立组织；段紫亮到石弓山、青町、徐庙孜、湖沟涯建立组织；赵西凡到铁佛寺、柳孜、永城建立组织；陈文甫到百善、马乡、程孜湖、西五铺建立组织；孙铁民到常沟庙、祁庙孜、青卫、雁鸣、干头、张集建立组织；张华坤到叶刘湖、大刘家、房家、訾乡、阎庙孜、骑路王家建立组织；丁晓到夹沟、符离集、南关集、大泽乡、桃园建立组织；朱务平到宿城发展了刘道行、孔和卿、李兆葵、杨梓宜、张锡钝、李众华等为群化团团员，并建立了群化团组织。随后，他又到宿县北关、顺河集、东二铺、东三铺、西寺坡、水池铺建立组织。

朱务平在发展群化团的同时，他在沈维干（沈器之）的协助下，还在宿县东三铺大张家利用本村学校办起了群化小学夜学班，朱务平亲自给学生讲课。沈维干还把吴可、江善夫、李启耕从北京带来的《新青年》等进步书刊给学生传阅，同时还向学生传授科学文化知识，宣传革命道理，教唱歌曲：

> 青天白日满地红，
> 打倒军阀这毒虫；
> 杀死洋人数千万，
> 人民才能得太平。
>
> 种田人们流大汗，
> 累得腿痛和腰酸；
> 除去租贷和税收，
> 缺衣少食去讨饭。
> 富贵人家不种田，
> 整天在家享清闲；
> 顿顿不断鱼和肉，
> 穿着绫罗和绸缎。
>
> 富人的黑心，
> 穷人的白骨；
> 打倒土豪和劣绅，
> 平民才能得翻身。

沈维干讲课生动形象，好听易懂，很受平民学生的欢迎，后来他同朱务平一起又办了平民学校夜学青年班，向学生介绍列宁的革命事迹，宣传群化团的宗旨。他说："只有天下穷人都团结起来，才能打倒国内外一切害人虫，平民才能有吃有穿得太平。"

1923年春，徐风笑从南京建邺大学来到临涣县立第二高等小学任教。这时，宿县劝学所改称宿县教育局。经宿县教育局研究，临涣县立第二高等小学换沈慈之任该校校长。沈慈之，宿县人，大学毕业，群化团团员，在济南曾和刘之武一起建立群化团组织。徐风笑重返临涣二高，能与志同道合的人在一起工作，他感到精神抖擞，浑身是力。徐风笑在沈慈之的配合下，在学校中建立了群化团组织。到1923年12月，宿县西南区的临涣、韩村、祁庙子、徐楼、七闸口、石弓山、青町、百善、铁佛寺、五沟、海孜、童亭、常沟庙、白沙、岳集、湖沟涯、许町等十几所学校都建立了群化团组织，同时他在各个学校又开办了群化小学培训班，组织团员教师给学生讲课，使大批的团员和青年都得到培训。

"参加群化团，学知识有力量，哪里有了群化团，哪里的人群心里亮。"这是流传在宿县临涣区平民百姓中的话。群化团迅速发展，不仅在临涣，而且延伸到徐州。

1923年9月，朱务平从芜湖转到徐州培心中学读书，段紫亮也从芜湖转到徐州读书。之后，在很短的时间内，朱务平、段紫亮同在徐州读书的谢箫九一起发展了马汝良、孙业荣、朱瑞、王子玉等一批人为群化团团员，建立了群化团组织。在朱务平的带领下，群化团组织开展了反封建势力、反对帝国主义实行文化侵略的斗争。他们的斗争像烈火、像朝霞，映红了大地。

群化团组织在各地建立以后，团员们积极开展各种社会活动。1923 年秋，济南的群化团参加了济南市的市民大会，并在育英中学参加纪念苏联十月社会主义革命胜利 6 周年活动，同年冬参加了追悼旅日爱国华侨的活动。南京的群化团开始由徐风笑建立，1923 年春徐风笑离开南京以后，在东南大学附中读书的宿县人沈维干、李兆葵在组织群化团时，把建团纲领归纳为十条，所以又把群化团改称为十化团。十化团在南京公开参加了南京市反基督教大同盟，团结一批进步青年，积极参加反日反奉等活动。

群化团像烈火一样在大地上燃烧着。到 1923 年 12 月，在不到两年的时间内，就发展团员 1000 多人，遍布安徽、江苏、山东三省，成为各地很有影响的群众化的革命团体。

1924 年 1 月，徐风笑同朱务平、刘之武利用寒假在临涣集主持召开了群化团执行委员和各地的群化团负责人会议。会上，朱务平介绍了美国基督教会在徐州创办教会学校培心中学的情况，同时他又谈了在徐州培心中学的亲身感受，认为帝国主义国家以"传教"的名义在华举办学校，是帝国主义对华实行的文化教育侵略，必须唤起人们的注意，起来共同开展反对帝国主义对华实行文化侵略的斗争。针对朱务平的发言，到会的群化团负责人又进行了热烈的讨论。最后，通过研究，决定在临涣集组建非基督教同盟，推举群化团的骨干分子张继光、吴醉松、陈朝珠、陈允芳等为负责人。

1924 年 3 月 6 日（农历二月初二），临涣集逢会，集上的人特别多。上午，在临涣集浍河北沿南阁的下面，1000 多人围着戏台子在听泗州戏，台上唱的是《王婆骂鸡》。徐风笑带领临涣县立二高的 100 多个学生围着戏台也在那里听。当一场戏刚唱完，徐风笑就登上戏台向听戏的群众发表演讲。当他讲到袁世凯与日本签订的丧权辱国的"二十一条"时，徐风笑把自己头上戴的白细草帽子愤怒地抹下，当场撕得稀烂。他边撕边说："这是日本货，我们坚决反对日本帝国主义对咱中国实行经济侵略，今后再也不买日货了！"徐风笑话音刚落，台下100多名学生带头高呼口号："打倒日本帝国主义！打倒列强除军阀！打倒土豪劣绅！打倒帝国主义！"这时，台下的群众也都兴奋地举起拳头，欢呼雷动。

徐风笑又带领这100多个学生到临涣集粮食行、牛行、木料行人多的地方进行反帝宣传。当他带领学生来到段小庙（财神庙）时，看到临涣西小圩孜的基督教徒梁长志带领70多个信徒在庙门口唱歌，招来很多围观的群众，于是徐风笑就带领学生前往看个究竟。当梁长志带领信徒唱完歌，他就趁机向群众宣传耶稣的好处，说信奉耶稣，人死后可以升入天堂，并说："人的奋斗是无济于事的，世上的一切生灭枯荣都是上帝安排的。"

这时，徐风笑从人群中走出来对梁长志说："别讲了！你是中国人吧！宣传这有什么好处?!"梁长志说："为了救国、救民、救人灵魂不死。"徐风笑说："照你的说法，人无须争长短，军阀不必除，帝国主义不要抗，封建主义不要反，所有一切都要听从上帝的安排了。"徐风笑又说："你读的《新约》上说，有人要打你的左脸，你连右脸也给他打，有人要脱你的外衣，你连里衣也脱给他，有人要你陪他走一里路，你就陪他走二里。如果按这样说的去办，帝国主义侵略者要咱的上海，你连南京也给他，要咱的天津，你连北京也给他，那中国不就亡了吗?!"梁长志被徐风笑驳得哑口无言，他一边痛哭，一边祷告说："主呀！你的儿子受到恶人的攻击，你要保佑啊!"梁长志的拙劣表演，引得在场的群众大哗。这时，徐风笑领着学生呼起了口号："打倒帝国主义走狗! 反对文化侵略和经济侵略! 打倒帝国主义!"

群化团在全国一些省、市的活动，引起了中共中央和中国社会主义青年团团中央的注意。1924年5月下旬，团中央专门派团芜湖地方执行委员会书记江善夫来到群化团的创建地宿县临涣集专门调查群化团的情况。恰巧，朱务平因在徐州领导反教会斗争失败，被徐州培心中学开除，回到临涣。这一天，江善夫和朱务平在临涣集巧遇，两人就群化团的问题进行了深入的交谈。

江善夫，宿县人，1923年暑假，他和李启耕一起在宿城开始筹建社会主义青年团小组，并由江善夫到上海同团中央的邓中夏接头，他同时还向任弼时作了汇报。经团中央研究，同意成立团宿县小组，直属上海团中央。当时，团宿县小组成员有江善夫、李启耕、孔禾青、杨梓宜、吴可、朱务平、李一庄、刘道行等，组长江善夫。

江善夫同朱务平通过商讨，一致认为：群化团是因反封建斗争的需要和马克思主义影响组建起来的一个进步青年组织。要使群化团成为党团组织的得力助手，首先要把群化团的领导人和骨干分子吸收为中国社会主义青年团团员，并进而把他们转为中共党员。只有这样，才能使群化团成为中共党团组织的一个组成部分。第二天，江善夫与朱务平首先在临涣集介绍群化团的创始人之一徐风笑加入了中国社会主义青年团。随后江善夫与朱务平又介绍了群化团的骨干分子陈文甫、孙铁民、谢箫九、张继光、刘敬秋、单士英、吴醉松等人加入了中国社会主义青年团。

　　徐风笑加入中国社会主义青年团后，心里更亮堂了。他为自己终于找到人生道路而高兴，感到呈现在眼前的是一条金光大道，他抱着为真理而斗争的坚定信念，工作起来有使不完的劲。

第八章
点燃农民运动烈火

　　1924 年 6 月底，朱务平来到临涣县立第二高等小学找到了徐风笑，徐风笑建议到一个僻静的地方说话。两人来到临涣城墙的西北角，登上城墙，一股凉风扑面而来。眼下，宽大的护城河就像白缎带一样环绕着临涣这座古城。城墙的西北方向是一片湖地，放眼望去，庄稼一片葱茏。

　　徐风笑和朱务平站在城墙上看看周围，见没有人，心里都很高兴。徐风笑对朱务平说："这里真是咱俩说话的好地方呀！""是啊！"他俩说着就在城墙上面树林里的一个斜坡上坐着拉了起来。朱务平对徐风笑说："风笑，咱们自创建群化团到现在已经快两年半了，这期间有不少群化团团员都加入了中国社会主义青年团。1923 年 1 月 5 日，中国社会主义青年团芜湖地方执行委员会成立。我是在芜湖赭山中学读书时加入中国社会主义青年团的。春末，在芜湖东关职业学校任教的江善夫介绍在芜湖育才中学读书的赵西凡加入了中国社会主义青年团。在芜湖读书的张华坤、段紫亮等也加入了中国社会主义青年团。另外，在济南、北京、上海、南京等地读书的刘之武、沈慈之、沈维干、李仲华、丁晓、赵立人、王化贞、张实之等群化团团员也都先后加入了中国社会主义青年团。"

说到这里，朱务平停顿了一下，又接着对徐风笑说：风笑，还是对你说说我的情况吧。

1923年暑假后，我因家里生活困难，就从芜湖赭山中学转到可减免学费的徐州培心中学读书。哪知培心中学是美国基督教会在徐州创办的一所学校，校长是美国传教士安士东，他在学校制定的规章制度，连他本人的一言一行都带着帝国主义的色彩。他瞧不起中国人，专横跋扈，严禁师生的言论和结社自由，不准师生参加社会政治活动，强迫师生读圣经做礼拜，不遵守中国的法律、政令，对学生实行奴隶式教育，把培心中学变成了独立王国，这引起了全校广大师生的强烈不满。我通过在学校的学习，逐渐认识到帝国主义国家利用教会办学对华实行文化教育侵略的严重危害。为了反对帝国主义的文化教育侵略，开学不久，我就找到谢箫九、段紫亮一起商量对策，决定首先在学校建立群化团组织，我们积极在学生中发展群化团团员。群化团组织的建立，很快引起中共徐州地下党的重视，把这一情况向团中央作了报告。

1923年秋，我经江苏省立第三女子师范学校教员、中共党员吴亚鲁介绍由中国社会主义青年团团员转为中国共产党党员，随后我就同吴亚鲁一起，开始在徐州发展党团员和组建党团组织。

1924年新年开学以后，我和吴亚鲁介绍了苏同仁、王慧之、邢蕴玉、卢印泉、孟谦之、孙业荣、马青云、王统臣、吴济远、鹿忠继、陈兴霖、马汝良等人加入社会主义青年团，并经常组织他们在一起开讨论会。

1924年4月，我和吴亚鲁一起联手成立了徐州青年互助社和青年读书会。成立的目的就是为了向广大青年宣传马克思主义学说，介绍在中共中央主办的《向导》和团中央办的《中国青年》上发表的文章。同时我与吴亚鲁还同徐州中学校长顾子扬一起组建了徐州平民教育促进会。

1924年5月9日，徐州国民外交后援会和徐州学生联合会在徐州火车站广场联合召开纪念五九国耻日纪念大会，参加大会的有徐州各校的师生及各界代表5000多人，中国国民党铜山县县党部负责人、徐州中学校长兼铜山师范校长顾子扬主持大会，吴亚鲁代表江苏省立第三女子师范学校讲话，我以培心中学代表的身份在会上发表演说，号召人民群众不要忘记1915年5月9日这个耻辱的日子，反对日本帝国主义的侵华政策。由于我和一些同学参加了五九国耻日纪念大会，校长安士东十分恼怒。

安士东不仅是美国基督教传教士，而且也是一个披着宗教外衣的帝国主义分子，他定了一条不成文的校规，即不准培心中学师生参加社会上的任何政治活动，当然更不能容忍培心中学师生冲破他的戒律参加以反对帝国主义为目的的五九国耻日纪念大会。5月11日中午，他以学生食堂秩序混乱为借口大骂中国学生。当天晚上，安士东借口教师不做礼拜，又把教师痛骂了一顿。

安士东的蛮横无理和辱骂中国人的行为，引起全校师生的强烈不满。此时，我抓住群情激奋这一时机，组织马汝良、孙业荣、朱瑞等同学与校长安士东进行理论，我用历史事实驳得安士东哑口无言。最后，他只有收起洋人的威风灰溜溜地走了。第二天早晨，我和马汝良等同学又组织全校学生举行集会，通过了永远不准校长打人骂人等五项决议。会上，大家又推举我、马汝良、孙业荣、朱瑞等八人为代表，与安士东交涉，要求安士东必须废除奴隶式教育，尊重中国人权，答应学生集会上通过的各项决议。可是，当我们八个代表与安士东交涉时，他不仅拒绝了我们的要求，而且暗中纠集洋人持枪带领徐州封建军阀的大批军警气势汹汹地冲进学校。我们八个谈判代表一看形势不妙，随即翻墙头逃出了学校。

5月13日，徐州培心中学一大批学生为了抗议安士东和徐州的封建军阀，纷纷离开了学校。很快，我们的行动受到徐州地下党的高度重视，他们把我们反对洋校长的事向中国社会主义青年团中央作了报告。为了支持我们的行动，团中央执行委员、宣传部长恽代英用"但一"笔名撰写了题为《徐州教会学生的奋斗》的文章，刊登在1924年5月20日出版的《中国青年》第32期上。之后全国社会各界也纷纷发表通电和文章，支持我们的行动。

朱务平说到这里，伸手把随身带的第32期《中国青年》递给徐风笑，并说："《中国青年》的前身是《先驱》，她是团中央于1923年10月20日在上海创办的机关周刊，这一期有恽代英写的文章，你看一下。"徐风笑听朱务平这么一说，忽地站了起来，他双手接过杂志，心里感到特别的激动，因为这是他第一次见到《中国青年》。徐风笑翻开一看，一行醒目的标题——《徐州教会学生的奋斗》映入他的眼帘，朝下一看，作者是但一。徐风笑心想：刚才听朱务平讲，"但一"是恽代英的笔名，能亲眼看到团中央领导为自己的入团介绍人朱务平做的事所写的文章，这是多么的荣幸啊！

　　此刻，徐风笑看着眼前的朱务平，不知道说什么才好，猛地张开双臂紧紧地和朱务平拥抱在一起。过了一会儿，朱务平一边拉着徐风笑的手在他俩原来坐的地方坐下，一边对徐风笑说："自从我组织培心中学的学生反对洋校长后，不但被学校开除了学籍，而且成了封建军警追捕的对象，可是我并没有被洋人和凶恶的封建军阀所吓倒，而是继续进行斗争。为了向国人揭示美国教会在华所办学校的危害，1924 年 5 月 25 日，我写了《徐州教会学生奋斗的经过》一文。中共中央为了支持徐州教会学生的斗争，把我写的这篇文章刊登在1924年6月18日出版的第71期《向导》周报上。"朱务平说着又把他带来的第 71 期《向导》周报递给徐风笑。当徐风笑看到《徐州教会学生奋斗的经过》这篇文章时，不禁轻声读起来：

　　我就是在教会培心中学的一个学生，这次反对洋校长，事实尽知，所受压迫的反抗和同学的心理，不能不报告与反对帝国主义侵略的同志们知道。

　　洋校长屡施他大美国的威权，压迫二百余中国人（教员和学生）难能详述！就爆发此次奋斗的导火线言之：五月十一号午饭，洋校长进饭堂，看馍饭秩序颠倒，遂大骂而特骂！"你们中国人是'土匪'、'走兽'，你们骂日本不好，你们不如日本！不如日本把你们中国灭了！"二百余人，吞声忍死，哭的饭也没能吃！是日晚礼拜，又骂教员不负责任，不做礼拜……同学以为不能再往下忍了，于是群起与他理论："教育是培养人格，你反摧残人格！你明为办教育，暗中用奴隶教育侵略！你口口声声说：美国待中国好，长江联驻军舰，是待中国好吗?! 提倡共管中国

192

铁路，是待中国好吗?! 广东军舰示威，是待中国好吗?! 供给北洋军阀经济和枪械，临城案十六国协同侵略，都是待中国好吗?!"忽然! 来几个洋大人，各持手枪，把洋校长领去了。同学计划进行，次日早晨开会，议决条件要求：A. 永远不准校长打人骂人；B. 准学生成立自治会；C. 校规须由自治会和教员重新订；D. 开除三位教员（洋狗派）；E. 膳务自理。又立誓词："愿牺牲奴隶教育，争取人格，坚持以上条件到底。"遂举代表八人要求洋校长，他仅承认 E 条，A 条他还说不能永远，又对我们奋斗中间重要分子发威风说："你可到官学校读书，以后可爱你们中国，教会学校哪能容你!"于是同学不满意这答复，又开会讨论，同学仅有五分之三，到下午还没有一半；洋校长看团体涣散，邀集几个洋大人，各持手枪，带着军警威吓，如临大敌。同学忍无可忍，十三号黎明各携行李出校，分住旅馆。有几个同学以为都出校总有奋斗的决心，提出条件，邀集同学积极进行，可惜不彻底觉悟，各自回家，没能实行。

这次失败，因同学心里不一致，可分三派：1. 奋斗派；2. 观望派；3. 洋狗派。观望和洋狗两派，是反奋斗，不足挂齿，就是这百分之十的奋斗派还不一致。有的以为对于教会学校，只要破坏不要建设；有的以为改良改良，还在此校读书，竟没十分感觉到奴隶教育痛苦!

唉! 奋斗的手段同而目的不同，心里这么样复杂，目的这么样不同，怎能不失败!

统观洋校长对中国学生说的话，足证明教育侵略的真相毕露。去年上海三育大学，洋校长对学生说："既在教会读书，应当断绝国家关系，爱国二字绝无存在之余地。"今年广州圣三一学校，洋校长对学生说："这是英国的学校，有英领在广州，断不能徇你们的情，任你们中国人自由。"今年五九日金陵大学洋校长对学生说："既入教会学校读书，还有什么国耻呢？"这次培中的洋校长发威风说："你可到官学校读书，以后可爱你们中国，教会学校哪能容你！"

外国教育阴谋，这样明显！自负教育领袖的先生们，不做一声！自负救国的青年们（除教会学生以外）也竟一声不做！唉！中国不亡，更待何时！严格说来，不唯教会学校能亡中国，中国自办的学校，也能亡中国（东方文化派、灵园新诗派）。我希望教会学校的同学，群起破坏教会学校！我更希望全中国同学，群起帮助教会学校的同学并群起改良中国自办的学校！

徐风笑读完朱务平写的《徐州教会学生奋斗的经过》一文，深深地被朱务平和他的同学敢于同美国洋校长作斗争的精神所打动，同时也为自己的好朋友、好伙伴、入团介绍人朱务平能在中共中央机关报《向导》上发表文章而感到自豪！此刻，他动情地对朱务平说："务平大哥，今后我就跟着你，你叫干啥就干啥！"

朱务平被徐风笑的话语打动了，他对徐风笑说："我记得很清楚，你是1899年10月30日生，我是1899年10月25日生，我比你大5天。"

徐风笑高兴地说："就是大一天，你也是哥！"

朱务平说："咱俩真是天生的兄弟，同年同月生。"

徐风笑风趣地说："社会上有的人拜把子，'不求同年同月生，只求同年同月死'。"

朱务平幽默地说："咱俩只求同年同月生，不求哪年哪月死。"

　　此刻，他俩你看看我，我看看你，都会心地笑了。徐风笑捧一个小红罐递给朱务平说："务平大哥，天这么热，你来喝一气，这是咱临来前我叫人到龙须泉里灌的水，可甜啦！"朱务平不客气地接过罐子捧起来"咕嘟……咕嘟"地喝了一气。朱务平又把小红罐递给徐风笑说："风笑老弟，你也喝点吧！"徐风笑接过小红罐捧着，仰起头也"咕嘟……咕嘟"地喝了一气。

　　朱务平说："当前，主要是进行国民革命，建立统一战线，实行国共合作。我这次来就是根据党的指示到咱家乡来创建和发展国民党组织的，同时组建党团组织，创造性地开展工作。"徐风笑听朱务平这么一说，高兴地说："务平大哥，今后有你在，我工作起来也就有依靠了。"朱务平说："今后咱们工作起来要互相配合，严格遵守组织原则，在形势瞬息万变和斗争复杂多变的情况下，咱们的一言一行、一举一动，稍有不慎，就会发生意想不到的后果，甚至付出血的代价。为了工作，今后你不要喊我大哥，我也不喊你老弟，咱们就都直呼其名吧！"徐风笑听后，认真地点点头。

　　1924年7月初，朱务平按照中共三大和中国社会主义青年团二大的要求，组织徐风笑等共青团员以个人身份加入中国国民党。7月上旬，徐风笑与刘之武、张华坤、赵西凡等又协助朱务平把分散在临涣及其周围地区的几十名国民党员召集在一起开会，创建了安徽省第一个国民党区党部——中国国民党临涣区党部，中国社会主义青年团团员刘敬秋被推举为区党部常务委员，赵西凡、刘之武、陈文甫、孙铁民为执行委员。

　　1924年7月中旬，宿县临涣地区在外地读书的中共党员和中国社会主义青年团团员，先后回到家乡。徐风笑同朱务平一起把他们和本地的团员召集在一起开会，经过讨论，决定正式组建一个由党团员混合的中国社会主义青年团临涣支部，会议推举朱务平为支部书记。后经团中央批准，团临涣支部直属团中央。团临涣支部是宿县境内成立的第一个团支部，也是安徽省建立较早的团组织之一。

1924年7月下旬，徐风笑同朱务平一起来到宿城，见到了从芜湖回到家乡的江善夫。朱务平向江善夫介绍了创建国民党临涣区区党部的情况，并提出创建国民党宿县县党部的问题。江善夫听后高兴地说："当前，在外地读书的党团员都回来了，咱把他们邀到一起商量一下，把国民党宿县县党部也建立起来。"朱务平和徐风笑都表示赞同。

随后，他们召集了由朱务平、徐风笑、江善夫、李启耕、李一庄、孔子寿、李众华、邵葵、王友石、孔禾青、梁宗尧等党团员参加的讨论会。经过协商，他们组建了一个由党团员混合的小组，作为筹建国民党宿县县党部的核心。接着，他们分头与分散在宿县城乡的国民党员联系，然后又召开了全县国共两党参加的联席会议，商讨组建国民党宿县临时县党部的问题。会议对当时的政治局势进行了分析，认为成立县党部要得到国民党上级组织的批准，此时国民党安徽省省党部还尚未成立，现又无法与负责江苏、安徽、浙江、江西、上海等省市党务工作的国民党上海执行部联系，只有向中共中央和团中央寻求支持。会议最后商定，由担任过中国社会主义青年团芜湖地方执行委员会书记的江善夫和朱务平一起去上海寻找组织。

朱务平和江善夫来到上海，首先找到了团中央执行委员恽代英。恰巧，这时恽代英在国民党上海执行部主持宣传部工作。在恽代英的引荐下，朱务平、江善夫见到了国民党上海执行部组织部秘书、中共中央执行委员毛泽东。朱务平和江善夫分别向毛泽东汇报了国民党宿县临时县党部的创建情况。当毛泽东听说是共产党人创建的国民党宿县临时县党部，且执行委员大都是共产党员、共青团员时，表示很满意，当即批准了《关于成立国民党宿县临时县党部的报告》。鉴于国民党安徽省省党部尚未成立，毛泽东把安徽省建立的第一个县党部——国民党宿县临时县党部置于国民党上海执行部直接领导下，同时又把蚌埠、五河、泗县、怀远、灵璧、蒙城、涡阳、永城等皖北各县的党务划归宿县临时县党部领导，批准朱务平、江善夫、孔禾青、李一庄、徐风笑等为国民党宿县临时县党部执行委员。毛泽东还向朱务平和江善夫传达了国民党中央执行委员会的有关文件精神，要求他俩回到宿县后逐步开展农民运动，组织农民协会和农民自卫军。朱务平和江善夫听了非常兴奋。

朱务平和江善夫从上海回到宿城后，对工作进行了分工：江善夫留在宿城开展工作，朱务平回到临涣开展工作。

朱务平到临涣后，连家也没顾上回就去临涣二高找徐风笑。两人一见面，朱务平就给徐风笑介绍他和江善夫一起去上海的情况，又商量了当时的工作。第二天，在徐风笑的主持下，召开了青年团临涣支部全体人员会议。朱务平传达了毛泽东关于开展农民运动的指示。会议还就组织农民协会的问题进行了讨论，决定按照中共中央、团中央的有关决议和国民党中央执行委员会制定的农民运动计划，以国民党临涣区区党部的名义，派共青团员、群化团团员和进步师生走村串户开展农民协会的宣传和组织工作，点燃农民运动的烈火。

1924 年秋，安徽省第一个农民协会——宿县临涣区农民协会成立大会在临涣集文昌宫召开。会上，朱务平传达了毛泽东同志的具体指示并宣读了国民党中央农民部颁布的《农民协会章程》。徐风笑在会上说："眼下，由于这些年闹饥荒，土地大都集中在地主手里，咱们农民缺地、无地的越来越多，只有靠租种地主的土地和打长工艰难地生活。由于地主的剥削和官府的压榨，各种税收多如牛毛，咱们农民一遇天灾人祸，只有逃荒要饭，有的去借高利贷，还有的被逼得卖儿卖女，生活是多么的凄惨！如今，流传着这样的歌谣：'农民头上三把刀，税多租重贷息高，农民面前三条路，逃荒要饭卖妻小。'今天，咱们临涣区农民协会成立了，今后咱农民也有靠山了。农民协会是为咱农民自己办事的，是为穷人撑腰的，今后咱们农民谁要吃了亏，受了欺负，找到咱农民协会，农民协会就能帮助谁去算账去说理，谁有了疑难的事，农民协会也都能尽量地帮助解决。总之，农民协会是咱农民自己的协会！"徐风笑的发言，赢得了与会者的阵阵掌声。大会通过了《临涣区农民协会章程》，选举朱务平为临涣区农民协会委员长，徐风笑为副委员长，吴延瑞（吴福五）为秘书，刘敬秋、周华南、李正明、孙铁民、谢箫九、李宏业、陈允芳、徐从吉、吴醉松等为执行委员。

临涣区农民协会成立以后，为了培养农运骨干，经朱务平和徐风笑提议，国民党临涣区区党部在临涣集文昌宫举办了临涣农民运动训练班。朱务平和徐风笑等亲自授课，授课内容有中国共产党关于农民问题、农民运动和国民党中央执行委员会于 1924 年 3 月初步确定的农民运动计划、《农民协会章程》以及中国国民党一大宣言等。朱务平说："由于咱临涣区农民协会刚成立，在这之前，安徽还没有农民协会，今后在工作上没有经验可循，所以只能靠咱们创造性开展工作。"

徐风笑强调："咱们临涣区农民协会，今后不能是一个空架子，下一步我们要开展反对封建地主阶级、贪官污吏和土豪劣绅的斗争，建立农民自卫军。当前咱们临涣区农民协会的工作中心是发展农协会员和建立村级农民协会，咱们在发展农协会员时，要宣传加入农民协会的好处。今后咱们农民在政治上要解放，不再受地主分子、贪官污吏和土豪劣绅的欺压，在经济上要获得实际的好处，地租要减少，苛捐杂税要免除，高利贷要降低等等。这些问题落实了，咱们开展的农民运动就会像烈火一样熊熊地燃烧起来！"

学员们听了朱务平、徐风笑等人的课，人人意气风发，个个斗志昂扬。

临涣农民运动训练班结束以后，徐风笑和朱务平一起又组织训练班的农运骨干回到原乡村负责发展农协会员，组建村级农民协会。同时，徐风笑和朱务平一起还组织宿县西南区小学教职员联合会和宿县西南区学生联合会的负责人及临涣群化团的团员，深入乡村，宣传组织农民协会的好处。为了提高宣传效果，徐风笑还亲自带领以临涣县立第二高等小学高年级师生为主的宣传队伍，自备干粮，自费刻印资料和购买笔墨纸张书写标语。

他们来到乡下，通过宣传，告诉农民起来共同反对帝国主义侵略，反对贪官污吏和土豪劣绅，反对苛捐杂税，还向农民说明不纳"瞎巴眼子钱"，不出没用的粮，国家要民主，人民要当家作主，只有联合起来力量才大，只有参加农民协会做什么事情才会有办法。淳朴的农民看到学校的老师和学生都来和脚插地墒沟里的庄稼人交朋友，同时又听到老师和学生们讲的许多闻所未闻的革命道理，真诚地相信农协会是给自己办事的，是为穷苦人撑腰的。

通过宣传和组织，在短短的一个月里，临涣区就有 30 多个村建立了贫农协会、自耕农会、佃农会、雇农会、光蛋会、大领会、短工会和债户会等农会组织，会员发展到 1000 多人。随着临涣地区农会的发展壮大，临涣的农民运动也蓬勃发展起来，一时间临涣被誉为"安徽的小广东""皖北的小莫斯科"。

1924 年秋，徐风笑同朱务平在宿县临涣区组织农民开展农民运动的同时，还组织工人开展了工人运动，并创造性地把工人运动和农民运动结合起来。

临涣，是宿县西南要地，历来水陆交通相当方便。泡河、浍河在临涣集南汇合，下游入淮河进长江。浍河上游经河南省商丘接鸿沟直通古都东京汴梁城。泡河上游可达河南省民权县的王六口。在临涣，浍河两岸建有水陆码头，仅临涣当地专靠水运生活的船民就有 240 户，有大小木船 182 只，最大的木船载货量可达 10 吨。由于浍河中往来船只较多，每天停泊在临涣码头桥东西两边等待装卸货物的船只就达 100 多只。由于临涣是江苏、安徽、河南三省水陆交通的必经之地，所以临涣的工商业有很大的发展。

随着临涣的制香业、制烟业、酱菜业、陶瓷业、砖瓦业的崛起，行业工人也随之多了起来。在临涣集，还有 3 家木石料行、15 家粮行、18 家槽坊、14 家糖坊、19 家有字号的中药铺、37 家染坊、100 多家商店、15 家银楼、19 家茶馆、20 多家饭店。

这些行业的工人大多是亦工亦农，家里多少都有点土地，农闲时务工，农忙时务农。工人的生活十分痛苦，他们不仅政治上受歧视，时常地挨打受骂，而且在经济上也非常困难。有的出牛马力当装卸工，披星戴月，难以维持温饱；有的当建筑工人，仍无席地安身寄居在富人檐下；有的在资本家工厂、码头当工人，不仅工资低得可怜，而且工作时间长、劳动强度大；有的终生安不上家；有的有了家，生下子女，无法维持其生活。他们的孩子更可怜，很小就在街上要饭、拾破烂或到染坊、商店去当童工、学徒，操奴婢之役，吃不饱，穿不暖，度日如年。在学徒中有歌流传着："人家坐着咱站着，人家吃饭咱看着，洗衣做饭哄孩子，端茶端水提尿罐，稍有怠慢打屁股。"总之，各业的工人大都是靠出卖劳力维持生活，加上各种黑暗势力的残酷压榨，生活十分凄惨。

徐风笑和朱务平针对宿县临涣区各业工人的这一状况，与中国国民党临涣区区党部联合首先创建了罗行工会，即装卸工会，又组建了石工工会、力行（搬运）工会、挑水工会、理发工会、洋车夫工会，随后还组建了木、泥、画、油四业联合工会等工会组织，并开展了一系列的工人运动。

1924年冬，徐风笑和朱务平一起在临涣集文昌宫创办了平民夜校和工农识字班，向工人、农民宣传革命道理，提高工人、农民的阶级觉悟和文化水平。由于一些工人、农民没钱买书籍和点灯用的油，徐风笑就自掏腰包给他们买油购书。朱务平还把自己舍不得花的钱拿出来购买纸张，刻印教材。为了鼓动工农大众起来共同反对封建军阀，朱务平还亲自刻印供工农学员学习的题为《颈上血》的诗文：

军阀手中铁，

工人颈上血；

颈可折，

肢可裂，

奋斗的精神不可灭！

劳苦的群众们！

快起来团结！

……

徐风笑和朱务平所开设的课程和讲课的内容，很受平民学员的欢迎。创办的工农识字班，除开设国语、数学外，还开设社会科学常识课。在课堂上，徐风笑和朱务平还向学员宣传国共合作的原则和新三民主义的革命政策。徐风笑为了动员农民学员都来参加农会，还亲自教唱《农救会真正好》的歌谣：

农救会，真正好，为咱穷人解苦恼。

打恶霸，斗土豪，吸血鬼被打倒。

穷人当家做主人，欢乐生活无限好。

1925年1月31日，徐风笑与朱务平、江善夫、李一庄、孔禾青、王友石等人共同发起成立了宿县国民会议促成会，并在宿城义务小学召开了宿县国民会议促成会第一次筹备会议。出席这次会议的有宿县教育局、教育会、商会、市农会、十字会、粮业公所、非基督教同盟、群化团、读书会、拒毒会以及宿县各学校等20多个团体的代表共40多人。会议主席孔禾青主持会议，陈绍勋做会议记录。江善夫、徐风笑、赵文协、陈雪香、邹笑灵、张从吾等分别代表国民党宿县临时县党部、群化团、教育会、市农会、符离民生社、拒毒会等单位发表演说，号召宿县各界群众支持召开国民会议，反对段祺瑞一手包办的善后会议。

孔禾青作了关于宿县国民会议促成会宗旨的报告。孔禾青在报告中说：在国共合作的新形势下，通过国共两党的共同努力，国民革命的思想在全国范围内由南向北以前所未有的规模广泛传播着。1924 年 10 月，受革命影响的将领冯玉祥在北京发动政变，推翻了直系军阀首领曹锟、吴佩孚控制的北京政府，并把所部改为国民革命军，电请孙中山北上"共商国是"。中国共产党支持孙中山北上，并发表了对于时局的主张，重申要召开国民会议。11 月，孙中山离开广州北上，并发表了北上宣言，赞同中国共产党的主张，提出对外取消一切不平等条约和对内扫除军阀两大目标，号召召开国民会议，争取国家的和平统一。可是，以段祺瑞为临时执政的北京政府为了对抗孙中山倡导的国民会议，决定召集各省、区代表开善后会议。孙中山倡导的国民会议是九种民间团体所组织之真正代表民意的国民会议，而段祺瑞主张的善后会议是由军阀包办的分赃式的善后会议。两相比较，何者是以解时局，何者将使时局重陷于纠纷，有识者自不难一望而知。现执政府悍然不顾民意，下令召开善后会议，足证段无解决时局之诚意与能力。吾民至此，若不自动地起来为国民会议而奋斗，则行将见吾民重陷于军阀与帝国主义者双层压迫之下，永无抬头之希望矣，故各地皆有国民会议促成会之组织，吾县不过其中之一……

会议通过了《宿县国民会议促成会章程》，选举产生了江善夫、孔禾青、李一庄、李仲华、邹笑灵、夏育斋、陈粹吾、陈振生、王理风、吴崇礼、张晋候等为宿县国民会议促成会筹备委员会委员。

会议结束后，徐风笑回到临涣又组织了由工会、农会、群化团、宿县西南区小学教职员联合会和宿县西南区学生联合会的人员参加的临涣区演讲队到各乡村宣传国民会议，演讲队还利用元宵节的时机到人员集中的地方宣传国民会议，揭露北洋军阀政府及帝国主义的罪行，号召人民群众为促成国民会议、实现民族的独立和人民的解放而奋斗。

1925 年 2 月 8 日，宿县国民会议促成会成立大会在宿城文庙召开。徐风笑、朱务平和来自全县 40 多个群众团体的代表及全县各阶层的群众 300 多人参加了这次大会。大会选举江善夫、李一庄、王友石、张庆馀、王理风、思力生、尹颖青、余照宇、赵燮和、吴崇礼、王颂甫 11 人为宿县国民会议促成会执行委员，沈慈之、王惠道、吴子寿为候补委员。大会推举了出席国民会议促成会全国代表大会的代表。鉴于孙中山先生身患重病，大会还决定派李启耕、江善夫、孔禾青三人去北京，代表宿县各社会团体、机关、学校和全县人民探望孙中山先生。大会强烈呼吁：由国民决定国家大事，召集国民会议制定宪法，铲除封建势力。建立民主共和政体，反对段祺瑞政府召开的善后会议。会后，徐风笑又回到临涣带领临涣区演讲队开展拥护国民会议、反对善后会议的宣传活动。

1925 年 2 月中旬，国民党宿县临时县党部主持召开全县党员代表大会，决定正式成立国民党宿县县党部。徐风笑、朱务平、江善夫、李一庄、孔禾青、梁宗尧、王友石、李仲候等当选为县党部执行委员，王理风、陈粹吾、李正明、王运同等当选为县党部监察委员。王友石当选为常务委员，主持县党部工作。国民党宿县县党部下辖宿城、临涣、濉溪、夹沟、五铺五个区党部，李一庄、刘敬秋、梁宗尧、吴知非、张实之分别担任这五个区党部的常务委员。在宿县县党部和宿县县党部下辖的五个区党部的委员和常务委员中，除吴知非是国民党左派党员外，其余都是跨党的共产党员和共青团员。国民党宿县县党部和宿城、临涣、濉溪、夹沟、五铺五个区党部都是在共产党员和共青团员的大力协助下建立起来的，其实际领导权都掌握在共产党人手里。出现这种情况，完全符合在中国共产党三届一中全会上指出的"党团员在国民党内要争取站在国民党中心地位发挥领导作用"这一要求。可见，宿县的国共合作在全国来说是很有特色的。

1925 年 2 月下旬，朱务平接到团徐州地方执行委员会书记吴亚鲁的来信，调他去徐州工作。在徐风笑协助下，朱务平在临涣集文昌宫召开了团临涣支部会议。会上，根据团第三次全国代表大会的决议，朱务平把中国社会主义青年团临涣支部改称中国共产主义青年团临涣支部。朱务平把他担任的团临涣支部书记的职务交张继光担任，安排徐风笑负责群化团的工作。徐风笑还协助朱务平召开了宿县临涣区农民协会会议。安排妥当后，朱务平才离开临涣乘火车去徐州。

1925 年 3 月 1 日，由中国共产党和中国国民党共同发起的国民会议促成会全国代表大会在北京召开。全国 20 多个省、区和 120 多个市、县的国民会议促成会的代表 200 多人出席了大会。江善夫、孔禾青、李一庄作为宿县国民会议促成会的代表参加了这次大会。这次大会的宗旨是反对军阀政治分裂，以促成真正的国民会议产生。

1925 年 3 月 12 日，孙中山在北京逝世，引起全国人民的巨大悲痛。3 月 23 日，中国国民党中央执行委员会开始公祭孙中山先生，全国各界人民也纷纷举行哀悼活动，广泛传播孙中山的遗嘱和革命精神。3 月底，中国国民党临涣区区党部和中国共产主义青年团临涣支部组织宿县临涣区各界群众在临涣县立第二高等小学举行了悼念孙中山先生逝世群众大会，徐风笑带领二高师生参加。会上，徐风笑发表演说，号召群众继承孙中山先生的遗志，发扬他的革命精神，继续执行联俄、联共、扶助农工的三大政策，反对封建军阀，将革命进行到底！

1925 年 4 月中旬，新当选的中国共产主义青年团徐州地方执行委员会书记朱务平从徐州回到临涣开展工作。朱务平首先介绍徐风笑由中国共产主义青年团团员转为中国共产党党员，接着又介绍陈文甫、孙铁民、谢箫九、张继光、刘敬秋等人由团员转为中共党员，并组成中共临涣小组，徐风笑任组长。

1925 年 4 月中旬一个春光明媚的日子，徐风笑第一次主持召开了中共临涣小组全体党员会议。朱务平传达了中国共产党第四次全国代表大会有关精神。徐风笑总结了一年多来临涣区农会、工会、群化团工作以及临涣的团组织建设及国共合作情况。

1925 年 5 月 30 日，上海发生举国震惊的五卅惨案，中国人民长期郁积的对帝国主义侵略的仇恨，经过五卅惨案的触发，像火山一样迸发出来。在中国共产党的领导和推动下，五卅运动的狂飙迅速席卷全国，各阶层广大群众积极参加反帝爱国运动。上海、北京、广州、南京、重庆、天津、青岛、汉口等几十个大中城市和唐山、焦作、水口山等矿区，都举行成千上万人的集会、游行和罢工、罢课、罢市。

五卅惨案的消息传到宿城后，6月5日，徐风笑、朱务平、江善夫、李一庄、孔禾青、王友石、梁宗尧、李仲候等国民党宿县县党部执行委员主持召开了全县党员紧急会议。会议由县党部常务委员王友石主持，县党部执行委员、会议主席李一庄报告会议宗旨，上海大学学生陈子英详细叙述了上海学生、工人被害的情形。会议通过了誓做沪案后盾的六项决议案，会议决定组织党团员召集全县各界群众举行反对帝国主义的游行示威和罢工、罢课、罢市，还决定组织宿县沪案后援会。

6月8日，宿县数千名群众举行集会，王友石代表国民党宿县县党部在会上发表演讲，声讨帝国主义屠杀中国工人、学生的残暴行为，号召全县人民把反对帝国主义的斗争进行到底。集会结束后，举行了声势浩大的反对帝国主义的游行示威。徐风笑和朱务平、张继光、孙铁民等在临涣集牛市主持召开临涣各界万人大会，组建了临涣区沪案后援会和募捐队。大会号召商人罢市、工人罢工、学生罢课一天。会后，又举行了反对帝国主义的示威游行，参加的10000多名群众列队出发，沿街高呼："打倒帝国主义！""废除不平等条约！"震天动地的怒吼在临涣这座千年古城上空响起。

1925年6月15日，中国国民党宿县县党部在宿城东关省立第四甲种农业学校的桑园里主持召开了国民党全县党员代表大会，改选了县党部。国民党上海执行部委派的共产党员刘孝祜当选为县党部书记，徐风笑再次当选为县党部执行委员。大会的第二天，徐风笑又参加了宿县沪案后援会发起的市民大会。

1925年6月20日，徐风笑在读1925年6月17日出版的《民国日报》，当他看到第三版《宿县之市民大会》这篇报道的标题时，眼睛为之一亮，他兴奋地读了起来：

> 沪案发生，宿县人士极为悲愤。宿县沪案后援会发起之市民大会，昨日在城隍庙举行，到万余人。自当日起，全城罢市三日，店门多标"援助沪案"、"对英日经济绝交"等字样。下午一时开会，首由主席孔禾青报告筹备情形，复由陈子英在报告上海惨案实情，次由各界代表演说，语多沉痛，听者感动，当场议决：（一）电请执政府外交部严重交涉；（二）即日起全县抵制英日货；（三）募捐救济上海工人。复由主席领喊口号，全体一致大呼"援捐被杀同胞!""打倒帝国主义!""中华民族万岁!"声震屋瓦。由主席宣布游行，全体列队出发，沿街高呼口号，悲昂，秩序严整。五时，始各散队云。

第二天，徐风笑又在课堂上向同学们读了这篇报道。这篇报道，激起了同学们对中国的爱和对帝国主义的恨。

在五卅运动蓬勃发展的有利形势下，1925年7月1日，中华民国国民政府在广州建立，汪精卫任国民政府主席，胡汉民任外交部部长，廖仲恺任财政部部长，许崇智任军事部部长。国民政府聘请共产国际驻中国代表鲍罗廷为高等顾问。

在中国共产党领导的五卅运动过程中，各地党组织得到了很大发展。1925年7月，随着党员人数的增加，中共临涣小组发展为中共临涣支部，徐风笑任书记，朱务平、刘之武为委员。同时，团临涣支部改建为团临涣特别支部，由张继光任书记，吴延瑞、单士英为特别支部干事会干事。团临涣特别支部直属团徐州地方执行委员会领导。

1925 年 8 月，中共临涣支部书记徐风笑来到临涣区所辖的前营孜村找到中共百善小组组长赵西凡，两人就开展农民运动问题进行研究。徐风笑和赵西凡认为，前营孜离百善较近，要把这一带的农民动员起来，开展农民运动，首先建立村级农民协会。事后，徐风笑、赵西凡和共产党员陈文甫、陈钦盘等一起到这一带各个村庄同农民交朋友，向农民宣传参加农会的好处，并向他们讲革命道理，指出地主豪绅的剥削压迫，是农民受苦的根源，启发广大农民的思想觉悟。

1925 年秋，百善区各村都建立了农民协会，农民纷纷要求入会，全区会员达 2000 多人。之后，在中共临涣支部的领导下，以国民党百善区分部的名义，在各村建立农民协会的基础上，成立百善区农民协会，国民党百善区分部书记任委员长，赵西凡任副委员长，陈文甫为秘书。百善区农民协会下辖胡楼农民协会、前营孜农民协会、后营孜农民协会、后李家农民协会、百善集农民协会、大朱家农民协会、满乡农民协会、马乡农民协会、王桥农民协会、五铺农民协会，各农民协会的负责人分别是陈钦盘、赵建五、赵元杰、陈望坡、黄瑞甫、朱克敏、满时强、马广才、侯西朋、赵立人。

1925 年 10 月，在中共北方区委书记李大钊的指导下，以王若飞为书记的中共豫陕区委成立。中共豫陕区委负责领导河南、陕西两省党的工作。11 月，中共徐州特别支部划归中共豫陕区委领导，团临涣特别支部划归团豫陕区委直接领导。12 月，中共豫陕区委调朱务平到河南省开展党的工作。

1926 年 12 月，国民党安徽省临时党部在安庆邓家坡成立。

光明甫、周松圃、朱蕴山为常务委员，沈子修、黄梦飞、薛卓汉、史恕卿、周范文、常恒芳为执行委员，柯庆施为秘书长。其中，朱蕴山、周范文、柯庆施、薛卓汉是中共党员。国民党安徽省临时党部成立以后，以刘孝祐、江善夫、徐风笑、王友石、李一庄、孔禾青等共产党人为核心的国民党宿县县党部，旋即与国民党安徽省临时党部接上关系。后来，在西山会议派的支持下，安徽的国民党右派又在安庆宣家花园13号成立国民党安徽省党部筹备委员会，与国民党安徽省临时党部相对抗，公开反对国共合作。对此，国民党宿县县党部在《安徽通俗教育报》和《皖铎报》上发表通电，反对国民党右派成立的安徽省党部筹备委员会。对西山会议派在安徽的分裂活动，绝大多数安徽省的国民党县党部和安徽省的地方组织都表示了反对。

1926年2月，宿县农民协会成立，张实之任委员长，王东藩、谢箫九、王运同等9人为执行委员。县农民协会下辖宿县临涣区、南关区、百善区等地的农民协会。3月初，临涣区农民协会改选，孙树勋当选为委员长，徐风笑、谢箫九当选为副委员长，刘敬秋、刘之武、孙铁民、张继光、徐从吉、周华南、吴醉松、吴福五、李正明、李宏业、陈允芳、赵雪民等当选为执行委员。临涣区农民协会所属的村级农民协会有：临南农民协会，负责人李逾白；徐楼农民协会，负责人徐从吉、徐从荣；小李家农民协会，负责人李宏业、李志平；五里营孜农民协会，负责人陈允芳；四里庙孜农民协会，负责人金怀新；七闸口农民协会，负责人刘允五、龚志伦；萧楼农民协会，负责人萧有才、任百乾；湖沟涯农民协会，负责人孙万义；童韩农民协会，委员长薛凤楼、副委员长周元领。

临涣区农民协会及其所属各地的农民协会不是按行政区划建

立的，而是在中共临涣党团组织力量所及的地方建立的。所以各地农民协会大小不一，有的不仅跨村、跨集（乡）、跨区，甚至跨县、跨到相邻的河南省。各地农民协会会员少则几十人，多则数千人。临涣区农民协会改选后，为了推进农民运动的发展和震慑地主豪绅的反抗，还组建了一支农民自卫队。臂戴红袖章的自卫队员除携带大刀、长矛、红缨枪外，部分自卫队员还配发了枪支。

1926 年 3 月上旬，在中共豫陕区委书记王若飞的建议下，区委派朱务平返回临涣负责皖北、豫东等地党的工作。3 月中旬，朱务平把中国共产主义青年团临涣特别支部已达转党年龄的团员转为中共党员，临涣的党员增加到 12 人。朱务平又来到南京见到了中共南京地委宣传委员吴亚鲁，向吴亚鲁介绍了他从徐州调到河南后在陇海、京汉铁路干线开展工运和在信阳、开封等地开展农运的情况。吴亚鲁也向朱务平介绍了他在河南郑州开展党的工作及他同王若飞等人一起领导豫丰纱厂 5000 多名工人罢工的情况。朱务平还向吴亚鲁介绍了他从河南回到家乡宿县临涣开展工作的情况，向吴亚鲁提出了组建中共临涣特别支部的请求。在吴亚鲁的支持下，经中共南京地委批准，在宿县临涣建立中共临涣特别支部，朱务平为书记，徐风笑、刘之武、谢箫九为委员。中共临涣特别支部直属中共南京地委领导。

1926 年 3 月下旬，中共临涣特别支部书记朱务平召开了由徐风笑、刘之武、谢箫九参加的支部会议，研究组织和领导临涣各业工人开展工人运动的问题。此后，徐风笑和朱务平一起又召开罗行工会、石工工会、力行工会、挑水工会、理发工会、洋车夫工会以及木、泥、画、油四业联合工会等工会负责人开会，正式组织成立了临涣工人联合会，理发工人、中共党员陈朝珠被推

211

举为委员长。接着，临涣商民协会也建立起来。在朱务平、徐风笑的领导下，临涣工人联合会和商民协会组织各业工人开展了要求增加工资、改善待遇的斗争。为培养和教育广大工人和青年，中共临涣特别支部又创办了临涣工读社，由刘照吉、刘金山负责。4月下旬，中共临涣特别支部又成立了儿童团，吴醉松任团长。徐风笑和朱务平还亲自在临涣工读社举办的夜学班里向贫苦工农群众和儿童团员讲革命道理，使他们接受革命思想的教育。

1926年4月，中共中央决定将安徽的地方组织归中共上海区执行委员会（又称江浙区执委）领导。4月底的一天晚上，朱务平来到临涣县立第二高等小学找到徐风笑。徐风笑首先向朱务平谈了最近一个月来在临涣开展工人运动的具体情况，并谈了自己工作上的不足。朱务平说："前几天，我接到亚鲁的来信，要我写一份关于宿县政治、社会情形的报告给上海区执行委员会。现在，这份报告我写好了，打算寄给亚鲁，请他转交给上海区执委。在没寄之前，风笑，我想叫你看看，给这个报告提提意见。"朱务平说着，随手把这个报告掏了出来。徐风笑双手接过来，凑到灯前打开一看：

呈胡先生鉴：

1. 当地形势与人口

A. 所报告地域的范围，限宿县西、永城南、涡阳和蒙城北，以临涣为中心。交通方面，有汽车自宿经永城达亳州。自宿到涡阳的大道经过临涣，自临涣帆船可到固镇桥。本地虽在浍河流域，大半土地很瘦，因浍水入淮，两河都淤塞，夏间天雨几日，则田园皆为泽国，大秋一概淹没，稍旱田苗即死（因黏土），农民常有乞食于淮南。终日有土匪绑票之事，兵灾之最甚者，莫如去年苏军和安武军住亳州打孙殿英。

B.人口方面。村落之距离，都是一里多或二里，每村有二、三十户至七、八十户不等，每户有人口四、五人至十人以上，因土地不肥，人口也不算密，也不算十分的疏。

2.政治的情形

A.政情方面。就宿而论，政权仍操倪系之手（如丁冠军、晋恒履、张凤楼……），尚有三、五恶绅，也时时争地方的政权。

B.政治与经济之关系。民国以来，绅士们假保卫地方之美名，成立警备队和保卫团，都是农民担任发饷，又兼直现在应酬军阀及纳税……每亩地须出钱七、八百至一千文。

C.军阀对于农民尚没有什么压迫，也因农民现在没有反抗，表面上还安静，实际农人也都咬牙切齿。

3.社会各阶级及团体

A．法定团体。（1）全宿县各镇乡都有农会之组织，实际是空的，绅士为扩充势力起见，所以他们把持着，不让他人染指。（2）全宿各镇乡不完全都有商会之组织，就有组织不过仅有其名，也被绅士占据。（3）全宿教育会，也不完全都有组织，就是有组织的，不是恶绅占，就是混蛋人把持。（4）全宿各镇乡团防局为政治的机关，也是农民最痛恨的恶所。

B．自由结合的团体。（1）农民协会，全宿组织有三十多处，县农民协会已成立。（2）全宿现正进行组织小学教职员联合会；学生会自民国十二年被马联甲摧残，现在还未正式恢复。（3）国民党党员有一百六十人，都是左倾的，自国民党改组以后，县党部已正式成立。（4）还有其他青年团体，如群化团、青年社，又有偏僻地将要组织起来的红枪会，现在刚刚到皖境。

4.农民阶级

本地农民没有组织，现在偶有地方红枪会之组织。至农民阶级分述如下：

（1）大地主很少，有田千亩以上者，至多不过有千分之二，有田五百亩以上者，有百分之三，有田二百亩以上者，有百分之六七。以上大约百分之九强是地主（指千亩以上）或地主兼自耕农（指五百亩至二百亩）。

（2）十亩以上至百亩，都是自耕农或兼佃户（指不到百亩），大约占百分之八十左右。至不足十亩或纯粹无产者，至多不过占百分之十，这都是雇农。

以上是地主阶级大略分述。

5.工人

此地除烈山煤矿工人万余，算是没有工人。至木、泥、石、油、铁、陶等工人，同时都是十亩左右的农人，这些人都是加入农民中的，也没确数。

6.学校

甲.中等学校有三个，一个是教会办的。

乙.高级小学有九个，一个是教会办的。

丙.初级小学有百个。

以上各种学校学生数目不知若干。

7.军警

一、宿城住苏军一旅多，警备队三营，前属地方性，现在改归苏军指挥调遣。

二、全宿各镇乡都有团防，大约有八、九百名属地方性的。

三、宿城内警察五十多名。

8.以上是宿县及宿以西的情形。

肃以祝

努力！

朱务平

四月二十六日

　　徐风笑读完报告，对朱务平说："务平，这个报告是你通过调查写的，我看这个报告对咱临涣特别支部的建设和开展工农运动能起到重要作用，上海区执行委员会有了这个报告，会更好地指导咱们的工作。刚才你叫我看看报告，提提意见，我想没法提，因为对这方面情况了解不多。"朱务平听徐风笑这么一说，嘿嘿地笑了。

　　徐风笑对朱务平说："务平，关于这个报告有个疑问，我可以提吗？""当然可以提！"朱务平说。徐风笑说："这个报告你不是说写给上海区执委的吗，怎么在这里变成是写给胡先生了呢？那胡先生是谁呢？"朱务平认真地对徐风笑说："1925年8月21日，中共上海地方执行委员会改建为中共上海区执行委员会，重新领导中共在江浙沪地区的工作。8月29日，中共上海区执委为了便于工作发出枢字第二号通告。通告对区委和各部的专名作了说明，上海区执委称胡枢蔚，组织部称胡祖琦，宣传部称胡显全，工农部称胡光龙，妇女部称胡辅虞、胡福部。报告里的胡先生就是胡枢蔚，胡的谐音是沪，沪是上海的简称，枢的右半边是区，故取其右半边，蔚是委的谐音字。胡枢蔚也就是上海区执委。至于胡先生，是我在报告里有意这么写的。"徐风笑笑着对朱务平

215

说:"务平,听你这么一说,我心里全明白了。"

朱务平和徐风笑谈了半夜,很是高兴。朱务平和徐风笑两个人又喝着临涣集的六安棒茶商量了下一步的工作,徐风笑建议朱务平最近召开一次临涣特别支部会议,研究研究当前的农民运动问题。朱务平对此建议很赞成。

1926年4月底,朱务平主持召开了中共临涣特别支部会议,徐风笑在会上提出了工作建议,他说:目前在咱宿县,中共临涣特别支部、团宿县特支、国民党宿县县党部和宿县农民协会都已建立,开展国民革命运动的各种条件已基本成熟。现在我们的工作中心就是要把广大农民动员起来,全面开展以反对地主阶级和贪官污吏、土豪劣绅为主的农民运动。通过研究,通过了徐风笑提出的工作建议。中共临涣特别支部还提出"打倒土豪劣绅!""加入农协会,才能不受罪"的口号。

1926年4月,全国人民为"三一八惨案"愤怒声讨段祺瑞。4月9日,驻北京的国民军第一军鹿钟麟部驱逐了段祺瑞,推倒了北洋军阀执政府。4月15日,奉直联军进入北京猛攻鹿钟麟部,致使国民军撤离北京,败退南口。在这局势恶化的情况下,驻扎在安徽省的原安武军统领、封建军阀王普在安徽强征暴敛、大肆搜刮民财,而宿县的县长和豪绅就是他的帮凶。在宿县,县里强迫农民种植鸦片,借以收烟捐款为名在全县收税,以实现他们搜刮民财的目的。

1926年5月初,县里为了尽早征收烟捐款,就把征收的款数分配到全县16个区的团防局。临涣团防局为了完成县里分配的任务,首先对临涣区种植的鸦片烟苗的地亩总数进行统计,再算出平均每亩应收取的款数,然后到全区进行征收。临涣团防局派人在统计烟苗地亩时，同地主、土豪、劣绅相勾结，并收受他们的贿赂，使地主、土豪、劣绅实际种植的烟苗亩数大幅减少，绝大部分烟捐款都转嫁到农民身上，引起广大农民的强烈不满。

针对这一情况，朱务平同徐风笑一起主持召开了中共临涣特别支部会议，决定从维护广大农民的切身利益出发，由临涣区农民协会出面，组织广大农民开展抗烟捐斗争。在徐风笑的建议下，临涣区农民协会委员长孙树勋主持召开了由副委员长谢箫九，执行委员刘敬秋、孙铁民、张继光、李宏业、徐从吉、吴醉松等参加的会议。会议决定，组织全区的农协会员深入群众揭露临涣团防局派人在统计烟苗地亩时收取贿赂、欺上瞒下、弄虚作假坑害农民的事实真相，鼓动广大农民共同起来同团防局斗争。

通过临涣区农民协会的组织宣传，数千名群众来到临涣团防局大门前举行集会，强烈要求由临涣区农民协会重新统计烟苗亩数。在强大的群众压力下，临涣团防局被迫答应由临涣区农民协会负责对烟苗亩数重新调查登记。复查结果是，地主、土豪、劣绅实际种烟苗的亩数大幅度增加，农民实际分摊的烟捐款比按原来统计应分摊的烟捐款减少三分之二，大大减轻了农民的负担。这次抗烟捐斗争的胜利，使临涣区农民协会的威信大为提高，有力地促进了宿县农民运动的开展。

1926 年 5 月下旬，朱务平、徐风笑在临涣城隍庙主持召开了由共产党员、共青团员、国民党员、临涣区农民协会执行委员参加的联席会议。会上，徐风笑发表演讲，揭露封建地主、土豪、劣绅和贪官污吏的罪行，提出了组织农协会员同他们作斗争的建议。通过讨论和研究，决定开展同临涣区地主阶级的代表人物袁三作斗争。

1926年6月初，徐风笑亲自组织和率领临涣区的800多名农协会会员，在临涣区农民自卫军的保护下，强行收割了封建大地主袁三的几百亩小麦，接着又把收割的小麦打好分给了农民。这次斗争，在政治上打击了地主，在经济上农民获得了利益，更进一步推动了临涣区农民运动的高涨。

1926年7月7日，中共上海区执行委员会把中共临涣特别支部改建为中共临涣独立支部（临涣独立支部又称宿县独立支部），朱务平为独立支部主任，徐风笑为委员。中共临涣独立支部负责领导宿县全县的党组织开展国民革命运动。

1926年7月，中共上海区执行委员会已有南京、杭州、宁波、绍兴4个地方执行委员会和上海、嘉兴、枫泾、上虞、余姚、温州、金华、苏州、无锡、南通、丹阳、徐州、临涣（宿县）、滁州、蚌埠15个独立支部。

为了加快党的支部建设步伐，中共上海区执行委员会于1926年7月15日作出决定，要求无锡、苏州、徐州、临涣（宿县）、温州5个独立支部在最短期内成立地方执行委员会。为了贯彻执行这一决定，中共临涣独立支部主任朱务平接到通知后，立即主持召开了由徐风笑、刘之武、谢箫九、孙铁民参加的独立支部会议。会议讨论了加强中共临涣独立支部建设的问题，并提出在短期内加快发展党员的速度及组建新的党组织的要求，从而为尽快组建中共宿县地方执行委员会做充分准备。大家还集体学习了《向导》《热血日报》等报刊上刊登的有关文章。

1926年7月下旬，朱务平主持召开了一次中共临涣独立支部会议，徐风笑参加了会议。朱务平介绍了国民革命军出师北伐的有关情况。朱务平说："中国国民党中央执行委员会于1926年

7月4日发表了《为国民革命军出师北伐宣言》。7月9日，北伐在'打倒列强，除军阀'的雄壮口号中正式开始。北伐的目的是推翻帝国主义支持的北洋军阀的反动统治，实现中华民族的独立、自由、民主和统一。这是孙中山先生多年的愿望，也是全国人民的共同要求。"朱务平还宣读了中共上海区执行委员会于7月17日发出的《关于拥护北伐、打倒吴佩孚的宣传运动》的枢字第六十五号通告。与会人员还就通告进行了讨论，一致认为，国民政府北伐的用意在于打倒祸国殃民的封建军阀吴佩孚，应该赞助和督促北伐军，使之成为真正为民族解放而奋斗的军队。

会后，朱务平和徐风笑立即用国民党宿县县党部的名义，给中国国民党中央执行委员会发电报，挽请汪精卫恢复国民政府主席的职务。朱务平和徐风笑又打电报给国民革命军总司令蒋介石，表示拥护和支持北伐军；打电报给冯玉祥，请其所部的西北军继续努力奋斗；打电报给孙传芳，请他不要帮助吴佩孚打北伐军。朱务平和徐风笑又打电报给各大报馆，利用媒体号召全国进步军人加入北伐军，并号召全国人民一致反对英美帝国主义的军舰驶入长江参加中国内战。朱务平和徐风笑还联合宿县各团体发表通电，声援韩国的民族革命，并以国民党宿县县党部的名义发一通告，要求全县国民党党员捐助北伐费。同时，朱务平和徐风笑又给国民党中央执行委员会发一建议函，要求中央党部发一通告，号召国内外的同志捐助北伐费。

朱务平和徐风笑又指示和协助中国共产主义青年团宿县特别支部在宿城以国民党宿县县党部的名义主持召开各界群众大会，支持和拥护国民革命军出师北伐。

为适应国共合作形势的进一步发展，1926年8月5日，国民党宿县县党部在宿城召开全县党员大会，重新改选了县党部的组成人员，朱务平和徐风笑、刘孝祜、谢箫九、李一庄、陈粹吾、王建东、梁宗尧、熊逸仙九人当选为县党部执行委员。在新当选的九名执行委员中，有八人是中共党员。中共党员刘孝祜任县党部书记，朱务平任县党部农民委员，并被县党部指任为县农民协会秘书。改选后的宿县县党部下辖4个正式区党部、21个区分部、10个独立区分部，全县共有国民党员400多人，其中在21个区分部中的国民党员284人。在全县4个正式区党部中，第一区党部在宿城，常务委员和组织、宣传、青年部部长都是共产党员。第二区党部在濉溪镇，常务委员和组织部长是共产党员。第三区党部在临涣，全区国民党员就有104人，其中新发展的党员24人，区党部常务委员和执行委员全部是共产党员。第四区党部在夹沟，常务委员和执行委员全部是国民党员。

1926年8月上旬，中国共产主义青年团宿县独立支部以中共临涣独立支部因在临涣对领导全县的革命运动不便为由要求中共临涣独立支部迁到宿城。朱务平经过请示中共上海区执行委员会后，即到宿城组建了一个由6名党员组成的中共宿城临时支部，以作为开展宿城工作的领导核心。中共宿城临时支部属中共上海区执行委员会和中共临涣独立支部双重领导。朱务平去宿城后，中共临涣独立支部主任由徐风笑代理。

1926年8月中旬，为了支援北伐战争，推动农民运动的发展，中共宿城临时支部书记朱务平以国民党宿县县党部农民委员及宿县农民协会秘书的身份召集中共党员、共青团员和国民党员近80人在宿城文庙开会，中共临涣独立支部代理主任徐风笑参加了会议。朱务平作了关于如何开展农民运动的报告，要求与会人员要积极发展农协会员，扩大农民协会，组织和领导农民同封建势力作斗争。

会后，朱务平就同徐风笑一起来到临涣同谢箫九、孙铁民等组织和发动临北、四里庙孜、五里营孜等村的农协会员约 300 人，砍了封建大地主袁三的 60 多亩小秫秫。朱务平、徐风笑、谢箫九、孙铁民等又组织临涣区浍河南赵庙孜周围各村的农协会员 300 多人，在临涣区农民自卫军的配合下，将袁三的寄庄子赵庄仓库的一百多石粮食分给了贫苦的农民。之后，徐风笑又回到徐楼村同徐从荣、徐从吉一起把雇农发动起来，要求雇主增加工钱，发给草帽、手巾等日用品，并提出"不答应条件就是不出工"的口号。当时正处在秋季大忙时节，雇主被迫答应了全部条件，斗争取得了胜利。

为了广泛开展农民运动，点燃革命的烈火，1926 年 10 月上旬，徐风笑专程到离百善集较近的临涣区前营孜村与中共百善支部书记赵西凡一起研究开展农民运动的问题。徐风笑和赵西凡认为，要把广大农民动员起来，开展轰轰烈烈的农民运动，必须从与广大农民有切身利害关系的问题着手。赵西凡说：现在广大农民缴纳的税较多，农民除必须缴纳正税田赋以外，还要缴纳自治附加、教育附加、保安附加、建设附加和财务附加等名目繁多的苛捐杂税。繁重的赋税，弄得民不聊生，民怨沸腾。更令农民痛恨的是地方团防局，他们在向农民征收赋税时，又从中顺手捞一把。徐风笑听了这些，建议选择百善区团防局局长陈梦周和团防队长寿振岭作为斗争对象展开斗争，赵西凡表示支持。

赵西凡在徐风笑的建议下，主持召开了由陈钦盘、黄瑞甫、满时强、陈文甫、萧亚珍、赵布文参加的中共百善支部会议，会议决定公开同百善团防局的陈梦周、寿振岭作斗争。在中共党员陈文甫、陈钦盘、萧亚珍等人的组织下，在百善集召开了有1000多名农协会员参加的誓师大会，临涣、徐楼、铁佛、柳孜、五铺、叶刘湖等地的农协会员也赶来参加。陈文甫、萧亚珍先后发表演讲，揭露封建地主、土豪、劣绅和贪官污吏的罪行，提出了"打倒陈猛兽（陈梦周）！打倒瘦狗岭（寿振岭）！打倒贪官污吏！取消苛捐杂税！"等口号。

陈文甫、萧亚珍、陈钦盘等以百善区农民协会的名义又与百善团防局的陈梦周、寿振岭进行了所收税款的清算斗争，他们不仅追回了陈梦周、寿振岭贪污的税款，而且狠杀了地方当权者团防局的威风，大大提高了广大农民参加农民运动的积极性，真正做到了"一切权力归农会"，在宿县地区造成一个空前的农村大革命的局面。在中共临涣独立支部的领导下，宿县的南关集、北关、夹沟、顺河集、古饶、大五柳、蔡桥、东二铺等地的农民运动也普遍开展起来。

1926年10月中旬，徐风笑主持召开了中共临涣独立支部会议。会上，刚从河南回到临涣的中共宿城临时支部书记朱务平介绍了他去徐州、河南的一些情况。

朱务平说，9月上旬，我先到徐州，找到中共徐州独立支部书记贾绿云（布烈），商谈如何协同支援北伐军问题。经过商谈，一致认为徐州和宿县的党组织以前曾一度属中共豫陕区委领导，情况比较熟悉，如果能联合起来，会形成一个合力。因此，中共徐州独立支部决定派负责军事工作的张淦清同我一道去河南，与中共豫陕区委商谈联合支援北伐军的问题。我和张淦清到河南找到了豫陕区委。9月18日，中共豫陕区委主持召开了河南省红枪会代表联席会议，我和张淦清应邀参加了这次会议。会议研究了豫、皖、苏、鲁、冀五省的农民自卫军、红枪会的大联合问题，决定中共豫陕区委负责豫陕区和冀南的红枪会的联系，中共徐州独立支部负责与苏北、鲁南的红枪会的联系，中共临涣独立支部负责与皖北的宿县、泗县、灵璧、五河、怀远、涡阳、蒙城和永城等县的红枪会及其他民众武装的联系。在这次会上，中共豫陕区委认为我曾做过工运和红运工作，与豫北和冀南的红枪会比较熟悉，所以豫陕区委要求我暂时留下来协助豫陕区委做好与豫北和冀南红枪会的联系工作，当时我答应了豫陕区委的要求。

关于河南的农运，朱务平介绍说：广东、湖南、湖北、江西、江苏、安徽等省的农运，其主要组织形式是组建农民协会。而河南的农运，又称红运，其组织形式是红枪会。红枪会既具有农民协会的政治功能，又具有农民自卫军的武装功能，两个功能合二为一。红枪会成立的时间较早，它是农民自发组织起来的反抗强暴和维护农民利益的武装组织，因红枪会会员多使用红缨枪而盛名。红枪会多分布在河南、河北、陕西、山东、苏北和皖北，尤以河南的红枪会发展最快。因参加红枪会的多系贫苦农民，所以中共豫陕区委即把红枪会作为组建农民协会的另一种形式。过去我在河南做农运工作，实际上就是做红枪会的工作。在这次会议上，中共豫陕区委还经过与我和张淦清协商，决定在徐州召开一次苏、鲁、豫、皖、冀五省的红枪会代表参加的联席会议，研究制定一个支援北伐战争和扰乱封建军阀后方的军事行动计划。会后，张淦清便回到徐州，我就留下来协助豫陕区委到豫北和冀南做红枪会的联系工作，直到前两天才回来。

徐风笑在会上介绍了最近几个月来临涣、百善等地开展农民运动的情况。徐风笑还在会上重点介绍了中共临涣独立支部近几个月来发展党员和组建新的党组织的情况，主要是：

暑假前夕：中共临涣独立支部派王子玉返回家乡泗县负责发展党员和组建党组织；后又派梁昭光返回家乡泗县协助王子玉工作。8月：派王香圃回古饶、赵真民去南坪、吴醉松去时村、祝广敬去白沙、赵立人回西五铺，去发展中共党员及筹建党组织；在中共临涣独立支部指导下，还在涡阳县成立了中共涡阳小组。9月：在陈粹吾指导下，中共南坪小组成立，赵真民任组长；派张华坤、卢化民到韩村小学任教，与在童亭小学任教的谢箫九、王兴基、王村农组成中共童（亭）韩（村）支部，谢箫九任支部书记，支部下辖韩村、童亭两个小组，卢化民、王兴基分别担任两个党小组的组长。10月：王香圃发展赵含宏、赵培元、赵俊英等加入中国共产党，建立中共古饶小组，王香圃任组长。

1926年10月19日，朱务平写报告给中共上海区执行委员会，汇报了中共临涣独立支部成立的经过和工作情况，同时还汇报了国民党宿县县党部及宿县的农民、工人、教育、妇女、政治等方面的情况，恳请中共上海区执行委员会按报告情况对中共临涣独立支部的工作进行切实的指导。

1926年10月下旬，中共上海区执行委员会决定把中共临涣独立支部（也称"宿县独立支部"）从临涣迁到宿城，朱务平为独立支部主任，徐风笑为独立支部委员并接替刘孝祜兼任国民党宿县县党部中共党团书记。随后，中国国民党宿县县党部在宿城主持召开全县党员代表大会，改选县党部，徐风笑、朱务平、李一庄、李众华、杨梓宜等当选为县党部执行委员，徐风笑当选为县党部书记。从此，徐风笑便离开临涣来到宿城，踏上了他革命道路的新征程。

第九章
临涣古城会抗日战友

1936 年，闰三月，农历四月中旬初，淮北平原上的小麦就黄了。黎明时分，一阵阵微风带着清新的香味轻轻地从麦穗头上吹过。麦秆子柔和地摆动起来，沉甸甸的麦穗无声地摇曳着，像是在向镰刀求爱。随着晨光的来临，麦地里呈现一片青光。这青光越来越白了，像一层乳白色的薄纱在麦芒上轻轻地荡漾着。成群的小小虫，欢快地叽叽喳喳叫着，飞过这薄纱，从麦地里飞过。太阳升起来了，这白色的薄纱变成了红色；微微的轻风，如婴儿的鼻息，从浍河岸边继续吹来，那薄纱飘散了，金色的阳光普照在麦地里，就像大海一样泛起一片金光，涌起无边无际的麦浪。

1936 年 6 月 1 日早上 7 点多，徐风笑手里拿着一本杂志，是莫斯科出版的《国际新闻通讯》。他看着这本杂志上刊登的《为抗日救国告全体同胞书》，在屋里走来走去，他的心情像浍河里的波浪奔腾汹涌。看着，看着，他心里渐渐平静下来，仔细考虑着组织、宣传和动员广大群众起来共同抗日的问题。一想到刘之武、赵西凡、陈文甫他们，徐风笑的心情就安定下来。他在织布房里正沉浸在《为抗日救国告全体同胞书》中，一阵"砰……砰……砰"的敲门声，把他从思考中惊醒。他走到门后头，问："谁?""是我。"徐风笑一听是他叔徐从吉的声音，开门一看，他叔带着一个小青年正在门口站着。徐从吉指着那位小青年对徐风笑说："风笑，这是咱本院的徐六，在临浍集茶馆当伙计，他有事对你说。"徐六跟着徐风笑走进织布房里，把嘴凑到徐风笑的耳朵上嘀咕了几句，就走了。

徐风笑本来坐在屋里一边读文章一边思考问题，现在突然兴冲冲地走出织布房。他那微笑的面孔，显得格外的精神。他是被一种极其高兴的事所鼓舞着。他来到东院瞅了瞅，看到女儿在院子里踢瓦玩，邵恩贤则抱着英特尔坐在堂屋门旁同婆婆拉呱儿、说笑。徐风笑走到他娘跟前说："俺娘，我赶临浍集去。"

他娘问："啥时候回来?"

"傍晚回来。"徐风笑答应着。

"你赶临浍集有啥事吗?"邵恩贤问。

"是有事。对了，你记住晌午头里到骑路王家街上买点菜、割几斤肉，另外多打点酒，黑来饭准备得丰盛一点……"徐风笑小声说。

"晚上来客吗?"邵恩贤低声问。

徐风笑转头看看西屋，见他大正在给几个病人看病，轻声说："到时候你就会知道的，叫你也喝两盅。"

邵恩贤听徐风笑这么一说，脸一红，会心地笑了。

徐风笑走后，邵恩贤把英特尔交给她婆婆，挎起篮子抬身找

226

陈良去了。

邵恩贤来到她叔家的院子里，看到陈良正在屋当门低头纳鞋底，并没有注意到她的到来，于是她就大声地说："哎呀，毛玲娘，你过日子的心劲咋这么大呀！"

陈良抬头一看，原来是大嫂子来了。她急忙站起来说："你看，这地里的麦都黄芒了，我趁着头麦得闲，给俺大做双鞋。"

邵恩贤说："毛玲娘，你要是不得闲就算了。"

陈良听话音，知道大嫂子来找她有事，于是高兴地说："这做鞋又不是什么当紧的事，一早一晚的都能做。大嫂子来一定有啥事吧？"

"其实也没啥大事，我想叫你跟我一路赶集去。"邵恩贤说。

"走，我跟你一起去！到集上散散心。"陈良说着把鞋底放在鞋筐子里，走到桌前照了照镜子，用手简单地捋了一下头发，就同邵恩贤一起说说笑笑地赶集去了……

徐风笑出了徐楼，不是直接朝临涣集方向走，而是拐个弯走上常沟大堤，想在大堤上吹吹凉风。他顺着堤上的小路，走上土台子，站在高处，转过脸来，把两只手插在腰里，顺着河流向上一望，从西北方向曲曲流下这条明亮的河水，河水越是流近了，波浪越是明显，滚滚流到石桥的脚下，涌起一堆堆雪白的浪花，又慢慢隐没在深蓝色的漩涡里。徐风笑看到这些，那一股股的浪花仿佛流进了他的胸中，又像一股股波涛流滚在心头。他不禁伸起胳膊，对着河流大喊一声："好！我徐风笑要动员广大群众起来共同抗日了！"

他猛醒了一下，觉得说漏嘴了，回过头来向左右看了看，见没有人，才放下心来。他又想到今后还要建立一支抗日队伍的事，那是一件抗日救国的大事，就像这常沟里的水一样，经过了多少湾滩曲折，遇到了多少阻碍，可是一旦冲出浍河便一泻千里，从此便所向无敌了。徐风笑想到这里，不禁热血沸腾，他挽起袖子继续朝南走去。太阳在天空中高高照着，蓝蓝的天上没有一丝云彩。徐风笑下了堤坡，走上去临涣集的路时，恍恍惚惚像驾云一样，血还在身上激荡地流着，头上热烘烘的。

徐风笑离开徐楼，在通往临涣的路上，他一边走着，一边想着过去的事情，不知不觉地来到临涣城东周庄南地。他紧走了几步，来到周庄西南角的一座古墓旁。他看到墓前立着一块石碑，上刻"蹇叔墓"三字。蹇叔，著名政治家、军事家，春秋时期宋国铚邑鸣鹿村人，也就是现在的临涣集人。蹇叔是百里奚推荐给秦穆公的，曾任秦国右相，辅佐秦穆公成为春秋五霸之一。徐风笑想到这，不禁又想起清人邵心恒写的《蹇叔送师》的诗来：

竟决东征计，孤臣泪暗垂。
庙谟三戍误，风雨二陵悲。
素服迟君悟，青眸谢友知。
即今寻墓木，古铚剩残碑。

徐风笑离开蹇叔墓，走了一里多路，便来到临涣土城东门，见石门横额写着"蹇叔故里"四个大字。

临涣土城环临涣集一周，整个城墙近于正方形，东西长1409米，南北宽1394米，周长5606米，占地196万多平方米。城墙基部宽约40米，上宽5至8米，高7至15米。南北城墙没有烽火台遗址，东西城墙上有烽火台遗址，西城墙有6个烽火台，东城墙有 3 个烽火台，台距约 100 米，台长 35 米至 50 米，台宽 15 米至 30 米，台高出城墙 5 米。土城有东、西、南、北 4 个门，南门又叫正阳门。土城外南面有浍河，西面有壕沟，北面和东面有长 4200 米、宽 19 米、深 4 米的护城河朝南直通浍河。临涣土城始建于东周春秋时代，汉代进行第二次覆盖构筑。土城属夯土构筑。第一次构筑，基部为生土，上部为黄土拌砂礓，无杂物，宽 20 米至 25 米，高 5 至 8 米。第二次构筑加高 5 米至 7 米，拓宽 10 米至 15 米。底层为黄土和黑土，上层为五花杂土。两次构筑夯层都是 10 厘米左右，夯窝直径为 11 厘米。

临涣土城又叫铚城。民间有《铚城夜转亳州》的传说。相传，秦二世胡亥拨数万两白银，调来建筑名师，征集数万民工，在铚建一座高 1 丈 2 尺、宽 8 尺、周长 12 里的砖石结构城墙，巍峨壮观。城的东、西、南、北四个城门之上各建楼阁一座，精巧别致。南城门，人称南阁，面临浍河，河水清澈碧绿，河岸树木葱茏，景色十分秀丽。玉皇大帝常来这里观赏胜景，久而久之，南阁成了玉皇行宫，因此南阁又被称作玉皇阁。一天，斩将封神的姜太公（姜子牙）路经此处，也被这里的美景所吸引，于是便在南阁顶建一座神庙，称"阁上阁，庙上庙"，常居于此。玉皇大帝知道后，十分不悦，决定派天神把此城转移别处，不让姜子牙欣赏。一天夜里，风滚滚，雾腾腾，一声巨响，天门大开，只见祥光道道，瑞云飘飘，无数金甲天神冲出天门，来到铚城。一阵震耳欲聋的吆喝，天旋地转，顷刻间，城墙拔地而起，飘忽而去，旋即降落于亳州。与此同时，亳州的土城也被金甲天神用同样的威力摄来铚城。当时，姜子牙正在南阁庙上庙里熟睡，天神不敢贸然冲犯，便留此一阁。故而亳州城东、北、西三门阁楼都有，唯独没有南阁。因此，临涣只有一座土城，至今还完好地保存着。

徐风笑站在东城门外看着巍峨的临涣土城，想着这古老的神话传说，又想起清人朱大成描写临涣的《浍滨述古》的诗来：

> 千年传胜地，五色丽春波。
> 浍藻犹如此，文章意若何。
> 嵇山斜照冷，藕墅碧云多。
> 学采谁人事，迎风发浩歌。

徐风笑跨进临涣土城的东门，沿着一条小路朝临涣集走去，他一边走，一边想，一边高兴地看。

临涣，在春秋战国时期为宋国的铚邑。战国时代，宋国亡于齐国，后沦为楚国的版图，但临涣仍为铚邑。秦统一中国后，划全国为40郡，临涣设铚县，属治所在相城的泗水郡所辖。西汉时，临涣仍为铚县，属沛郡所辖。东汉时，临涣仍设铚县，属于沛国所辖。三国时期，铚县属于魏置的谯郡，后来魏又增设汝阳（阜阳）郡，铚县又改属汝阳郡所辖。西晋和东晋时期，临涣仍设铚县，属谯郡所辖。南北朝时期的刘宋前期废掉铚县。刘宋后期和南齐时期，临涣为北魏占领，后来又为南朝梁的版图。南朝梁武帝普通六年（525年），因铚临近涣水（浍河），将铚改名为临涣，并在临涣设立临涣郡，下辖临北县、白禅县、丹城县、夏邑县四个县。北魏永安二年（529年）六月，北魏又占领临涣，仍保留临涣郡的建制。北齐天保元年(550年)，废掉临涣郡，改为临涣县，属于谯郡所辖。隋朝时，临涣县仍属谯郡所辖。唐朝

武德四年（621 年），临涣县属北谯州所辖。唐贞观十七年（643
年），北谯州被废，临涣县改属亳州所辖。唐元和四年（809 年），
唐宪宗把徐州的符离县和蕲县、亳州的临涣县和泗州的虹县划
出，新置宿州，隶河南道，此时临涣县归宿州所辖。唐朝后期、
五代时期、宋朝、金代和元代初，临涣一直设县，统属宿州所
辖。元世祖至元二年（1265 年），临涣县废掉并入宿州，临涣降
格为一个乡，取名涣阳乡。明朝临涣属凤阳府宿州的一个乡，改
名为临阳乡，下设临涣集、童亭集、燕头集、岳家集、朱蒋沟
集、常沟集、西二铺集、西三铺集、西四铺集、西五铺集、百善
集、柳孜集及界首集 13 个集。清朝前期，临涣仍保留乡的建制，
受辖于宿州。清乾隆五十五年（1790 年），临阳乡改为临涣分州，
属宿州所辖。清宣统三年（1911 年），临涣分州改为临涣镇，下
辖百善乡、孙町乡。1912 年 4 月，宿州改名宿县，临涣镇改为
临涣区，下辖临涣、商东、商西、韩村、百善、临南等 19 个集，
受辖于宿县。

　　临涣集，在夏商时期已是人群聚集的居民点了。周朝时成为
人们物资交换的场所。秦汉时期发展为贸易的集市。隋唐时期形
成了贸易中心，店铺、作坊和摊点散布城内总里程达十几里纵横
交错的八条街面上。宋、元、明、清各代，临涣集为河南、安
徽、江苏三省贸易交往的重要商埠，频繁的贸易带来了不少外埠
商贩、游民在这里开行、开店。其中，山西、山东、河南、湖南
四省的人较多，安徽的五河、固镇人次之，也有陕西、福建、江
苏人。山西和福建人在临涣集还开设会馆。从明朝起，临涣集就
有粮行、棉行、油行、皮行、盐行、牛马行、猪行、羊行、木料
行、石料行、柴草行、红芋行、鸡鸭行、白布行、鱼虾行 15 种

大行和碾坊、油坊、醋坊、染坊、糖坊5种作坊。清朝中期，临涣集的制香业、制烟业、酱菜业、砖瓦业、陶瓷业崛起，产品广销苏北、豫东和安徽北部，对外贸易盛况空前。江西、湖南、湖北和大别山的木材，五河、固镇的大米，泗洪的砂缸，山东的姜、葱、大蒜、柿饼、红枣、榆皮，河南夏邑的松米籽等干货，苏、浙、京、广的杂货和海鲜等源源不断地从浍河船运到临涣集销售，船回去装载着临涣当地和河南的小麦、大豆、花生、芝麻、香、烟叶、陶瓷、回龙水和临涣的包瓜、培乳以及各种酱菜等。每天临涣南阁下和码头桥东泊船百余、木排数十。临涣逢集的日子，集上人山人海，热闹非凡。特别是逢年过节或庙会时，在去临涣集的路上，大闺女、小媳妇、老的、少的、男的、女的从四面八方都朝临涣集赶，就连方圆百里的商贩也起早前来卖南北杂货。在临涣集的街头上小吃铺、卖油茶的摊子、烧饼炉子、羊肉汤锅、包子棚接连不断，买卖很火。

徐风笑走在通往临涣集的小路上想着临涣的建置沿革及临涣集的兴起和发展，心情非常舒畅。在小路上，徐风笑看赶集的人络绎不绝，想起当地人赶集的顺口溜来：

一六三八石弓山，

二四七九逢临涣，

闲了无事赶青町。

这里的"二四七九"是每月临涣逢集的日子。"二"即农历每月的初二、十二和二十二，"四"是初四、十四和二十四，"七"是初七、十七和二十七，"九"是初九、十九和二十九。徐风笑心想，今天是四月十二，临涣逢集，方圆几十里的庄稼人都到这里赶集，现在快到麦季子了，今天的集一定很热闹。可是徐风笑又一想，自 1928 年 9 月调离宿县到今天，已经快 8 年没到临涣集了。他抬头看看太阳，天还早，决定先到临涣集几个地方顺便看看，再去会见老朋友。徐风笑想到这里，不觉来到墙里庙的门前，抬头一看，一副对联映入眼帘：

庙里无僧风扫地，

神前无灯月照明。

徐风笑走进庙里，随便看了看，神像背后墙上有两行诗：

日晶通天下，

月朋震乾坤。

徐风笑走出墙里庙，突然想起当年在临涣集城隍庙里看到的石刻对联：

功无大小赏，贫能作善倍三分。

罪有轻重罚，富而不仁加一等。

临涣集土城内外有城隍庙、东岳庙、墙里庙、关帝庙、大王庙、财神庙（段小庙）、香山庙、四里庙、插花庙、高皇庙、土地庙、火神庙、三关庙、慈云庵、准提庵、南阁、柳阁、三五阁、华阳寺、弘古寺、西尚寺、禅阳寺等"四寺六阁十八庙"，每年各庙都有香火庙会一次。其中，最大的香火庙会要数正月十五的火神庙灯会、二月初二的财神庙（段小庙）会、三月十五的城隍庙会、三月十八的香山庙会、四月初一的东岳庙会、四月十三的关帝庙会、十月十五的南阁庙会。

徐风笑想，明天就是四月十三了，是逢关帝庙会的日子，这几年为了革命没有回家，对逢庙会的情况一无所知，不知现在逢庙会可有啥变化。过去每逢庙会，都带着封建迷信的色彩，各地的善男信女们八方云集，来到庙里烧香拜神，敬送香礼，不少的人家因逢灾遇难、伤残病疾到庙里求签拜神，烧香许愿，祈求赐福免祸；还有的求子心切到庙里献礼拴儿；有的僧、道还俗等还要吹着喇叭、抬着果供祭品和帐、匾到庙中还愿敬神；佛教、道教、基督教还在庙会期间开设讲坛，开展宗教活动。庙会上，卖小吃的、卖杂货的拉着腔地高声叫卖，摊子上围着很多人。打拳卖艺的、玩狮子龙灯的、打腰鼓的、走竹马旱船的、演大头和尚的、推花车的、踩高跷的、抬独杆轿的、赶毛驴的、打花棍的、要猴的、玩马戏的在庙前庙后、大街小巷活动着，热闹极啦！

徐风笑边走边想着临涣集过去逢庙会的情景，一会儿又来到临涣集东头东城墙内的山西会馆门前。徐风笑抬头看了看高悬在门楼上的"山西会馆"四个大字，便走了进去。

这是一座既典雅又肃穆的四合院，6间过道，中间有一间门楼。一进门楼，一条用砖石砌起的甬道直通6间高大庄严的正房，正房的东西两边，各有3间别具风格的厢房，整个建筑，青砖青瓦，雕梁画栋，蔚为大观。院内有两棵古老的翠松和一眼古井。徐风笑来到井旁，见井边有石质井栏，井口石的内侧有3条约1寸多深的勒痕，井水很深，看样子有十几米。在古井的东边，有一块石碑，碑上刻记了晋商在临涣帮助同乡山西洪洞大槐树下的移民发展生产、开展贸易的业绩和晋商在明朝万历三年（1575年）纷纷捐款兴建山西会馆的概况。徐风笑看了碑记，心潮激荡，从内心对山西老家的人深表敬意。

他在山西会馆门口站了一会儿，朝西望了一望，转身朝东走去。徐风笑越过东城墙，顺坡来到了码头桥。他站在码头桥上，手扶石栏，望着滚滚东去的浍河水，思绪万千。

码头桥位于临涣土城东南脚下，是一座横跨浍河南北两岸的五孔石桥。码头桥的桥基等均用条石铺成，是一座大型石拱桥。这座具有民族传统的大桥飞架浍河南北，西与插花庙桥遥遥相望，真可谓是倒影双桥落彩虹了。码头桥建于清咸丰二年（1852年），是临涣集北码头人吴锡伯筹资修建的。

在没建码头桥前，临涣集浍河码头渡口处是一座连舟浮桥，两岸来往十分不便。每到雨季，水势稍大，连舟浮桥全被淹没，两岸人只有靠一条小木船通行。有一年，洪水来袭，水涨浍河两岸，还出现了船翻人亡的事故。临涣集北码头的吴锡伯看到这些，心想，要能在渡口处建一座桥，两岸的行人该多方便呀！于是，他决心要在码头渡口处建一座桥。

吴锡伯，小名侯三，很讲江湖义气，平时广交八方志同道合的朋友。在临涣集，吴锡伯是个光棍人，人送外号"西北侯"，人们都尊称他为"侯爷"。为了在临涣集码头建桥，"侯爷"经常宣传兴建码头桥的好处。一天，他趁在临涣集兰田茶馆品茶之机，向茶客们宣传在码头建桥的事。众茶客正听得入神，突然，临涣集一位名叫王烁的秀才忽地站起来一拱手道："兴建码头桥谈何容易！这不是携泰山一跨北海……"

"请问王先生，此话怎讲?"未等王秀才把话讲完，"侯爷"抢说了一句。

"好说! 实不能也!"王秀才坐回原处，又慢条斯理地说，"请问'侯爷'，你可想到建码头桥工程之浩大，人力财力之广，这些从何而来? 单凭你个人的家产恐怕难垒一座桥腿吧! 哈哈……"

二人你一言，我一语，越说越气，越气越顶，各不相让，最后王秀才站起来指着"侯爷"的小名嘲讽道:"你侯三若能把码头桥建好，请你挖掉我的双眼!"

吴锡伯闻听此言，拍案而起，指着自己的眼睛厉声对王秀才说:"三年内若建不成桥，请你端我的两盏灯!"于是，二人击掌约定。

从此，吴锡伯为争这口气，带领多人，先后到蒙城、涡阳、永城等地募集资金。待建桥材料备齐后，又请来能工巧匠，开始动工兴建码头大桥。经过三年的施工，一座格外壮观的五孔石拱桥在临涣集浍河码头渡口处建成。

码头桥建成后，吴锡伯非常高兴，领着三个弟兄到临涣集找王秀才算账。恰巧他们在临涣集小南门撞见。吴锡伯笑着对王秀才说:"王先生，码头桥已竣工，今特请尊驾光临观顾。"

"鄙人已晓。"王秀才坦然地说。

"那么，三年前咱们打赌的事，王先生不会忘记吧?"吴锡伯问。"君子一言，驷马难追，请便吧!"王秀才伸过头毫不在乎地说。

还没等吴锡伯开口，跟随其后的三个弟兄窜上去就把王秀才扳倒，用铁火筒对准王秀才的右眼用劲一拧，把眼珠子挖了出来。吴锡伯对王秀才说："王先生，你叫我三声干爹，给你留只左眼。"

王秀才一挺胸，用手指着自己的左眼说："侯三，你叫我三声姑父，请你再端掉我这盏灯。"

吴锡伯的三个弟兄听王秀才说这话，又把秀才王烁的左眼珠子用铁火筒拧了出来。

王秀才两只眼睛被挖掉的事被告到省府，吴锡伯被捕坐了大牢。

徐风笑站在码头桥上，想起吴锡伯兴建码头桥的故事，觉着有点可笑。徐风笑在桥上看了会儿桥东桥西来往的船只，又转过脸来朝桥的两头看了一看，见桥的西北角有一口井。井的下方有一冒水的水池分两股流水自然伸展，大股流入浍河，小股流向土城脚下，两股水流蜿蜒曲折，滔滔流淌。徐风笑站在码头桥上再仔细一望，这口井宛如一个从浍河岸边伸出的龙头，两股流水活像从龙头上吐出的二须。徐风笑心中一喜，自言自语地说："这井就是临涣的龙须泉了。"

徐风笑从桥北头沿着斜坡来到井旁，见井是用青石头圈的，成外圆内方形，伸头朝井口一看，一个水桶粗的泉眼直往外喷水，水喷到井下方的小池子里淙淙地流着。

每到冬季，气温下降，泉水喷出，热气升腾，在小池分流的两股流水上蒸汽袅袅，薄雾蒙蒙，站在土城上向下看去，好似两条戏珠的游龙。因此，临涣人又称龙须泉为回龙泉。龙须泉流量稳定，常年保持恒温。清澈透明的泉水，甘甜可口，常喝可延年益寿。徐风笑站在水井旁，不由自主地在龙须泉里洗了手，捧起小池里的泉水喝了起来。

在龙须泉东边北码头的庄东头，浍河的北岸，有一个喷泉，叫珍珠泉。珍珠泉是一个方圆 1.5 米的小池，池内有碗口粗的泉眼，股股伴有金沙的泉水向外喷出，泉水射在小池里，泛起层层波涛，像开锅的沸水，又像颗颗珍珠，在阳光的照射下，闪着金光，美得不得了！故珍珠泉又名金珠泉。珍珠泉一年四季流出的水晶莹发亮，水流发出的声音听着格外悦耳。年年月月，凡是经过这里的渔民、农夫和游人都要俯身畅饮，特别是盛夏酷暑季节，方圆三四里的农民在干活休息时，总要派儿遣女到这里提水痛饮。

徐风笑喝着龙须泉的水，想着这珍珠泉，心里甜滋滋的。

徐风笑离开龙须泉，便沿着浍河朝西走去，他看着浍河的水，想起东汉末年著名文学家、建安七子之一陈琳《为曹洪与魏文帝书》中写临涣的句子："过高唐者，效王豹之讴。游灉涣者，学藻缋之彩，涣水纹成五色，两岸多出才人，水势曲折深秀，堪为画本，易名为缋……"徐风笑边看边想，又来到被人称作是回龙水的一段浍河旁。

这是一段弯曲的河流，浍河的水自西南方向奔来，流到此处打一个漩涡，便掉头朝东南方向奔去。这种奇观，离远看去就像一条回旋蠕动的龙。因此，这段浍河的水，临涣人就叫它回龙水。回龙水的下方有一直径约 9 米的砂礓盘，泉水从砂礓盘中喷出。自古以来，这段河流从未有过淤泥和水草。这里的水表面张力强，用此水倒入杯中能高出杯口少许而不外溢，放一小铜钱而不下沉。用此水烧开沏茶，芬芳清澈，甘美爽口。回龙水水质透明，无色无臭，可饮、可浴。由于回龙水含有对人体有益的多种矿物质，常用此水洗澡，对皮肤病、风湿病有一定的疗效。

徐风笑站在浍河北岸，望着神奇的回龙水，高兴地朗诵起诗人吕永辉到临涣来写的《浍水春声》：

> 横前一带启容光，四序皆春泉脉长。
> 自古源流分灉涣，从来色泽焕文章。
> 剖符调水冬犹暖，泛宅垂纶夏亦凉。
> 两岸蒹葭六桥柳，伊人多在白云乡。

徐风笑在浍河北岸又站了一会儿，他看着眼前的回龙水，又想起了临涣的饮马泉。饮马泉位于临涣集中部偏西的仓沟岸上，此泉是一眼天然的清泉，冒出的泉水流入一小沟，春夏秋冬流淌不止。东汉末年，魏王曹操养兵，在铚屯粮蓄马，挖仓沟，建粮台，使用此泉专门饮马。马喝泉水后，膘肥体壮，疾驰如风。为此，曹操特地给此泉起名饮马泉。

徐风笑看罢回龙水，又顺着浍河河汉继续朝西走去。他越过仓沟爬上了南高台子。南高台子地势高于土城，正北靠土城，东、西、南三面临浍河，中间有一条冲子路把南高台子分成东、西两部分，东边的叫东高台子，西边的叫西高台子。西高台子近于正方形，东西略长，东头建有住房，西头是树林，人称紫禁城。东高台子南北宽 300 米，东西长 250 米，呈三角形，东高台子高于西高台子，是古代观星台遗址。该遗址是新石器时期商周至汉代文化遗存。徐风笑在观星台上见有粗细绳纹、方格纹、网纹等灰红陶片，同时还发现有蚌壳、石斧、鬲、豆的残件以及大量秦砖汉瓦。徐风笑来到观星台的东头，隔着浍河看了看犀牛望月台，又转过脸来朝西南望去。他惊喜地发现，河对面的地形如凤凰，凤凰的头向东凝视着浍河，凤凰的尾向西延伸到周圩孜，凤凰的左翼靠浍河，右翼靠泡河。与南高台子斜对峙的凤凰形状特别清晰，有栩栩欲飞之势。徐风笑心想，浍河的对面就是闻名遐迩的凤凰台了。

徐风笑顺坡下了观星台，便沿着南高台子中间的一条冲子路朝南走去，来到了插花庙桥。此桥因观星台上和浍河南陈彦庄家后冲子上沿各有插花庙一座，故取名插花庙桥。陈彦庄坐落在凤凰台上，它位于石老桥与插花庙桥之间，南临泡河，北靠浍河，东至浍河与泡河交叉的两河口，西接平原陆地，在古代，陈彦庄是铚的南关。陈彦庄东头的三角地带是古铚南大营遗址，该遗址南北宽约500米，东西长约750米，遗址中有条南北向的槽子路。这段槽子路就是插花庙桥与石老桥之间的一段冲子路。插花庙桥始建于明朝嘉靖二十一年（1542年），民国五年（1916年）重修一次。插花庙桥是横跨浍河南北两岸用长条石砌成的石拱桥，这座两边立有石栏的桥是临涣最古老的一座石拱桥，是古代临涣人勤劳智慧的结晶。徐风笑站在桥北头，见桥头路东浍河岸上立有相距约一米的两块大型石碑。碑上刻记了建桥经过和时间，两个碑的两边都刻有对联：

> 河如横带咏白露，分州两水夹明镜。
> 庙是插花看青天，倒影双桥落彩虹。

插花庙桥，人称二百（碑）零五孔桥。这里的"二百"是指立在桥头上刻写对联的"两块石碑"，插花庙桥本身是一座5孔石拱桥，称它是"二碑零五孔桥"也理所当然。可是，没去过这座桥的人听起来误认为是"二百零五孔桥"，有205孔，一定是一座很长的大桥。后来，临涣的"二百（碑）零五孔桥"不胫而走，从各地前来参观的游人络绎不绝。徐风笑漫步在插花庙桥上，欣赏着桥两侧的浍河美景，忆起著名文学家苏辙游临涣时所写的诗来：

春阳被原野，滩涣含流斯。

未复桃李色，稍增松桂姿。

徐风笑信步来到桥南头的冲子路上。这段冲子路深2至6米，是临涣集朝南通行的必经之路。在冲子路两边的陡坡上有1至2米厚的古代建筑文化层。这些暴露在外的烂砖碎瓦看着特别明显，个别地方还露出绳纹瓦片、灰陶、黑白瓷片和房屋基砖。徐风笑在路边拾了块灰色布纹瓦片，仔细看了看这随处可见的古代文物，便沿着冲子路朝南走去。

一会儿，他来到了石老桥。石老桥比插花庙桥晚建83年，建于明朝天启五年(1625年)，桥全长30米，宽3米，高4.5米，为六墩五孔、石礅、木梁、条石面的方孔桥。石老桥位于插花庙桥的南面，桥南北横跨泡河的古渡处。在桥的南头路东有一男一女高1.2米和1米的两尊石雕像，临涣人称"石老爷""石奶奶"。由于这两尊石雕像的缘故，所以人们习惯称这座桥为石老桥。徐风笑站在石老桥的北头，见桥头路东泡河岸上也立有相距大约1米的两块大型石碑。碑上刻记了建桥的概况和建桥的时间，两块石碑的两边也刻有楹联：

> 河如钳口咏白露，分州两水夹明镜。
> 冲是钳齿看青天，倒影双桥落彩虹。

徐风笑心想，这两副楹联明显是根据泡河的地理环境，模仿插花庙桥上的石碑对联所作。徐风笑读罢楹联便来到石老桥的南头，见桥的南头路东有两尊石雕像，一男一女，并肩而坐。石像镌刻精细，栩栩如生。徐风笑仔细一看，两雕像面向西北方向凝视，显得庄严肃穆。这两尊石雕像就是石老爷和石奶奶。

相传，石老爷和石奶奶原是河南商丘一带的两尊石像，因歉年粮食失收，香火断绝，一天夜里，两尊石像化成人形往东南而去。当来到临涣的泡河边时，天近拂晓，他们见此地人烟稠密，便决定天亮前找个合适地方停下来。行走间，正巧碰见陈彦庄的农民陈产赶着牲口去犁地。石老爷便问他："老乡，天到啥时候了？"

"天快亮了。"陈产答。

"天明我能到哪里？"石老爷又问。

"你到泡河的桥南头天就该明了。"陈产又答。

说罢，石老爷和石奶奶继续赶路。等走到桥南头，他们就坐下了，石老爷石奶奶又化为石雕。

后来传说，泡河南边有一青年，名叫常思富，家境贫寒，靠打柴为生，他经常到临涣集卖柴，来往常在石老爷、石奶奶石像前休息。他每次上集卖柴所买吃的东西都对石老爷、石奶奶上供。一天，常思富卖柴回来，天色已晚，走到石老桥，顿感精疲力尽，就来到桥南头坐在石老爷、石奶奶前休息。一会儿，常思富就进入梦乡。忽听石老爷对他和颜悦色地说道："常思富，你整日砍柴卖柴，甚是辛苦，以后你就不要卖柴了，你发财的机会到了。四月初一，东岳庙逢会，天宫将有两位仙女下凡，来赶庙会，享受民间香火，夜间子时路过石桥。一位身穿金装的，如果你把她打倒，可得黄金万两；另一个身穿银装的，如果你把她抱住，可得白银万两。这事无论是谁问及，都不可泄露天机。"说罢，石老爷飘然而去。等常思富醒来，方知是南柯一梦，可他想起梦中石老爷所说，又欣喜万分。东岳庙会前的晚上，常思富就拿起挑柴的扁担，藏于桥旁，拭目以待。约二更以后，果然由南向北飘飘然走来一秀丽的黄衣女子，浑身上下金光四射，犹如彩霞。常思富一见，忙从桥旁猛然跃出，上前举起扁担就打，黄衣女子急闪一旁，喝道："这位大哥，咱素不相识，你为何拦路伤人？"常思富说："因打倒你，我可得黄金万两。"黄衣女子微微笑道："你看错了，后边来的才是你所想的呢！"常思富一听这话，一愣神，刹那间，黄衣女子无影无踪。常思富想：上当了！不大会儿，果见一白衣女子，冉冉而来。常思富想：这回再也不能轻易放过她了。于是他猛地跃过去把白衣女子抱住。白衣女子怒道："你这大哥，咱无冤无仇，你为何欲害奴家？"常思富说："抱住你可得白银万两。"白衣女子听了哈哈一笑："你想发财易如反掌，不过，你得讲实话，我们从这里经过是谁告诉你的？"常思富发财心切，早把石老爷嘱咐的话丢于脑后，就如实地把石老爷说的话说了出来。白衣女子听罢咯咯一笑，手指桥头的石老爷对常思富道："你想发财，往那里看。石老爷头上有颗夜明珠，乃是人间珍宝，价值连城，你若得到，保你一辈子荣华富贵。"常思富往石老爷头上望去，果见石老爷头上一颗夜明珠闪闪发光，照得河水霞光万道、瑞彩千条。常思富转念一想，松手放了白衣女子。眨眼间，白衣女子飘然而去。常思富听信白衣女子所言，忙回家拿一锤一凿来到石老爷跟前，不容分说，下劲地朝石老爷头上凿起来，每凿一下，火星四溅，响声隆隆。只听一声巨响，一颗碗口大的夜明珠滚到河里，溅起一片白色的浪花。常思富忙下水去摸，摸到天明，也不见宝珠的踪影，只好长叹一声，没精打采地走回家去。

从此，石老爷头上便留下一个窟窿。据说，从这以后，每逢阴天下雨，更深夜静时，方圆几里都能隐隐约约听见石老爷痛苦的呻吟声。后来，凡经过石老桥的太平车，赶车的行人都向石老爷头上抹一些棉油，为石老爷的伤疤止痛解痒，愿石老爷保佑车辆安全过桥。

徐风笑站在石老桥的桥南头，想起石老桥的传说，走到石老爷跟前，用手摸了摸石老爷头上留下的窟窿，顺着石老桥到插花庙桥的一条南北路向临涣集小南门走去。

徐风笑走到小南门，又步行来到丁庄炼铁遗址——一个打铁的地方，铁匠铺一个挨一个。三国时期，著名文学家、思想家、音乐家、竹林七贤之首嵇康曾在这里打铁。

丁庄炼铁遗址南临浍河，东西长 300 米，南北宽 150 米，为一靠河高地。徐风笑站在一旁看一青年手拿铁锤在炉火边"叮叮当"不停地敲打一块火星四溅的铁块。

临涣，周朝时，不仅是人们物资交换的场所，而且是制造农具的作坊聚集地。当时，这里的人们以善打短镰刀而闻名。短镰刀，古时候称"铚"。所以人们就把打短镰刀的地方，称为"铚"。后来，人们在这里一边炼铁，一边制作农具。丁庄炼铁遗址便是周朝的文化遗存。

徐风笑离开丁庄炼铁遗址，来到瞎子市。瞎子市位于临涣集横街小门外，是一条独特的 V 字形小街。徐风笑见有三四十个瞎子坐在这条街的两旁，有的在卖纸牌，有的在给人算命。这些瞎先生身穿青色粗布大褂，肩上搭着一个白布钱褡子，头戴六块瓦的帽垫，帽垫上面别着各种针，绾着不同颜色的线球。

沿瞎子市朝北去，有一个小桥，过了小桥就热闹了。在小桥的北头，有卖浍河大鲤鱼的，有卖糖人泥人的，卖字画代写书信的，卖烟叶的，还有各色各样的地摊，数不清的杂货：木梳、篦子、锥子、剪子、烟杆、烟袋哨、挖耳扒、针、线、头绳子、胭脂、小镜，还有一些别的生活小用品。徐风笑边走边看，穿过熙熙攘攘的人群，来到临涣集中南北街与南东西街交叉口南面的一个广场旁边，这里更加热闹了。那边有卖草药的、卖狗皮膏药的，测字打卦的。这边一个说大鼓书的，面前放一个架子鼓，左手打着剪板，右手拿个鼓条子，拉开架势，眉飞色舞，正说到伍子胥保马娘娘兵困禅阳寺，引起听书的人们不断地喝彩。说书人说的故事就发生在临涣：

话说春秋时期，楚国的楚平王娶了秦哀公的妹妹孟嬴氏，生了一个儿子起名叫轸。由于楚平王和孟嬴氏非常疼爱这个儿子，就想改立后宫，废掉原来的太子芈建，立轸为太子。就在这个时候，大臣费无忌诬说太子芈建谋反，楚平王听后，下旨将芈建杀掉。此时，太子芈建正在城父（今河南宝丰县）镇守，却蒙在鼓里。伍奢是太子芈建的老师，因此受到牵连，蒙冤打入大牢。这时候，楚平王一面派人去杀太子芈建，一面又逼伍奢写信给他的大儿子伍尚和小儿子伍子胥，声称叫他们回来营救伍奢，以便一起杀掉。大儿子伍尚回到郢都，就同父亲伍奢一起被楚平王杀了。太子芈建听到风声，便同马娘娘一起带着儿子芈胜逃到宋国去了。伍子胥并没有去郢都营救父亲，而是从楚国逃了出来。他本想逃往吴国，因路途遥远，只好作罢，于是他就来到宋国，找到了太子芈建，并投靠了他。但是不巧，宋国发生内乱，伍子胥又同太子芈建一家三口逃到郑国，想请郑国帮他们报仇雪恨，可是郑国国王郑定公没有同意。太子芈建报仇心切，竟跑到晋国勾来晋国的大夫中行寅潜入郑国，准备同晋国里应外合攻打郑国，推翻郑定公。结果事情败露，太子芈建被郑定公杀了。伍子胥无奈只好同马娘娘一起带着芈建的儿子芈胜逃出郑国，朝吴国奔去。

途中他们路过咱们铚城的禅阳寺时，已过午夜，他们就进入寺内住了下来。哪知，没过多久，郑国的追兵也到了这里，把禅阳寺团团围住。此时，伍子胥深知想保全小太子芈胜及娘娘突围，实在困难。当时的情形，保娘娘就不能保太子，保太子就不能保娘娘。马娘娘虽知伍子胥武艺高强，在这危急情况下，三个人要同时活下来已很难了。马娘娘想，保得小太子，楚国今后有嗣，保住自己，楚国休矣！于是，马娘娘索性把小太子交给了伍子胥，她跑到寺内的八砖琉璃井旁，一头栽到井里。伍子胥见此情形，急忙搬起井边的一块长形巨石盖住井口，算是安葬了娘娘。马娘娘投井而死，燃起了伍子胥胸中报仇的怒火，猛然间，他身背小太子，冲出寺院，拼尽全力，杀出重围，朝吴国方向奔去。伍子胥在途中经过浍河时，小太子芈胜被铚城南陈彦庄的插花女所救……

　　徐风笑离开说书场子，又来到临涣集中南北街的南头，这里有卖麦黄杏的，卖黄瓜、水萝卜的，有卖三刀子、羊角蜜、蚂蚱腿、麻片、寸金糕点的，还有不少张着布篷卖吃食的摊子：卖辣汤、油茶、油酥烧饼、煎包、菜盒子、麻花、徽子、壮馍、胡辣汤、丸子汤、麻糊汤、牛肉汤、稀饭、豆腐脑……

　　吆喝叫卖声在集市上空喧嚣，喷香的诱人食欲的气味在整个中南北街南头弥漫。

　　徐风笑在临涣集中南北街南头转了一会儿，就从周圩子周德吉的典当铺门口朝南东西街走去。这条街是临涣集的老街，有4米多宽，平坦的街面用青石条铺成，街道两旁的建筑大都是明清时期所建，大多都是青砖、小瓦、白墙、重梁起架带出厦的商业用房。徐风笑沿街由西向东边走边看，不大会儿又来到南东西街与南阁街交会的十字路口。南阁街是一条南北大街，宽5米多，街两旁古色古香的房子多为清朝所建。

　　徐风笑站在人来人往的十字路口看了看，他又顺南阁街向南走了约50米到了南阁。南阁位于临涣土城南段的中间，是原古铚城的南门，建于秦朝，唐、宋、元、明、清各代都有修葺。南阁是两层建筑，东西长12米，南北宽9米，高15米，阁的底层是用长条石砌成，成一拱形，可供车辆人马通行。阁的东侧二层有大门，门下有石阶，可供游人上下。阁的二层正面自东向西并立着一排整齐的雕花栏杆，看上去流光溢彩，在栏杆的上层有12扇彩色窗户，栏杆的对面有12扇彩门，门的上方有千余个方形、圆形对称的小窗户，门的下方木板上画着各种奇特的画，在阳光的照耀下，给人一种光彩迷人而又肃穆的感觉。在栏杆与彩门之间是大殿，殿中央有一尊玉皇大帝雕像。阁顶起脊，上苫琉璃瓦，脊上有六兽、二十八宿压顶，阁顶两端雕塑着各种不同形态的飞禽走兽，中间有庙上庙，高 1.5 米，长宽各 1 米，庙内有神上神——姜太公的独特造型。阁的南北外墙上镶嵌着栩栩如生的"铁链锁蛟龙""狮子衔鲤鱼"等石雕，南北外墙的正中还分别镶嵌着"光增浍泡""永镇山河"的文字石刻。徐风笑看了南阁，心里十分高兴。此刻，他站在南阁上眺望着泡河、浍河和旱河，兴奋难抑，朗诵起清人刘德泰写的《临涣怀古》的诗来：

> 自古铚城震宿州，龙盘虎踞几千秋。
> 观星台上插花庙，石老桥里泡水流。
> 蹇叔墓前风习习，文昌宫中韵悠悠。
> 浍水潺潺绕三泉，南阁北瞻神甫楼。

徐风笑在南阁上看了会儿城光河色，便离开南阁朝临涣集的吴家茶馆走去。临涣集的茶馆很多，沿南阁向北的大街两旁，茶铺林立，茶香四溢。临涣集有大小茶馆 18 家，在众多茶馆中，除吴家茶馆外，较为有名的还有荆家茶馆、兰田茶馆、南阁茶馆、怡心茶馆、江淮茶馆、山西茶馆、福建茶馆。临涣集的茶馆有 1000 多年的历史。早在东晋时期，临涣集的茶馆就以茶摊的形式出现，到了宋朝，就有茶馆了。到了明朝，临涣人多养成喝茶的习惯，茶馆在临涣集已很普遍了，自此茶馆就在临涣集沿袭下来。临涣集茶馆用的水是南阁下的回龙水和码头桥西北角土城脚下龙须泉的泉水，茶叶皆为安徽六安的茶棒。把茶棒放在茶壶里，用开水沏茶，其茶倒入杯中，雾气结顶，色泽红艳，品之味香甘美，既带有蜜香又含有苹果味。这种棒棒茶，饭前喝能增进食欲，饭后喝能帮助消化，闲暇时喝可舒神清心，劳累后喝能解疲提神，暂喝可解渴，常喝能延年益寿，起到春提神、夏消暑、秋解乏、冬增暖的作用，春夏秋冬，不论何时，无论喝多少，都不撑肚子。

一年四季，临涣集方圆十几里的老百姓和集上的一些老年人一有空总喜欢到茶馆喝茶。茶馆每天早上 5 点开门，晚上 10 点熄炉，整天茶客满座，进去喝茶的，先向掌柜的招呼，"给半壶茶"或"给一壶茶"。若半壶，伙计就给送去带把的盛有茶的陶瓷小茶壶一把和小茶盅一个；若一壶，伙计就给送去盛有茶的手提陶瓷大茶壶一把和小茶盅两个。茶来一次付钱，喝完即添，时间和开水多少不计，直到不喝为止。

徐风笑一边走着一边想着临涣集的茶。他停下脚步，抬头看了看太阳，现在快晌午了，徐六告诉他今天中午刘之武和他的两个朋友约他在临涣集吴家茶馆见面，他心里盘算着："两个朋友，是谁呢？"他迈开步子向前走去，很快就来到吴家茶馆。

吴家茶馆在南阁街上，坐东朝西，茶馆的房子是清代建筑，红柱粉墙、重梁飞檐、青砖灰瓦，三间门面房简陋陈朴，大门是褐色厚重的四扇木板门，上有古旧的铜门环，在大门的一侧还有一个雕花透窗。屋内露着被烟熏得焦黑的屋笆，从房梁上垂下来一绺一绺的屋衣，好像八年没人打扫了。屋檐下放两个条形矮桌，桌的两边放着矮条凳。屋内摆着八九张方桌，桌面上的漆早掉了，就跟白茬木的一样。桌子旁边，放着条凳，只有一个桌子放了八把椅子。墙角是个老虎灶，三个灶口成天地烧着开水。老虎灶连着柜台，柜台上放着盛有六安茶棒的大坛子。门口挂着一面黄旗，上写"吴家茶馆"四个大字。

徐风笑走进吴家茶馆，一位瘦瘦的却很精神的老头，热情地向他打着招呼。这老头名叫吴云生，是茶馆的主人，他和刘之武有点拐弯亲戚。当年徐风笑在临涣县立第二高等小学教书时，徐风笑同刘之武他们就常约会在这里联系。徐风笑坐下来，喊了一声："来半壶茶。"只见伙计徐六拿来一把陶瓷小茶壶，然后从柜台上的大坛子里抓一撮茶棒放在小茶壶里，又从老虎灶上提起一壶烧得滚开的水，往茶壶里冲。伙计徐六端起茶壶又拿一个茶盅毕恭毕敬地来到徐风笑面前，笑了笑，就把茶壶和茶盅放在徐风笑跟前的桌子上。徐风笑并没有同他说话，示意了一下，徐六就走了。

徐风笑坐在那里喝茶，见一屋喝茶的人很特别：有的边喝茶边坐在那里眯着眼沉思；有的端着一小红碗白干酒，让让大家，而后一边吃着花生一边慢慢喝，喝完一口，上面咂着嘴，下面放着响屁；有的手扶烟袋杆"吧嗒吧嗒"坐在那里注视着对方吸着旱烟；有的边喝茶边掏出窝窝头就着八宝菜香甜地吃着；有的攥着烙馍卷大葱，一口咬下去，把脖子撑得又粗又红。有个年轻人绷着脸说，日本侵略者现在已加紧了对咱中国的侵略，平津上空战云密布，整个华北危在旦夕，可在这国难当头之际，咱们还在这里喝着闲茶！其余的人多数是彼此说着闲话，听了这几句，马上都静了下来。

突然，一个中年人忽地站了起来，把桌子一拍，大声说：各位乡亲，现在我给大家讲一个真实的故事。这事发生在民国二十年（1931年），四月初一，咱临涣集逢东岳庙会，在东岳庙门口贴了一份告示，吸引了成千上万赶会的人。原来这告示是秀才孙树勋和陈允昌俩写的《劣绅传》。今天我来把《劣绅传》给大家说一遍：

都来看，都来看，都来看这《劣绅传》。临涣分为十九集，个个集长都蛮干。区长开会把烟地量，委员下乡走一遍，大烟共查四十顷，各个扣留一多半，私造册子十七本，黉夜偷到裕华栈，集董私自把鬼搞，一本一本都分散。吞公肥己恐不平，五河勾来张志建（临涣区区长张建仁，系五河县人）。烟多操洋五百块，烟少也得一千串。巨款弄到他的手，吃喝嫖赌鸦儿片。同兴（行名）设下八大处，五虎盘踞裕华栈（五虎即李荫生、马振山、徐邦秀、赵学言、周红眼）。这个说，我才买了手提枪，那个说，买个洋车多利便；这个说，我置集宅好几处，那个说，我盖楼房五间半；这个说，心眼一动钱到手，那个说，营私舞弊是手段；这个说，不顾名义多精明，那个说，打破廉耻是好汉；这个说，天也转，地也转，哪能摸着这一遍。得罪马夫张东海，一五一十说一遍，四乡闻风都奋起，拉着集董把账算。你一言来，我一语，扯起簸篮斗也转，法官无奈动了怒，神牌一摔原形现。

中年人话音刚落，屋里掌声响成一片。徐风笑听了他老师孙树勋与人合写的《劣绅传》，也高兴地跟着鼓起掌来。

就在这时，屋里进来三个人，徐风笑仔细一看，走在前面的是刘之武，后面两个，一个是赵西凡，另一个是陈文甫。徐风笑起身对走在前面的刘之武说："老弟，你也来喝茶呀？""是呀，老哥，你也来啦。"刘之武一边响亮地答着一边环顾屋内，他见屋里坐得满满的，都是喝茶的。于是，刘之武就大声喊："掌柜的，还有座吗？"

吴云生听到喊声，慌忙从后院跑来说："呦，是老弟呀，都是自己人，到后院堂屋里喝茶。"刘之武紧走了几步，拉着徐风笑的手同赵西凡、陈文甫一起跟着吴云生向后院走去。

吴云生来到后院，打开堂屋西头一个单间，叫伙计上了两壶茶，便把他们让了进去。一进屋，赵西凡就紧紧握住徐风笑的手，高兴地问："风笑，恩贤和孩子们都从上海回来了？"

"都安全地回来了。"徐风笑说。

"回来就好，回来就好！这下我心里的一块石头也就落地了。"赵西凡说。

"见到你，我也安心了。"徐风笑说。

徐风笑又紧紧握住陈文甫的手说："好吧？"

"好，好，风笑，咱们七八年没见，你可敢认识我了？"陈文甫说。

"认识，认识，就是二十年不见我也认得你老哥陈文甫呀！"徐风笑说。

"你可记得我哪一年人？"陈文甫问。

"你比我大 5 岁，是 1894 年的人。"徐风笑笑着说。

"你的记性真好，不愧是干过县委书记的。"陈文甫说。

"咱们都别站着了，坐下来一边喝茶一边聊吧！"刘之武说。

徐风笑坐下喝了一口棒棒茶对刘之武说："之武，要是我没记错的话，咱俩已经整整 8 年没见面了吧？"

刘之武说："是的，咱俩从 1928 年 5 月到今天已经分别整整 8 个年头了。记得 1928 年 5 月，我与张公干、刘展一等 20 多人考入冯玉祥主办的西北军官学校，临行前是你代表中共宿县县委给我写了秘密介绍信。在军校里，我是党组织负责人之一，并与张公干等组织中共党支部，秘密开展工作。为扩大咱们共产党的政治影响，我们动员进步青年参加党的组织。1929 年，我军校毕业后被咱安徽老乡西北军三十三师师长葛云龙要去，开始在师部跟葛云龙当参谋，后任师学兵队大队长，先后在陕西省西安和湖北省麻城一带从事革命活动。1935 年，也就是去年，葛云龙因倾向革命被革职，我也被迫离开三十三师返回临涣，到临涣小学任教。当时，咱们临涣一带地下党，受到国民党反动派的血腥镇压，党员有的牺牲，有的被捕，有的外逃，党组织遭到严重破坏。此时，我自己也与组织失去了联系，因而心里感到非常的苦闷。在这种情况下，我没有忘记自己是一名共产党员，我以从事教育为掩护，为革命尽力工作，对遇难同志的家属我前去问寒问暖，并倾囊相助，家里一次卖掉 60 亩地。我在临涣小学教书，主要是教国文和体育课，在课堂上，我一面向学生灌输革命思想，一面对学生进行军事训练，启发学生走革命的道路。去年秋，我听说陈文甫从外地回来了，我知道他是安徽凤阳师范毕业的，教过书，又是自己的同志，就约他来临涣小学教书，结果他就来了。"

刘之武的话音刚落，陈文甫就接着说："我要不是之武，咱们今天也不会有这么巧在一起喝茶拉呱儿。记得风笑是 1928 年9 月调离宿县的，风笑走后，中共江苏省委派张仲逸来接替风笑任县委书记，而我仍担任中共宿县百善区委委员，一直到 1930年 7 月的徐楼、胡楼、叶刘湖暴动。暴动失败以后，我便到南京、徐州寻找党组织，后在徐州、宿县开展革命活动。1933 年，中共徐州特委和宿县县委被敌人破坏后，我又与一批同上级党组织失去联系的党员，一边开展革命活动，一边寻找党组织。1935

年秋，我在寻找组织无望的情况下，才回到土营孜自己的家中。到家没过几天，之武就到我家找我，约我去临涣小学教书，于是我就同意了。到腊月里，听说西凡从上海回来了，西凡是我的入党介绍人之一。今年刚过年，我和之武一起到前营孜西凡家拜年，俺俩顺便约他来临涣小学教书，开始他还有点犹豫，经俺俩的劝说他才同意。过年一开学，西凡就到临涣小学来了。"

陈文甫说到这里，赵西凡接过话茬说："今年过年，之武和文甫到我家来，并约我到临涣小学教书。当时，我是有点犹豫，因为我从上海刚回来没几天，之前在上海，我同风笑、恩贤一起巧计摆脱叛徒赵立人的纠缠，我经南京到徐州辗转20多天才回到家。当时对家乡的形势不够了解，加之俺娘又有重病，好几天卧床不起，家里也确实需要有人手，所以当时我没能作出决定，后来我又一想，出来教书，也是一个职业掩护，同时还能和之武、文甫在一起开展党的工作，所以后来我又答应了他俩前去临涣小学教书。现在，风笑从上海回来了，有他在，咱们今后又可以在一起开展新的工作了。"

徐风笑听赵西凡这么一说，就接着说："咱们都是失去组织的共产党员，无论在什么情况下，咱们都要自觉地开展工作。只有这样，才能对得起党，对得起自己。"徐风笑又详细地把中共江苏省委将他从宿县调到上海后选派他去苏联学习的情况和他回国后在上海的情况谈了一下。刘之武、赵西凡、陈文甫三个人一边喝着棒棒茶，一边仔细地听着。

"关于下一步的工作，咱们抽个时间坐下来商量商量，拿个方案出来才是。今天，我提议咱们今后的工作由风笑来主持，西凡、文甫，你们看可行？"刘之武说。

赵西凡和陈文甫说："行！"

"根据现在的情况，咱们在无法同上级党组织取得联系的情况下，咱们共产党员应该为国为民着想，创造性地开展工作。今天晚上，我请你们到我家喝酒，一来庆贺咱们团聚，二来商量商量下一步的工作。你们看怎样？"徐风笑高兴地说。

"那太好了！"刘之武、赵西凡、陈文甫一齐说。

"今天是星期一，我们三个在学校都有课，所以中午来晚了一步，风笑，让你久等了。"陈文甫对徐风笑说。

"你们到茶馆时，我刚来一会儿。今儿个上午，我到临涣集几个地方看一看，玩玩。我七八年没到临涣集了，看到一切都感到新鲜。"徐风笑说。

"风笑，这都晌午错了，咱们四个到饭店吃饭去。"刘之武说。

"我喝棒棒茶喝的，一点都不觉得饿，等会儿我买几个油酥烧饼，走在路上吃，你们下午还有课，各自回去吧，等你们放学了都到俺家来。晚上，咱们好好地叙叙，喝几杯。"徐风笑高兴地说。

刘之武、赵西凡、陈文甫听徐风笑说得在理，都点点头，起身走了。

徐风笑离开吴家茶馆，就沿文昌宫后边的一条街朝东走去，出了东城门就回徐楼了。

徐风笑到徐楼时，天已傍晚了。快到家门口时，站在门旁等候多时的徐舒向他跑来，高喊："爸爸，爸爸回来了！"徐风笑紧走了几步冲向前去双手抱起女儿，高兴地举了起来。

徐风笑放下徐舒，拿出烧饼递给女儿说："这是爸爸给你买的临涣油酥烧饼。"徐舒接过烧饼，一边朝家里跑一边喊："妈妈，爸爸回来了！爸爸回来了！"

邵恩贤抱着英特尔坐在堂屋当门正在同她婆婆拉呱儿，听得女儿喊，慌得转脸朝院内望去，只见徐风笑紧跟着徐舒正向院里走来。徐风笑来到院里，转脸看看西屋，见他大正在给病人看病，就来到堂屋。徐风笑同他娘说会儿话后，邵恩贤就问："你到临涣集都见到谁了?"徐风笑说："见了三个人，晚上他们到咱家来，你一见就知道了。"徐风笑娘说："恁俩说话，我到锅屋做菜去，等客一来，咱端上来就吃。"邵恩贤说："俺娘，您先准备准备，等会儿我叫陈良来帮忙。"

徐风笑娘走后，徐风笑对邵恩贤说："等会儿，我在家抱英特尔，你到咱叔家喊陈良，顺便叫咱叔到后边王庄去一趟，晚上叫李景福也来，别忘了叫咱叔晚上也来。""我这就到咱叔家去!"邵恩贤把英特尔递给徐风笑，出门走了。

太阳落了，朦胧的暮色从浍河岸边伸展到徐楼这个普通的村庄。庄东头的大杨树上本来有一只老斑鸠叫着，此刻也沉默了，树枝渐渐湮没在细密的阴暗里，整个徐楼庄也渐渐沉入黄昏的平静。

就在这个时候，徐风笑家的院子里进来三个人，徐风笑一看，是刘之武、赵西凡、陈文甫，他忙走上前去同他们一一握手。刘之武、赵西凡、陈文甫一进堂屋，见徐从吉在堂屋里坐着，三个人都一齐向他鞠躬问好。李景福见当年和他一起参加过徐楼、胡楼、叶刘湖暴动的赵西凡、陈文甫来了，就很客气地递上烟，擦着了火柴。当他来到刘之武跟前递烟时，徐风笑分别介绍说："这是刘之武。这是后边王庄的李景福，徐楼支部的书记。"刘之武和李景福相互看了看，都高兴地笑了。刘之武并没有接李景福递过来的纸烟，而是掏出他的旱烟袋，装了一锅子烟，李景福慌得给点着火。刘之武风趣地说："我还是吸这个老烟袋觉着有劲呀!"屋里人哈哈大笑。

锅屋里,准备好了酒,炒好的菜和炖好的鸡放在案板上,两间锅屋弥漫着酒味和肉香。

邵恩贤和陈良来到堂屋一边抬桌子,一边打招呼:"恁都来了吗?""来了!"刘之武、赵西凡、陈文甫回答。

大方桌上很快摆上了酒菜,大家开始入座了,徐从吉和陈文甫坐在桌子的北面,徐风笑和刘之武坐在桌子的东面,赵西凡和李景福坐在桌子的西面,邵恩贤和陈良坐在桌子的南面。徐风笑对徐从吉说:"俺叔,在没喝酒前,你先说两句。"徐从吉咳嗽一声,说:"欢迎三位老师从临涣集来到家里做客,咱们几年都没见了,今晚咱们八个共产党员聚在一起,要吃好喝好。我提议,大家先共同喝一杯。"

听到"吃好喝好",大家心里都明白了,都被一种欢乐和兴奋所占据了。当徐从吉一说到大家共同喝一杯的时候,大家都一齐站起来,向徐从吉举起了盛酒的小杯。

徐从吉也站了起来,望着大家热切的眼神以及向他伸过来的酒杯,他也不拿长辈的架子了,豪爽地说:"来,干杯!"

大家一饮而尽。

邵恩贤和陈良两个女同志平时不喝酒。此时,她俩不由地也跟着干了。

在喝酒的过程中,徐风笑由于兴奋,喝得脸通红,他拎起酒壶、端着酒盅走到赵西凡的面前:

"西凡,我来敬你两杯,感谢你在上海对我和恩贤一家人的照顾。今天,咱们又团聚了……"

"好,咱们碰两杯,为了咱们的团聚。"赵西凡端起酒杯站起来说。

由徐风笑开头，接着大家都互相敬酒，屋里不断地发出欢畅的笑声。晚饭在一种非常欢快的气氛中进行。

猜拳行令声起了，他们一对一地吆喝着。李景福划拳有不少花招，在行令前都带着一串酒歌，李景福红着脸同陈文甫打着手势对战，嗓音是一高一低：

> 一只螃蟹八只脚，
>
> 两只眼睛，那么大的壳！
>
> 掐上壳，翻下壳，
>
> 五金魁首，该你喝！
>
> 该我喝，我就喝！
>
> 谁要不喝，那么大的壳！

紧接着酒歌的末尾，两人同时出拳，高低的嗓子同时有力地喊出：

> 五魁首喽！
>
> 三星高照！
>
> 八匹大马！
>
> 六六大顺！

李景福喊"八匹大马"，划拳时出四个手指；陈文甫喊"六六大顺"，划拳时出二个手指，四加二等于六，陈文甫胜拳。陈文甫说："景福，你输一拳，喝一个酒。"

"喝一个酒，就喝一个酒，谁要不喝是个鳖!"李景福说着就干了一杯。

李景福喝过酒，有点不服气，扯着嗓子喊:"文甫，咱们来三拳两胜一个酒的!"

"好，来就来，谁怕谁!"陈文甫笑着说。

刘之武越喝脸越红，赵西凡越喝脸越白，两个人喝着喝着来起了老虎杠子。只见他俩每人手里拿一根筷子，同时敲着桌边，高喊:

老虎!

虫!

鸡!

杠子!

"老虎吃鸡，虫拱杠子，这杠子打鸡满天飞!"徐风笑一边观阵，一边兴奋地说着。

邵恩贤和陈良也不甘寂寞，两人一起端起酒盅走到徐从吉的跟前敬酒。徐从吉看到这个场面，十分高兴。

徐风笑的大和他娘带着徐舒在锅屋里吃罢晚饭就慌得来到西屋药房里，他们见英特尔睡得呼呼的，才放下心来。

堂屋里传出阵阵欢笑声，徐从谦和赵氏听了心里不由得一阵高兴。此时，徐舒嚷着奶奶给她讲故事听，奶奶对她说:"等会儿我带你到门口看月亮去!"徐从谦说:"你们到门口玩去吧，我在屋里看毛孩睡觉。"

月亮已经偏西了，整个徐楼好像伏在大地上打盹，一堆堆的草房子在皎洁的月光下显得又黑又矮。在这初夏的夜晚，就连大地也充分享受着这种凉爽和寂静。整个淮北平原上呈现着一片深沉的静谧。常沟里水声淙淙，偶尔刮来一股充满艾蒿味的热风，麦穗就在田野上摇摇摆摆，悄声絮语。

就在这沉静的夜里，徐风笑家最东头的一间织布房里，徐风笑和刘之武、赵西凡、陈文甫、徐从吉、邵恩贤、陈良、李景福八个共产党员吃过晚饭就到这里开了一个秘密会议。他们分别谈了自己所知道的一些党员的下落和对当前时局的看法，同时还讨论了当前对敌斗争的问题。一致认为，他们在同上级党组织失去联系的情况下，要紧紧依靠群众，保存自己的力量，秘密开展党的工作。徐风笑向大家宣读了《为抗日救国告全体同胞书》。徐风笑说："今后我们还要把临涣区的党组织重新建立起来，并同宿县各地失去组织关系的共产党员取得联系，同时我们还要积极开展抗日民族统一战线工作……"

徐风笑一席话，刘之武、赵西凡、陈文甫、徐从吉、邵恩贤、陈良、李景福七个共产党员听着特别入耳，他们感到同徐风笑在一起，生活就充满了阳光，身上不知不觉地就增加了力量。

夜，已经很深了。他们又拉了一会儿家长里短，就散会了。刘之武、赵西凡、陈文甫和李景福、徐从吉、陈良摸黑，急急忙忙走回去。

在临睡前，邵恩贤问徐风笑："风笑，刚才听你的话音，你要到宿县去吗？"

徐风笑说："我是要到宿县去，与那里的党员建立新的联系，并在那里组织、宣传和动员广大群众起来共同抗日！"

邵恩贤在灯光下看着徐风笑笑了……

主要参考文献

一、图书

[1] 濉溪县地方志编纂委员会：《濉溪县志》，上海社会科学院出版社 1989 年版。

[2] 中共上海市委组织部、中共上海市委党史资料征集委员会、中共上海市委党史研究室、上海市档案馆：《中国共产党上海市组织史资料（1920.8—1987.10）》，上海人民出版社 1991 年版。

[3] 张家耐主编：《中国共产党安徽省宿县党史资料》，安徽人民出版社 1993 年版。

[4] 中共江苏省委组织部、中共江苏省委党史工作委员会、江苏省档案馆：《中国共产党江苏省组织史资料（1922.春—1987.10）》，南京出版社 1993 年版。

[5] 安徽省宿县地区地方志编纂委员会：《宿县地区志》，中国人民大学出版社 1995 年版。

[6] 濉溪县地方志编纂委员会：《濉溪县志续编》，上海社会科学院出版社 1999 年版。

[7] 中共淮北市委党史研究室：《中国共产党淮北地方史》（第一卷），

中共党史出版社 2004 年版。

[8] 王海燕、娄天劲、张百顺、王宏靖主编：《不悔人生》，中共党史出版社 2007 年版。

[9] 李金华主编：《中共濉溪党史人物传》，安徽人民出版社 2008 年版。

[10] 徐志坚、王海燕：《正道沧桑：一位革命者的家族史》，河南人民出版社 2010 年版。

[11] 中共中央党史研究室：《中国共产党历史》（第一卷），中共党史出版社 2011 年版。

[12] 全国政协文史和学习委员会、政协安徽省宿州市委员会编：《运河名城宿州》，中国文史出版社 2012 年版。

[13] 周勇等注：《光绪宿州志校注》，白山出版社 2015 年版。

[14]（清）崔维岳：《宿州志》二十一卷，万历《宿州志》，万历二十四年刻本。

[15] 中共徐州市委党史办公室：《徐州早期党史概略》，1984 年内部印刷。

[16] 中共濉溪县委党史资料征集办公室：《濉溪党史资料（1919—1949)》，1985 年内部印刷。

[17] 中共铜山县委党史办公室编：《铜山党史资料（6)》，1986 年内部印刷。

[18] 中共濉溪县委党史资料征集办公室编：《中共濉溪党史人物传》，1987 年内部印刷。

[19] 中共濉溪县临涣区委党史办公室：《中国共产党濉溪县临涣区党史资料》，1987 年内部印刷。

[20] 临涣区志编写组：《临涣区志》，1989 年内部印刷。

[21] 中共濉溪县委党史研究室：《中共濉溪党史大事记（一九一九—一九四九)》，2000 年内部印刷。

[22] 中共淮北市委党史研究室、中共濉溪县委党史研究室编：《朱务

平传》，2001 年内部印刷。

[23] 徐志传、徐志政等：《徐氏家谱》，濉溪县临涣镇徐楼村的《徐氏家谱》续，2005 年。

[24] 王恒彬、王恒连、王清湘等：《王氏家谱》，濉溪县临涣镇骑路王家的《王氏家谱（续）》，2008 年。

[25] 中共埇桥区委党史研究室：《埇桥区中共党史人物传》（第一卷），2014 年内部印刷。

二、报刊

[1]《民国日报》（1924 年 7—8 月）。

[2]《中国青年》1924 年第 21—32 期。

[3]《向导》周报 1924 年 6 月。

三、档案

[1]《徐风笑在苏联莫斯科"中国共产主义劳动大学"读书时的登记表》，1929 年，原苏共中央档案馆藏，苏共中央档案 13—14。

[2]《徐风笑在苏联莫斯科填写的"联邦共产党'中国共产主义劳动大学'党团员登记表"》，1929 年 11 月 26 日，原苏共中央档案馆藏，苏共中央档案 15—16。

[3]《徐风笑在苏联莫斯科填写的"联邦共产党'中国共产主义劳动大学'支部党员登记表"》，1929 年，原苏共中央档案馆藏，苏共中央档案19。

[4] 中国共产主义青年团南京地方执行委员会：《关于南京群化团体情况的报告》，1926 年 3 月 25 日，江苏省档案馆藏。

[5] 孔子寿：《给南京烈士陵园筹备委员会的信》（1949 年 12 月），南京雨花台烈士纪念馆藏。

后　记

　　《燃烧的浍河岸边》一书，是我从2003年开始采写的，到2018年已经15个年头了。15年来，我一边去安徽、江苏、山东、湖北、湖南、山西、陕西、北京、上海等省市广泛征集党史、文史资料，一边坐下来对史料认真研究，热情写作。现在，《燃烧的浍河岸边》一书像呱呱坠地的娃娃终于和人们见面了。

　　我22岁那年，也就是1985年，中共安徽省濉溪县临涣区委调我到中共临涣区委党史办公室从事党史资料征集和党史编写工作。从那年起，一干就是6年。也就是这6年，我心灵的火花被点燃，从心底里产生了写临涣、写徐风笑、写朱务平等早期共产党员的愿望。

　　临涣，紧靠浍河，是一座历史悠久的古城，这里不仅曾被陈胜、吴广领导的中国第一次农民起义军占领过，而且培育出秦穆公的国相百里奚、政治家蹇叔、三国时期竹林七贤之首的嵇康、东晋时协助谢玄在淝水大败秦王苻坚百万大军的著名军事家桓伊。在这块古老厚重的土地上，早在1919年，马克思主义就开始在这里传播。在中国共产党成立后仅半年的 1922 年初，徐风笑和朱务平、刘之武等在这里组建了一个以进步青年为主体的组织——群化团。后来，徐风笑、朱务平、刘之武等群化团骨干团员相继入团入党。1924 年 7 月，宿县地区第一个团支部——中国社会主义青年团临涣支部在这里成立。这年秋，安徽省最早的农民协会——宿县临涣区农民协会又在这里成立。这里的学生运动曾风起云涌，这里的工农运动曾此起彼伏。1925 年夏，这里成立了宿县地区第一个党支部——中共临涣支部。这里曾留下李硕勋等老一辈无产阶级革命家的足迹，飘扬过中国工农红军第十五军第三师的大旗，发生过安徽省著名的徐楼、胡楼、叶刘湖暴动。1948 年 11 月，淮海战役总前委的邓小平、刘伯承、陈毅等又来到这里，指挥着伟大的淮海战役顺利进行……在波澜壮阔的中国革命历史长河中，无数的共产党员，前仆后继，他们为求得民族的独立和人民的解放、实现国家的繁荣富强和人民的共同富裕进行了艰苦卓绝的斗争，用鲜血染红了共和国的旗帜。

徐风笑，无产阶级革命家、中国共产党的优秀党员、忠诚的共产主义战士。1925 年 4 月，徐风笑加入中国共产党。1925 年夏，徐风笑创建了中共临涣支部。大革命时期，徐风笑为宿县新思想、新文化的传播，为地方党组织的建立和发展作出了重要的贡献。第一次国共合作期间，徐风笑被中共党组织指定跨党参加国民党，成为中国共产党做统战工作的第一批党员。1927 年，徐风笑任中共宿县第一任县委书记。1928 年 9 月，他被调离宿县到上海任中共法南区区委委员。1929 年，徐风笑受党中央派遣赴苏联莫斯科学习。1931 年，他回国后在上海、浙江等地从事党的地下工作和军事工作。抗日战争时期，徐风笑同刘之武、王化荣、王乔英等人一起在宿西组织一支抗日游击队，徐风笑历任游击队政治部主任，永城县抗日民主政府县长兼永城县自卫军司令，豫皖苏边区联防委员会常委、司法处长，苏皖边区行政公署常委、司法处长、高等法院院长兼党组书记等职。解放战争时期，我苏皖边区战斗人员及干部 3000 人组成黄河大队，徐风笑任大队长、政委等职。新中国成立后，徐风笑历任中共河南省委委员、司法厅厅长兼高等法院副院长，中南军政委员会司法部副部长等职。1986 年 11 月 17 日，徐风笑因病医治无效，在北京逝世，享年 87 岁。徐风笑逝世后，党和国家领导人陈丕显、韦国清、张爱萍、王任重、方毅等同志出席了遗体告别仪式并送了花圈。1986 年 11 月 30 日，《人民日报》刊登了新华社《徐风笑同志在京逝世》消息。

朱务平，原名朱焕明，字镜秋，安徽宿县临涣区（现濉溪县临涣镇）朱小楼村人。1923 年秋，朱务平加入中国共产党。朱务平不仅是临涣党组织的创始人之一，也是宿县党组织的创建人之一，蚌埠地区党的擎旗人。1924 年，朱务平在徐州读书时，曾带领马汝良、孙业荣、朱瑞等同学闹学潮，开展反对美国洋校长安士东的罢课斗争。1924 年 6 月 18 日，朱务平在中共中央机关报《向导》周报上发表了《徐州教会学生奋斗的经过》一文，揭露了美国洋校长利用教会在华所办学校的危害，引起了国人的注意。1925 年 3 月，中国共产主义青年团徐州地方执行委员会在徐州召开团员大会，朱务平当选为团地委书记（当时称秘书）。1925 年 6 月，朱务平参加组建了中共徐州党支部，7 月他又同徐风笑一起创建了中共临涣党支部。1926 年 3 月，朱务平组建了中共临涣特别支部，7 月他又组建了属中共上海区委直接领导的中共临涣独立支部（中共宿县独立支部），同年 11 月中共临涣独立支部改建为中共宿县地方执行委员会，朱务平为书记。1927年 2 月，朱务平当选为中共上海区委农民运动委员会执行委员。1927 年 4 月 27 日至 5 月 9 日，中国共产党第五次全国代表大会在武汉召开，出席大会的代表 82 人，朱务平作为大会代表出席大会。1927 年 7 月，朱务平同徐风笑一起在宿县临涣集组建了中共宿县临时委员会，任委员。1927 年 11 月后，朱务平历任中共宿县县委委员、徐海蚌特委委员、中共凤阳县委书记、长淮特委（蚌埠特委）书记等职。1932 年 10 月 6 日，由于叛徒出卖，朱务平不幸被捕入狱。朱务平在南京监狱中坚贞不屈，组织开展了狱中斗争。1932 年 12 月 1 日，朱务平在临刑前昂首挺胸，高呼："打倒国民党反动派！中国共产党万岁！"英勇就义于南京雨花台，年仅 33 岁。

现在，《燃烧的浍河岸边》一书，其中写的就有临涣，就有徐风笑、朱务平、刘之武等临涣的早期党员。《燃烧的浍河岸边》一书的出版，使我实现了一个压在心底几十年的愿望。

《燃烧的浍河岸边》引用的一些资料、文献、照片在国内大都是第一次公开发表，其中一些资料是莫斯科原苏共中央档案馆保存的原始资料，具有很高的史料价值和研究价值，受本书题材所限未能一一详细列出出处，敬请谅解。这部作品是我面对社会现实而作，具有强烈的使命感和历史责任感。我想，只有对我们党"昨天"和"前天"的历史有深切了解，才能做好今天的繁重工作，勇敢地担当起"明天"的历史责任，干好前人没有干过的伟大事业——实现中华民族伟大复兴的中国梦。

本书在出版前广泛征求意见，中共安徽省濉溪县委宣传部、中共濉溪县委党史研究室、中共宿州市埇桥区委党史研究室、中共淮北市委党史研究室、中共安徽省委党史研究室、安徽省社会科学界联合会组织专家学者对书稿进行认真审读，徐风笑之子徐志坚、儿媳季明、女儿徐诚、女婿姚德胜等对本书提出了修改意见，在此表示衷心的感谢！

安徽省十届政协常委、安徽省企业经营与管理研究会会长朱志林、中共安徽省委宣传部副部长洪永平、中共安徽省委党史研究室宣传教育处处长朱贵平、安徽省老龄工作委员会办公室副主任兼综合处处长朱继臣、中共安徽省委办公厅老干部处处长杨殿明、安徽省红色党建书社主任孙伟对本书的出版提出了建设性意见，在此表示深深的谢意。

在本书的采访过程中，还得到了程继新、李健、孟建华、李磊、陈亮、杨健祥、李井伍、李春雷、梁廷春、吴俊文、韩金洲、李永成、吴卓甫、朱家福、邓之元等同志的帮助，第五届安徽省书法家协会主席、安徽省书法艺术研究院院长李士杰为本书出版提供了大力支持，在此一并致谢。

由于水平有限，不妥之处在所难免，殷切希望广大读者予以指正。

王颖

2019 年 3 月

责任编辑：朱云河

装帧设计：周方亚

责任校对：吕　飞

图书在版编目（CIP）数据

燃烧的浍河岸边 / 王颖 著 . —北京：人民出版社，2019.4

ISBN 978 - 7 - 01 - 020601 - 1

I. ①燃… II. ①王… III. ①纪实文学 - 中国 - 当代 IV. ① I25

中国版本图书馆 CIP 数据核字（2019）第 056660 号

燃烧的浍河岸边

RANSHAO DE HUIHE ANBIAN

王　颖　著

人民出版社 出版发行

（100706　北京市东城区隆福寺街 99 号）

北京盛通印刷股份有限公司印刷　新华书店经销

2019 年 4 月第 1 版　2019 年 4 月北京第 1 次印刷

开本：710 毫米 × 1000 毫米 1/16　印张：17.5　插页：10

字数：193 千字

ISBN 978 - 7 - 01 - 020601 - 1　定价：75.00 元

邮购地址 100706　北京市东城区隆福寺街 99 号

人民东方图书销售中心　电话（010）65250042　65289539